Sunrise Africa

CHRISTOPHER ROSS

Sunrise Africa

Die weiße Löwin der Serengeti

ueberreuter

1. Auflage 2016

ISBN 978-3-7641-7057-8

Umschlaggestaltung: Favoritbüro GbR
unter Verwendung von Fotos von © Jandrie Lombard / www.shutterstock.com;
© Dario Egidi / GettyImages;
© Bildagentur Zoonar GmbH / shutterstock.com;
© Tarapong Siri / shutterstock.com;
© Buena Vista Images / gettyImages
Druck und Bindung: Interak, Czarnków
Gedruckt auf Papier aus geprüfter nachhaltiger Forstwirtschaft.

www.ueberreuter.de

1

Melissa war froh, als die zweimotorige Maschine auf der Landepiste von Seronera aufsetzte. Während des einstündigen Fluges von Arusha hatte sich der hochgewachsene Afrikaner in der zweiten Reihe ständig nach ihr umgedreht und sie neugierig gemustert. Sie konnte sich kaum vorstellen, dass es an ihrem hübschen Aussehen lag. Nach dem langen Flug von Frankfurt über Amsterdam nach Tansania und der lästigen Pass- und Zollkontrolle wirkte sie eher müde und abgespannt, und weder ihre hellen blauen Augen, die sonst so verführerisch strahlen konnten, noch ihre honigblonden Haare, die sie lediglich mit einem schmucklosen Gummiring gebändigt hatte, ließen sie im besten Licht erscheinen.

Doch als sie die Maschine verließ und einen Augenblick auf der Gangway stehen blieb, um die unendlich erscheinende Weite auf sich wirken zu lassen, war der Schwarze schon verschwunden, und sie verschwendete keinen Gedanken mehr an ihn. Für sie war es viel bedeutsamer, afrikanischen Boden zu betreten. Sie fühlte sich unwillkürlich an Bilder von der ersten Mondlandung erinnert. »Ein kleiner Schritt für den Menschen, aber ein riesiger Sprung für die Menschheit«, hatte Neil Armstrong gesagt, als er aus der Landefähre gestiegen war. Für Melissa war die Ankunft in Afrika etwas Besonderes. Nicht so bedeutsam wie die Mondlandung, aber für sie ein Wendepunkt in ihrem Leben. Davon hatte sie immer geträumt.

Vor dem Terminal, der aus einer einfachen Lehmhütte mit einem Strohdach bestand, wartete ein Mann in Kakikleidung. Er hatte seinen breitkrempigen Hut in den Nacken geschoben und hielt ein Schild mit dem Namen der Lodge hoch.

»*Jambo!* Willkommen in der Serengeti!«, begrüßte er sie auf Englisch. »Miss Baxter, nehme ich an. Ich bin Jimmy Hutton, einer der Guides, und bringe Sie zur Lodge.« Er deutete auf den dunkelgrünen Geländewagen mit der Aufschrift *Serengeti African Lodge*. »Wir haben noch vierzig Kilometer vor uns, ungefähr eine Stunde, würde ich sagen. Um diese Jahreszeit sind die Straßen nicht im besten Zustand.«

Melissa schüttelte ihm die Hand und stellte ihren prall gefüllten Rucksack in den offenen Kofferraum. »Melissa Baxter. Ich bin schon sehr gespannt auf das Praktikum in Ihrer Lodge! Freut mich, Sie kennenzulernen, Mister Hutton.« Als Tochter eines englischen Vaters und einer deutschen Mutter sprach sie beide Sprachen fließend.

»Jimmy«, verbesserte er sie, »wir sprechen uns mit Vornamen an.«

Inzwischen war auch das Ehepaar, das mit ihr aus Arusha gekommen war, eingetroffen. Sie waren ebenso gekleidet wie der Guide, in kakifarbenen Klamotten, nur sah man ihnen schon von Ferne an, dass sie keine Einheimischen waren.

»Paul Gerhardt«, stellte sich der Mann vor, schlank, etwas steif in seinen Bewegungen und mit Nickelbrille. »Das ist meine Frau Biggi. Wir kommen aus Verden, das liegt bei Hannover.«

»Wir unterrichten dort am Gymnasium, mein Mann Englisch und Deutsch und ich Biologie und Chemie«, ergänzte Biggi Gerhardt. Auch sie trug eine Brille, mit schwarzem Gestell, wie man sie von einer Lehrerin erwartet hätte, war in ihren Röhrenhosen und dem ausgeschnittenen T-Shirt aber sehr sexy gekleidet und versuchte anscheinend, den Guide mit ihrem Lächeln in den Bann zu ziehen.

Melissa verdrehte heimlich die Augen und war froh, als Jimmy sie zum Einsteigen aufforderte. Sie setzte sich auf den Beifahrersitz, die Gerhardts auf die Rückbank. Das Gepäck der beiden verstaute der Guide im Kofferraum. Wenige Minuten später waren sie unterwegs. An einigen Häusern und Hütten vorbei ging es auf die Straße nach Westen. Die Sonne stand über dem westlichen Horizont.

Als Melissa einige Männer am Straßenrand stehen sah, fiel ihr der Afrikaner aus dem Flugzeug wieder ein. »Haben Sie den Schwarzen gesehen, der vor mir aus der Maschine gestiegen ist?«, fragte sie den Guide. »Sah wie ein Basketballspieler aus.«

»Hier gibt es viele große Schwarze«, erwiderte Jimmy.

»Der in dem blau-weiß gestreiften Hemd.«

Jimmy kniff die Augen zusammen. »Das müsste Jomo gewesen sein. Der pendelt jede Woche zwischen Arusha und Seronera hin und her. Ein ehemaliger Wildhüter des Nationalparks. Soweit ich weiß, hat er sich einen Bürojob ergattert. Warum?«

»Reine Neugier«, wich sie ihm aus.

Melissa versuchte, das ungute Gefühl, das ihr der Afrikaner bereitet hatte, zu verscheuchen. Sie redete sich ein, dass er sie wegen ihrer blauen Augen angestarrt hatte, und blickte aus dem Fenster. Obwohl der winzige Flughafen erst wenige Kilometer hinter ihnen lag, befanden sie sich bereits mitten in der Wildnis, umgeben von der legendären Serengeti, die sich zu beiden Seiten der Straße bis zum fernen Horizont zog. Ein scheinbar endloses Grasmeer, das sich über vereinzelte Hügel in alle Richtungen erstreckte, nur hier und da unterbrochen von Schirmakazien, die sich dunkel gegen die rötliche Sonne abhoben.

Bisher kannte sie die Serengeti nur aus Filmen. Natürlich hatte sie »Serengeti darf nicht sterben« gesehen, den berühmten Naturfilm des ehemaligen Frankfurter Zoodirektors Bernhard Grzimek, aber auch Reportagen von *National Geographic* und spezielle Tierfilme über Löwen und die großen Tierwanderungen.

Aber die Wirklichkeit war wesentlich aufregender, das merkte sie schon jetzt, in einem klimatisierten Geländewagen und nur durch ein Fenster von der Natur getrennt. Kein Vergleich mit ihrem letzten Praktikum, das sie in einem Hotel in Belgien absolviert hatte, und nur möglich, weil ihr Vater als Pilot bei *British Airways* und ihre Mutter als leitende Angestellte bei einer Versicherung arbeiteten und einigermaßen bei Kasse waren. Vielleicht wollten sie sie auf diese Weise für den Stress und den Kummer entschädigen, den sie ihr mit dem jahrelangen Streiten und der Scheidung bereitet hatten.

»Genauso, wie wir uns das vorgestellt haben«, sprach Paul Gerhardt den Guide an. Seine Stimme klang in Melissas Ohren ein wenig selbstgefällig, beinahe arrogant. »Wir haben uns sehr genau über Tansania und die Serengeti informiert, wissen Sie? Wenn wir eine Reise unternehmen, überlassen wir nichts dem Zufall. Mit dem Internet wird einem das heute auch leicht gemacht. Wenn ich da an unser Studium zurückdenke … Wir waren noch Stammgäste in der Staatsbibliothek. Besonders die Tierwelt hat es uns angetan. Meine Frau unterrichtet Biologie in der Oberstufe und will nach den Sommerferien mit einer Arbeitsgruppe über die Tiere der Serengeti ins neue Schuljahr starten. Sie hat ihre Doktorarbeit über Wildkatzen geschrieben.«

»Und wenn wir uns eingelebt haben, würde ich mich sehr gerne einmal länger mit Ihnen unterhalten, Jimmy«, sagte seine Frau. Sie lehnte sich dabei weit nach vorn und lächelte den Guide im Rückspiegel an. »Als Guide für eine *Wilderness Lodge* haben Sie doch sicher schon einige Erfahrungen mit Wildkatzen gemacht. Vielleicht können wir uns bei Gelegenheit mal auf ein Glas Wein zusammensetzen?«

Jimmy blickte ebenfalls in den Rückspiegel und schien nicht so recht zu wissen, was er sagen sollte. »Sonyanga kann Ihnen wahrscheinlich noch mehr über Wildkatzen erzählen als ich, vor allem über Löwen. Er ist ein junger Massai, der einige Safaris begleitet und Ausflüge ins Dorf seines Stammes organisiert. Die Massai haben eine ganz besondere Beziehung zu Löwen. Früher wurde ein Junge …«

»… nur zum Mann, wenn er einen Löwen erlegte«, ergänzte Paul Gerhardt. »Darüber haben wir natürlich gelesen. Er durfte nicht einmal heiraten, bevor er nicht das Fell und die Krallen eines Löwen nach Hause brachte. Inzwischen ist es verboten. Wenn ich richtig informiert bin, sorgen heute einige Massai dafür, dass sich die Löwen nicht aufs Farmland verirren und dort Kälber und Schafe reißen.«

Melissa beobachtete, wie Jimmy geringschätzig den Mund verzog. Wahrscheinlich ging ihm Paul Gerhardt genauso auf die Nerven wie ihr. Ein typischer Klugscheißer, der immer alles besser wusste.

»Aber nicht alle Massai halten sich an das Verbot«, erwiderte Jimmy. »Die Löwenjagd wird wohl nie ganz aussterben.«

»Die Trophäenjagd der Weißen aber auch nicht«, sagte Melissa.

»Und was bringt Sie nach Afrika, junge Dame?«, wandte sich Paul Gerhardt an sie. »Allein reisende Damen findet man hier höchst selten, wenn ich mich nicht irre.«

Melissa hatte keine große Lust, sich mit ihm zu unterhalten, antwortete ihm aber pflichtbewusst: »Die *Serena African Lodge* hat mich zu einem sechswöchigen Praktikum in die Serengeti eingeladen. Ich gehe auf eine Tourismusfachschule in Österreich. Wir müssen jedes Jahr ein Praktikum vorweisen. In einem Hotel, Restaurant oder irgendeinem anderen Touristik-Unternehmen. Außerdem interessiere ich mich für Afrika. Das Land gehört seit langer Zeit zu meinen Traumzielen. Ich könnte mir sogar vorstellen, nach meiner Ausbildung hier in Afrika zu arbeiten.«

»Sie klingen gar nicht wie eine Österreicherin«, sagte Paul Gerhardt.

Sie musste lächeln. »Ich komme aus Hofheim im Taunus. Mein Vater ist Engländer und meine Mutter stammt aus Frankfurt. Englisch, Hochdeutsch und Hessisch, mehr habe ich leider nicht vorzuweisen. Aber wenn es die Zeit erlaubt, will ich ein wenig Kisuaheli und auch die Sprache der Massai erlernen. Sich ein wenig in der Landessprache auszukennen, ist unerlässlich, wenn man sich ernsthaft mit der Kultur eines

Volkes auseinandersetzen will, sagt unser Erdkundelehrer immer.«

»Da hat er sicher nicht ganz unrecht. Und warum eine österreichische Schule?«

»Weil die Österreicher für ihre guten Touristikschulen bekannt sind und ich nach meinem Abschluss in mehreren Berufen arbeiten könnte: als Köchin, im Service und im Touristik-Management.« Sie erzählte ihm nicht, dass sie in erster Linie vor allem ihrem damaligen Freund nach Österreich gefolgt war, dass dieser die Schule schon nach einem halben Jahr wieder verlassen hatte und inzwischen in irgendeinem Restaurant jobbte. Erst recht verriet sie ihm nicht, wie froh sie vor drei Jahren gewesen war, im weit entfernten Österreich ihren ständig streitenden Eltern zu entkommen.

»Eine gute Ausbildung ist das A und O«, meldete sich Biggi Gerhardt mit einer Binsenweisheit. »Sie machen das schon richtig, Melissa. Ich darf doch Melissa zu Ihnen sagen? Ohne eine gute Ausbildung wären wir den Männern doch hilflos ausgeliefert. So wie meine Großmutter, Gott hab sie selig, die blieb ihr Leben lang bei ihrem Mann, obwohl sie ihn nicht ausstehen konnte. Da haben wir heutigen Frauen es doch leichter. Wir lassen uns nicht herumscheuchen.«

Melissa hatte keine Lust auf eine längere Unterhaltung mit den Gerhardts und drehte sich wieder nach vorn. Ein Bus kam ihnen entgegen, fuhr viel zu dicht an ihnen vorbei und verschwand im Rückspiegel. Jimmy war ein sicherer Fahrer. Er hatte meist beide Hände am Lenkrad und ließ sich durch die rüde Fahrweise einiger anderer Autofahrer nicht aus der Ruhe bringen. Dennoch zuckte Melissa jedes Mal zusammen, wenn ihnen ein Wagen entgegenkam. Sie musste sich erst an den Linksverkehr in Tansania gewöhnen. Die Straße war jedoch besser, als sie gedacht hatte, und entsprach so gar nicht dem Klischee der holprigen Sandpisten im wilden Afrika.

Langsam wurde sie müde. Der lange Flug und die anstrengende Zollkontrolle waren auch an ihr nicht spurlos vorübergegangen. Auf der Rückbank lehnte Biggi Gerhardt bereits an der Schulter ihres Mannes und schnarchte leise, ein Bild, das sie Jimmy sicher gern erspart hätte. Sie schien einen Narren an dem Guide gefressen zu haben, zumindest hatte sie ihn wie ein Schulmädchen angehimmelt.

Melissa fand ihn weder attraktiv noch besonders aufregend. Er sah nicht wie die Guides und Ranger in den alten Hollywood-Filmen aus, wirkte trotz seiner Aufmachung eher langweilig und gehörte auch nicht zu der geschwätzigen Sorte wie manche Fremdenführer, die zu jedem Baum und jedem Stein eine Anekdote auf Lager hatten. Vielleicht hob er sich die für seine Safaris auf, wenn ihn die Teilnehmer mit satten Trinkgeldern für seine Dienste und Scherze belohnten.

Ungefähr dreißig Kilometer hinter Seronera bogen sie auf eine Sandstraße ab. Die Piste wurde holpriger und zwang Jimmy, langsamer und bedächtiger zu fahren. In sanften Windungen zog sich der erdfarbene Trail durch das Savannengras, wich vereinzelten Akazien und Affenbrotbäumen aus, erklomm Hügel und führte durch tiefe Senken. Im Rückspiegel konnte Melissa die mächtige Staubwolke sehen, die hinter ihnen unter den Rädern aufwallte. Selbst durch die geschlossenen Scheiben glaubte sie, den Staub riechen und schmecken zu können. Ein unangenehmes Gefühl und doch so typisch für das Leben auf der weiten Savanne.

Noch würde es ungefähr zwei Stunden dauern, bis die Sonne endgültig hinter dem Horizont verschwand, und sie brauchten keine Angst zu haben, im Dunkeln fahren zu müssen. Ein Risiko, das man unbedingt vermeiden sollte, wenn man auf eigene Faust durch die Serengeti fuhr, so stand es in jedem Reiseführer. Umso romantischer war das Licht, das die untergehende Sonne auf die Savanne warf. In sanften Goldtönen schimmerte das kniehohe Gras, während der laue Wind nur leise in den Halmen raschelte, als wollte er den frühen Abend nicht mit lautem Pfeifen stören. Bald würde der Gesang der Zikaden einsetzen, auch das wusste Melissa aus Filmen und Büchern, und den Soundtrack der nächtlichen Savanne bereichern.

Mit wachsender Begeisterung blickte sie auf die Savanne hinaus. Sie amüsierte sich über die aufgeregten Affen, als sie zu dicht an einer Akazie vorbeifuhren, sah eine Hyäne über die Piste huschen und glaubte in der Ferne sogar einen Leoparden entdeckt zu haben, war sich aber nicht sicher. Sie fuhren in eine andere Welt. Trotz aller Bemühungen des weißen Mannes, die Kontrolle über die Wildnis zu erlangen, regierte in der Serengeti immer noch die Natur. So musste es hier direkt nach der Schöpfung ausgesehen haben.

Eine Lampe am Armaturenbrett flammte auf und zwang den Guide, so plötzlich anzuhalten, dass Biggi Gerhardt aus dem Schlaf schreckte und nervös rief: »Was ist passiert? Wo bin ich? Sind wir schon da, Jimmy? Sind Sie da, Jimmy?«

Jimmy ließ sich durch das nervöse Geplapper der Frau nicht aus der Ruhe bringen. »Kein Grund zur Panik«, sagte er, »irgendwas ist mit dem Kühlwasser. Das haben wir gleich.« Er öffnete die Tür und drehte sich noch einmal um. »Bleiben Sie am besten im Wagen sitzen. Wenn Sie sich die Beine vertreten wollen, dann gehen Sie höchstens ein paar Schritte.« Er stieg aus, öffnete die Motorhaube, und man hörte, wie er sich mit einem Messer an irgendetwas zu schaffen machte.

Seine Passagiere stiegen ebenfalls aus, blickten staunend über das weite Grasland und atmeten genussvoll die warme Abendluft ein. Melissa und Biggi Gerhardt blieben beim Wagen, wie es Jimmy empfohlen hatte, nur Paul Gerhardt widersetzte sich seinem Wunsch und lief mit gezückter Kamera auf eine ungefähr zwanzig Meter entfernte Akazie zu. Anscheinend hatte er ein Tier entdeckt.

»Geh nicht zu weit!«, bat ihn seine Frau ängstlich.

»Ich kenne mich aus«, antwortete er.

Melissa reichte es, neben dem Wagen stehen zu bleiben und die Aussicht zu genießen. So spektakulär, wie einige der Filme, die sie gesehen hatte, gewesen waren, so wenig hatten sie mit dem Gefühl gemein, tatsächlich in der Serengeti zu stehen und dieses Land hautnah zu spüren. Sie bückte sich, hob etwas Erde auf und ließ sie durch die Finger rieseln. Diese Steppe war etwas ganz Besonderes, die Wiege der Menschheit, wie manche Gelehrte behaupteten, und besaß eine solche Anziehungskraft auf sie, dass sie sich ihr kaum entziehen konnte. So wie man manchmal hofft, sein ganzes Leben mit einem bestimmten Menschen verbringen zu können, ging es ihr mit diesem Land. Sie hatte es schon immer instinktiv gespürt und wurde jetzt eindrucksvoll bestätigt, hier ihre Zukunft verbringen zu wollen.

»Paul! Wo gehst du denn hin?«, rief seine Frau nervös.

Melissa blickte in seine Richtung und stellte fest, dass er schon beinahe die Hälfte des Weges zu der Akazie zurückgelegt hatte. Und sie entdeckte jetzt auch, wie sich der Schwanz einer Raubkatze bewegte und für einen Augenblick von der Baumkrone abhob.

»Jimmy!«, rief sie mit gedämpfter Stimme. »Jimmy! In dem Baum ist irgendwas! Eine Raubkatze, ein Löwe oder so was Ähnliches!«

Jimmy schloss die Motorhaube und drehte sich erschrocken nach Paul Gerhardt um. Er sah auf Anhieb, in welcher Gefahr sich der scheinbar ahnungslose Lehrer befand.

»Paul!«, rief er gerade so laut, dass dieser ihn hören konnte. »Drehen Sie um! Kommen Sie sofort zurück! Jetzt! Keinen Schritt weiter, Paul!«

»Ich will nur ein paar Affen fotografieren«, rief Paul Gerhardt zurück. »Ich glaube, da verstecken sich welche in der Baumkrone. Ich bin gleich zurück, Jimmy!«

»Das sind keine Affen, Paul! Das ist ein Leopard!«

»Ein Leopard?« Gerhardt blieb wie versteinert stehen. »Aber …«

»Ein Leopard?«, erschrak auch seine Frau. Sie lief zu dem Guide und klammerte sich an seinen Arm. »Tun Sie doch was, Jimmy! Sie müssen ihn da rausholen!«

»Kommen Sie zurück! Ganz langsam!«

Melissa glaubte, selbst auf die Entfernung zu erkennen, wie Gerhardt zitterte. Er konnte von Glück sagen, dass er seine

Kamera umgehängt hatte, sonst hätte er sie sicher fallen lassen. Mit vorsichtigen Schritten, als könnte ihn jedes zu feste Auftreten verraten, kehrte er rückwärts zum Wagen zurück. Viel zu langsam für seine Frau, die sich verzweifelt an den Guide klammerte und nervös schluchzte.

»Haben Sie denn kein Gewehr? Wo ist Ihr Gewehr?«

»Wir dürfen keine Waffen tragen«, erwiderte Jimmy. »Im Nationalpark sind nur die Ranger bewaffnet.« Er ließ ihren Mann nicht aus den Augen, verfolgte jeden seiner Schritte. »Jetzt können Sie sich umdrehen. Aber rennen Sie nicht!«

Melissa behielt weiter den Leopard im Auge. Seine Tarnung war perfekt, und er war nur schwer von dem Laubwerk zu unterscheiden. Doch jetzt bewegte er sich mehrmals, hatte den Lehrer wahrscheinlich längst entdeckt und war glücklicherweise zu satt, um ihm nachzulaufen. Beinahe gelangweilt zog er sich zurück.

Paul Gerhardt war kreidebleich, als er seine Frau umarmte und mit ihr zusammen im Wagen verschwand. Wie zwei Ertrinkende hielten sie sich aneinander fest. Im Innenspiegel sah Melissa, wie beide vor Angst zitterten. Irgendwie geschieht es euch auch recht, dachte sie gehässig, hütete sich aber, etwas zu sagen.

»Machen Sie so was nie wieder!«, mahnte Jimmy ernst.

2

Die *Seronera African Lodge* bestand aus zwölf zweistöckigen Bungalows, die so perfekt in die hügelige Landschaft eingegliedert waren, dass Melissa sie auf den ersten Blick beinahe übersehen hätte. Versteckt zwischen einem Dickicht von zahlreichen Akazien, bedeckten sie eine steile Anhöhe, nur wenige Hundert Meter vom Grumeti River entfernt. Am Flussufer lag ein Außencamp der Lodge, das sogenannte Bush Camp, das lediglich aus einer Lehmhütte und einer eingezäunten Terrasse bestand.

»Vom Bush Camp kann man die Tiere bei ihrer Wanderung nach Norden beobachten«, sagte Jimmy, als er den Geländewagen vor dem Eingang parkte. »Sie kommen genau zur richtigen Zeit.«

Kaum hatte der Guide den Wagen angehalten, eilte ein Angestellter herbei und schnappte sich die Koffer der Gerhardts. Melissa trug ihren Rucksack selbst. In der Eingangshalle blieb sie stehen und blickte sich staunend um. Sie war geräumiger, als sie gedacht hatte, und passte mit ihren Wänden aus dunklen Balken und Natursteinen und dem gewölbten Strohdach perfekt zur Umgebung. Eine junge Massai, wie Melissa an der traditionellen Tracht erkannte, begrüßte die Gerhardts und auch sie mit fruchtigen Drinks, die glücklicherweise keinen Alkohol enthielten. Sie mochte keine scharfen Sachen, nicht mal in exotischen Fruchtsäften.

Aus einem Büro neben der Rezeption, deren Tresen ebenfalls aus dunklem und poliertem Holz gezimmert war, trat ein

Mann in einem teuren Maßanzug, die bunte Krawatte sorgfältig gebunden und die Schuhe aus feinstem Leder und auf Hochglanz getrimmt. »Willkommen in der *Seronera African Lodge*«, begrüßte er Melissa und die Gerhardts in beinahe akzentfreiem Deutsch. Sein gekünsteltes Lächeln verriet, dass er diesen Satz vermutlich fast jeden Tag sagte. »Ich bin Martin Conroy, der Manager dieser herrlichen Anlage. Ich freue mich, dass Sie den Weg in dieses aufregende Land gefunden haben, und wünsche Ihnen einen angenehmen Urlaub. Wenn Sie sich bitte zur Rezeption bemühen wollen. Unsere Nalangu hält alle Informationen für Sie bereit, die Sie für Ihren Aufenthalt bei uns brauchen.« Er deutete auf die junge Afrikanerin hinter dem Tresen, ebenfalls eine Massai in historischer Tracht.

Während die Gerhardts zur Rezeption gingen, wandte sich Conroy an Melissa: »Und Sie sind sicher Melissa Baxter, unsere neue Praktikantin, nicht wahr?«

Sie bejahte und wurde von dem Manager in sein Büro gebeten. »Nehmen Sie Ihren Drink ruhig mit«, sagte er, als sie zögerte. Er bot ihr den ledernen Besucherstuhl an und setzte sich hinter seinen Schreibtisch. Anscheinend hatte er ihre Akte vor sich liegen. »Sie sind sicher todmüde, Melissa«, wechselte er ins Englische, »deshalb will ich es kurz machen. Wie ich sehe, sind Sie zweisprachig aufgewachsen, das ist schon mal ein großer Vorteil. Die meisten unserer Gäste kommen aus England, Deutschland und den USA. Und Ihr Zeugnis kann sich ebenfalls sehen lassen. Ihre Schule hat einen hervorragenden Ruf, wussten Sie das? Aber ich schweife schon wieder ab. Sie werden in den sechs Wochen bei uns alle Abteilungen durchlaufen, für die Sie in Österreich ausgebildet werden, das heißt, Sie werden im Servicebereich, dem Housekeeping, der Küche, an der Rezeption sowie auf den Safaris arbeiten. Auf diese Weise profitieren Sie am meisten von Ihrem Aufenthalt und haben auch genug Zeit, die Gegend kennenzulernen. Einverstanden?«

»Natürlich, Sir. Ich freue mich sehr, dass Sie mich genommen haben. Mein Traum ist es, später einmal auf Dauer in Afrika zu arbeiten.« Sie nippte an ihrem Drink und versuchte, trotz ihrer Müdigkeit einen fröhlichen Eindruck zu machen.

»Dann sind wir uns ja einig. Sie werden sich eines unserer Angestellten-Apartments im Anbau mit Malaika teilen, einer jungen Massai. Sie absolviert eine dreijährige Lehre in unserer Lodge. Unser Bestreben ist es, die Massai auf nachhaltige Weise in unsere Aktivitäten einzubinden.« Mister Conroy stand auf und forderte sie mit einer Handbewegung auf, ihm zu folgen. »Kommen Sie, ich stelle Sie unserem Koch vor. Otto Werner oder Werner Otto, genau weiß das nicht mal er. Ein Deutscher aus dem Sauerland. Sie haben doch sicher Hunger. Die nächsten Tage werden Sie ihm unterstellt sein, zuerst im Service und dann in der Küche.«

Otto war ein fröhlicher Kerl um die Vierzig, der seinen Bierbauch mit einem gewissen Stolz vor sich herzutragen schien.

»Freut mich«, sagte er, als der Manager verschwunden war. »Ich bin Otto und der lebende Beweis dafür, dass nicht alle Sauerländer griesgrämige Sauertöpfe sein müssen.« Wie zum Beweis grinste er über beide Backen. Er reichte Melissa einen Suppenteller mit Eintopf und deutete auf die offene Tür neben der Essensausgabe. »Malaika isst auch gerade. Hab schon gehört, dass Sie zusammenwohnen. Sie zeigt Ihnen alles. Wir sehen uns morgen früh um fünf Uhr. In der Küche und im Service geht es schon vor Sonnenaufgang hoch her. Gefrühstückt wird nebenbei. Schaffen Sie das, Melissa?«

»Unter Druck arbeite ich am besten, Otto«, erwiderte sie lächelnd.

Sie ging mit ihrem Teller in den Nebenraum und sah Malaika am Kopfende des langen Esstisches sitzen. In ihrer Massai-Tracht, dem leuchtend roten Umhang und den schwarzrot gemusterten *shukas* über ihren Schultern, sah sie wie eine exotische Prinzessin aus. Ihr Kopf war bis auf ein paar Stoppelhaare kahl rasiert und mit Ockerfarbe bemalt, ihre Ohrläppchen nach alter Tradition durchstochen und mit Perlenkettchen beschwert. Um ihren Hals hing ein perlenbestickter Reifen, um ihre Hand- und Fußgelenke wanden sich spiralenförmige Kupfergebilde. Ihr Gesicht war kantig, aber attraktiv, vor allem wegen der ausdrucksstarken Augen, die in dem kahlen Schädel besonders gut zur Geltung kamen.

»Darf ich?«, fragte Melissa, bevor sie sich zu ihr setzte. Sie stellte sich vor und freute sich, dass Malaika ihren Gruß so freundlich erwiderte. »Ich hab gehört, wir teilen uns ein Apartment. Du siehst sehr eindrucksvoll in der Tracht aus.«

Malaika war schon fertig mit dem Essen und tunkte gerade einen Weißbrotrest in die übrig gebliebene Soße. Das Kompliment hörte sie bestimmt nicht zum ersten Mal.

»Aber arbeiten kann man darin nicht besonders gut. Bei der Feldarbeit tragen unsere Frauen auch nicht alle Tücher und den ganzen Schmuck, aber hier besteht Mister Conroy darauf. Die Gäste wollen Massai in traditioneller Kleidung sehen, deshalb soll ich mich während des Essens und auch auf der Terrasse und am Pool so oft wie möglich in meiner Tracht zeigen und mit den Gästen für Fotos posieren.« Sie lächelte ein wenig verlegen. »Dabei trage ich viel lieber Jeans und T-Shirt. Ich bin auf die Missionsschule in Arusha und später auf die öffentliche Schule gegangen und habe mein Leben im *Enkang* schon längst hinter mir gelassen. So nennen wir unsere Dörfer. Ich spreche Englisch, hab ein Handy und benehme mich wie jede andere moderne Afrikanerin. Aber dass wir in der Gegenwart angekommen sind, wollen die Touristen nicht sehen. Aber was soll's, ich bin froh, Geld mit diesem Job verdienen zu können. Ich unterstütze meine Mutter. Sie lebt in unserem Dorf am Duma River und will auf keinen Fall von dort wegziehen.« Sie versank für einen Augenblick in Gedanken. »Aber ich rede zu viel. Du bist sicher müde und musst morgen früh raus. Komm, ich zeig dir unser Quartier im Anbau.«

Nachdem auch Melissa ihr Essen beendet hatte, stellten sie Geschirr und Besteck in die Spülmaschine, bedankten sich bei Otto und gingen in den Anbau, der wesentlich nüchterner als die restliche Lodge eingerichtet war und nur eine Aussicht auf den nahen Parkplatz bot. Aber sie hatten jede ihr eigenes Zimmer, über den Betten hingen Moskitonetze und es gab ein Bad mit Dusche. Melissas Dienstkleidung, dunkelgrüne Blusen und T-Shirts mit dem Logo der Lodge und ein breitkrempiger Strohhut, lagen in ihrem Schrank. Einen dunklen Rock und dunkle Hosen hatte sie selbst mitgebracht.

»Wir sehen uns morgen«, verabschiedete sich Malaika, als Melissa ihr Gähnen nicht mehr unterdrücken konnte. »Ich bin diese Woche auch für den Service eingeteilt.«

Obwohl die Sonne gerade erst untergegangen war, schlief Melissa sofort ein. Die zahlreichen Eindrücke, die sie schon vor ihrer Ankunft gewonnen hatte, vermischten sich zu einem seltsamen Traum, den sie am nächsten Morgen schon wieder vergessen hatte. Um vier Uhr morgens wachte sie von ganz allein auf, auch ohne den Wecker, den sie in ihrem Smartphone gestellt hatte. Sie hatte über acht Stunden geschlafen und war einigermaßen munter. Nach einer heißen Dusche fühlte sie sich wie neugeboren.

Zusammen mit Malaika, die es in erstaunlich kurzer Zeit schaffte, ihre Tracht anzuziehen und sich zurechtzumachen, meldete sie sich bei Otto, der seine Helfer bereits lautstark herumscheuchte.

»Guten Morgen, die Damen!«, begrüßte er sie auf Englisch, der Amtssprache auch in der Lodge. »Alle fünfzehn Tische. Teller, Besteck, Zucker und Süßstoff, Kondensmilch ... Malaika weiß, wo alles liegt.«

Melissa studierte seit zwei Jahren an der Tourismusschule und hatte perfektes Servieren gelernt. Sie wusste genau, welche Teller und welches Besteck für welches Essen benötigt wurden und wie alles auf den Tischen zu liegen hatte. Die Servietten im Lodge-Grün steckten in polierten Holzringen, die Speisekarten mit den Angeboten »Pilzomelett mit Rosmarinkartoffeln«, »Frische Grapefruit«, »Cereals mit Waldbeeren« und dazu »Toast mit Butter und Marmelade« waren in großer Schreibschrift auf hellgrüne Papierrollen gedruckt.

Dank ihrer Routine arbeitete sie so schnell und sorgfältig, dass selbst der Koch anerkennend nickte.

Die eigentliche Arbeit begann allerdings, als die ersten Gäste um kurz nach sechs Uhr eintrafen. Melissa und Malaika hatten gerade noch Zeit für einen Becher Kaffee und einen Toast mit Marmelade, dann setzten sich die Gerhardts an den Ecktisch, und Melissa wurde gleich richtig gefordert.

»Einen wunderschönen guten Morgen«, wünschte sie dem Ehepaar. »Ich hoffe, Sie haben sich gut von der langen Anreise erholt. Was darf ich Ihnen bringen? Kaffee? Tee?«

Beide bestellten Kaffee, doch als sie mit der Kanne zurückkehrte und ihnen einschenkte, wurde es schon schwieriger.

»Ich hätte gern das Omelett«, sagte Paul Gerhardt, »aber bitte nicht zu kross und vor allem nicht so stark gesalzen.« Er blickte seine Frau an. »Weißt du noch, auf der Studienreise nach Athen? Die meisten Speisen waren versalzen, dabei weiß doch jeder, wie ungesund Salz ist. Dazu bitte Toast, nur leicht angebräunt, und gute englische Orangenmarmelade.«

»Für mich bitte die Grapefruit und die Waldbeeren ohne die Cerealien oder wie man Cornflakes neuerdings nennt. Den Toast bitte ebenfalls nicht zu braun und dazu Erdbeermarmelade.« Sie lachte. »Marmelade muss rot bei mir sein, wissen Sie? Und wenn Sie noch etwas Schlagsahne für meinen Kaffee hätten, Fräulein?«

Otto verdrehte die Augen, als Melissa ihm die Sonderwünsche der Gerhardts mitteilte, schaffte es aber tatsächlich, die meisten Wünsche zu erfüllen. »Nicht vergessen«, ermahnte er sie, »der Kunde ist immer König.«

Den Satz hatte Melissa auch in der Tourismusschule gelernt. Sie brachte die Speisen zu den Gerhardts und erntete ein dankbares Lächeln. Aber sie wären nicht die Gerhardts gewesen, wenn Biggi nicht noch einen Sonderwunsch gehabt hätte. »Hätten Sie vielleicht Stevia?«, fragte sie. »Auf dem Tisch stehen nur die gängigen Süßstoffsorten.«

»Ich werde gleich mal nachfragen«, versprach Melissa. Sie eilte in die Küche und fand tatsächlich ein Päckchen mit dem angeblich biologischen Süßungsmittel. »Ich hoffe, wir haben noch eine Packung davon!«, rief sie Otto lachend zu.

Die meisten anderen Gäste waren weniger anspruchsvoll und hatten kaum Sonderwünsche, außer einem englischen Industriellen und seiner Freundin. John Lowell verlangte eine Bloody Mary und eine kubanische Zigarre zum Frühstück.

»Bei den Lowells müssen Sie besonders vorsichtig sein«, ermahnte sie Otto. »Ein stinkreicher Immobilienmakler aus London; der verdient mehr Geld an einem Tag als die komplette Belegschaft hier in ihrem ganzen Leben. Ich glaube nicht, dass der nur hier ist, um ungestört mit seiner hübschen Freundin … na, Sie wissen schon. Wie ich den einschätze, will er bestimmt investieren, also fassen Sie ihn bitte mit Samthandschuhen an. Malaika hat ihren Rüffel bereits weg, weil sie gestern zu lange mit der Bloody Mary unterwegs war. Ab sofort übernehmen Sie ihn.«

John Lowell war ein Unsympath ersten Ranges. Mitte vierzig, schätzte Melissa, schütteres Haar, leichter Bauchansatz, sündhaft teure Kleidung.

»Sie sind neu hier, was?«, sagte er, als sie ihm die Bloody Mary brachte. »Wurde auch höchste Zeit. Dem Massai-Mädchen musste ich erst mal erklären, was eine Bloody Mary ist.« Er trank einen Schluck und schien sich erst jetzt daran zu erinnern, dass seine Freundin bei ihm war. »Ach ja, und bringen Sie Edith doch einen Prosecco. Und zum Frühstück ... was meinst du, Edith? Zwei gekochte Eier, nicht zu hart, und etwas von dem guten Kaviar, den wir gestern hatten? Und frischen Toast.«

Otto hatte den Kaviar bereits vorbereitet und grinste nur, als sie mit der ausgefallenen Bestellung kam. »Ich glaube, der mag gar keinen Kaviar, so wie der jeden Morgen darin herumstochert. Den bestellt er nur, um sein blondes Häschen zu beeindrucken. Die ist doch höchstens halb so alt wie er. Na, was soll's, geht mich ja nichts an. Meinetwegen soll er glücklich werden mit seinem Kolibri.«

»Kolibri?«, wunderte sich Melissa.

»So nennt er sie. Kolibri.«

Die Arbeit war anstrengender, als Melissa erwartet hatte, und forderte sie ähnlich stark wie das belgische First-Class-Hotel, in dem sie ihr letztes Praktikum absolviert hatte. Denn kaum hatten sie die Frühstückstische abgeräumt, standen schon die Vorbereitungen für den Lunch auf dem Programm, der zwar wesentlich sparsamer als das abendliche Dinner ausfiel und als Büfett angeboten wurde, ihnen aber dennoch sehr viel abverlangte. Für ihr eigenes Mittagessen blieb ihnen gerade mal eine Viertelstunde, bevor die ersten Gäste kamen. Zum Lunch erschien nicht einmal die Hälfte aller Lodge-Bewohner, weil die meisten an Ausflügen oder einer Safari teilnahmen, dennoch waren sie danach reif für einen Mittagsschlaf.

Melissa nutzte die Zeit, um sich mit der Lodge vertraut zu machen. Malaika begleitete sie, zeigte ihr die Wege zu den anderen Bungalows, den Pool, von dem man einen herrlichen Ausblick auf die Savanne hatte, den Grillbereich, die Safari Bar, den Souvenirladen, das Konferenzzentrum, die Wäscherei und alle anderen Einrichtungen. »Unten am Fluss gibt es ein Bush Camp«, erklärte Malaika, »ein Ableger unserer Lodge am Ufer. Dort kann man die Wanderung der Gnus am besten beobachten. Ich nehme an, Sonyanga wird dich morgen ein bisschen durch die Gegend kutschieren und dir alles zeigen.«

»Sonyanga?«, fragte Melissa. »Von dem hat Jimmy schon erzählt.«

»Ein junger Massai aus dem Norden. Er arbeitet als Guide für die Lodge und ist heute mit einem Ehepaar in der Savanne unterwegs. Zum Abendessen ist er sicher wieder hier, dann lernst du ihn kennen.« Sie lächelte. »Aber Vorsicht. Er sieht sehr gut aus und glaubt manchmal, alle Mädchen würden ihm zu Füßen liegen.«

»Du auch?«

Sie rümpfte die Nase. »Nein, ich heirate keinen Massai, und wenn er noch so gut aussieht. Die sind mir alle zu stolz und zu arrogant. Ich war lange genug auf der Missionsschule, um zu wissen, dass Mann und Frau gleichberechtigt sind.«

»Nicht überall«, erwiderte Melissa, »leider. Wir müssen die Männer wohl besser erziehen.« Ihr fiel auf, dass Malaika bisher nur von ihrer Mutter erzählt hatte. »Du hast noch gar nicht von deinem Vater gesprochen. Lebt er auch im Dorf?«

»Mein Vater wurde vor zehn Jahren von einem Löwen getötet.«

»Das tut mir leid.«

»Viele Massai wurden damals von Löwen getötet. Unsere Dörfer waren nicht gut genug befestigt, und es gab immer noch Krieger, die dem alten Ritual folgten und auf Löwenjagd gingen. Nicht jeder ist stark genug, einen Löwen zu besiegen. Mein Vater …« Sie zögerte einen Moment. »Er jagte einen Löwen, der etliche unserer Kälber und Schafe gerissen hatte. Ein Einzelgänger, zu stark für meinen Vater.«

Nach ihrem Rundgang hielten sie auf der Terrasse inne und stützten sich auf das hölzerne Geländer. Vor ihnen reichte die Steppe bis zum flimmernden Horizont, ein wogendes Grasmeer, das ständig den Farbton wechselte und in der Mittagssonne kurz davor schien, in Flammen aufzugehen. Wie Scherenschnitte hoben sich die Schirmakazien gegen das gleißende Meer ab. Der sanfte Wind brachte den Geruch frischer Erde und wilder Tiere mit sich.

»*Siringitu*«, erklärte Malaika mit gedämpfter Stimme, »so heißt die Serengeti in unserer Sprache. Endloses Land, das bis weit über den Horizont reicht.« Sie beschattete ihre Augen mit einer Hand, als wollte sie über den flimmernden Horizont hinausblicken.

Plötzlich erstarrte sie. Wie versteinert blieb sie stehen, die Hände so fest auf das Geländer gepresst, dass ihre Knöchel weiß hervortraten. Unfähig, auch nur ein Wort zu sagen, blickte sie in die Ferne. Sie flüsterte ein Wort in ihrer Sprache, das Melissa nicht verstand, starrte wie gebannt auf die Steppe hinaus, auf irgendetwas, das sie so erschreckt haben musste, dass sie zu keiner Erklärung fähig war. Mit zitternden Lippen und einer Ohnmacht nahe rannte sie in ihr Quartier.

»Malaika!«, rief Melissa viel zu spät. Sie hatte nichts außer der flimmernden Hitze über der Savanne gesehen, absolut nichts, was eine solche Reaktion bei der jungen Massai auslösen könnte. »Malaika! Warte auf mich! Ich komme mit!«

3

Als Melissa ihr Quartier erreichte, hatte sich Malaika eingeschlossen und antwortete auch auf mehrfaches Klopfen nicht. Durch die Tür war leises Schluchzen zu hören.

»Malaika! Was hast du denn?«, rief Melissa. »Mach auf! Vielleicht kann ich helfen.« Sie klopfte erneut, ohne dass sich etwas änderte. »Malaika! Bitte!«

Als Malaika auch nach dem dritten Klopfen nicht öffnete, zog sich Melissa zurück. Verstört kehrte sie auf die Terrasse zurück. Sie stützte sich auf das Geländer, blickte minutenlang auf die Steppe hinaus, sah zwei Giraffen hinter einer Akazie hervorkommen und an den Zweigen knabbern. In weiter Ferne glaubte sie einige Elefanten zu erkennen. Was hatte ihre Massai-Freundin bloß so erschreckt?

»Nun? Haben Sie sich gut eingelebt?«, hörte sie eine vertraute Stimme. Sie wandte sich nach links und erkannte den Manager, Martin Conroy, der unbemerkt neben sie getreten war. »Unser Koch ist sehr zufrieden mit Ihnen. Er sagt, er hätte Ihnen kaum etwas erklären müssen. Anscheinend gehört Ihre Schule wirklich zu den Allerbesten.«

»Das will ich doch hoffen. Ich habe noch nie so viel gearbeitet wie dort.«

»Und jetzt zahlt sich die Mühe langsam aus. Weiter so, Melissa! Wenn Sie wirklich mal nach Afrika wollen, dürfte ein gutes Zeugnis von uns einiges wert sein.« Auch er sah eine Weile den Giraffen zu, allerdings ohne sich mit den Ärmeln seines Maßanzugs auf das Geländer zu stützen. »Wussten Sie, dass sich die Akazien gegen die Giraffen wehren? Dass sie einen bitteren Saft in die Blätter pumpen, wenn jemand daran knabbert, um ihm den Appetit zu verderben? Damit signalisieren sie auch den anderen Akazien im näheren Umkreis, dass lästige Giraffen im Anmarsch sind. Habe ich auch erst kürzlich von einem der Guides erfahren.«

»Die Natur steckt voller Geheimnisse«, sagte Melissa. Sie dachte dabei auch an Malaika, die etwas Außergewöhnliches in der Steppe entdeckt haben musste. So furchtbar, dass es selbst eine Massai, die in der Serengeti aufgewachsen war, zu Tode erschreckt hatte. Oder waren ihr Bilder aus ihrer Vergangenheit erschienen? Der gewaltsame Tod ihres Vaters? Löwen, die ihre Haustiere rissen?

Sie verdrängte die Gedanken und lächelte einigen Gästen zu, die ihre Mittagspause ebenfalls auf der Terrasse verbrachten und die Savanne mit Ferngläsern nach wilden Tieren absuchten. »Haben Sie die Giraffen gesehen?«, fragte einer von ihnen. »Prächtige Tiere. Das ist schon was ganz anderes als im Zoo, nicht wahr? Wir sind richtig froh, diesen Urlaub gebucht zu haben. Nicht ganz billig, das ist wahr, aber man bekommt auch eine ganze Menge geboten für sein Geld.«

Melissa unterhielt sich eine Weile mit den Gästen, spürte dann plötzlich, wie Müdigkeit sie ergriff, und zog sich in einen der bereitstehenden Sessel zurück. Noch während sie sich setzte, schlief sie ein. Sie träumte wirres Zeug, sah den Leopard, der Paul Gerhardt beinahe zum Verhängnis geworden wäre, von einer Akazie zur anderen springen und die Affen aus den Baumkronen vertreiben. Als sie erwachte, stellte sie überrascht fest, dass es schon nach sechzehn Uhr war.

Sie rieb sich den Schlaf aus den Augen und hastete zum Anbau zurück. Diesmal war Malaikas Tür nicht verschlossen. Mit sichtbar schlechtem Gewissen saß sie auf dem Bettrand, einen Becher Kaffee in den Händen. Ihre Augen waren vom vielen Weinen gerötet.

»Tut mir leid, Melissa. Ich wollte dich nicht erschrecken. Es ist nur …« Sie trank einen Schluck. »Ich möchte nicht darüber reden.«

Melissa kannte sie zu wenig, um weiter nach einer Antwort zu bohren, und legte eine Hand auf ihre Schultern. »Schon gut«, sagte sie. »Was immer es war, es lohnt sich nicht, darüber die Nerven zu verlieren. Vergiss es einfach, okay?«

»Das geht nicht, Melissa. Es geht einfach nicht.«

»Vielleicht doch. Bist du schon so weit? Wir müssen langsam.«

Malaika schwieg eine Weile, starrte betreten in ihren Kaffeebecher und wagte es nicht, ihr in die Augen zu blicken, als sie fragte: »Würde es dir was ausmachen, den Service heute Abend allein zu übernehmen? Ich fühle mich nicht besonders.«

»Bist du krank?«

»Nein, aber ich hab furchtbare Angst und möchte gern in meinem Zimmer bleiben. Ich brauche dringend etwas Ruhe. Ich wäre dir nicht böse, wenn du ablehnst, wirklich nicht, aber … es wäre sehr nett von dir, und ich würde mich irgendwann revanchieren.« Sie hob den Kopf. »Würdest du das für mich tun?«

»Natürlich, kein Problem. Aber wenn es was Ernstes ist …«

»Ist es nicht«, sagte Malaika schnell. »Es betrifft nur mich und meine Familie. Etwas Persönliches. Wenn wir uns besser kennen, sage ich dir, um was es geht, aber heute …« Sie ließ den Kopf wieder sinken. »Ich wäre dir wirklich sehr dankbar, wenn du meinen Dienst übernehmen könntest. Ich bezahle dich auch dafür.«

»Unsinn!«, widersprach Melissa sofort. »Ich sage Otto, dass es dir nicht gut geht. Das bisschen Decken und Servieren schaffe ich auch allein. Beim Büfett fällt bestimmt nicht so viel Arbeit an. Und du ruhst dich erst mal aus.«

Malaika lächelte schon wieder. »*Sidai*, das ist gut. Danke, Melissa.«

Otto war nicht gerade begeistert, von Malaikas angeblicher Krankheit zu hören, gab sich aber mit Melissas Erklärung zufrieden. »Leider hab ich auf die Schnelle keinen Ersatz für sie, daher müssen Sie die Abendschicht tatsächlich allein stemmen, Melissa. Ist aber zu schaffen. Beim Aufbauen des Büfetts helfen Ihnen meine Leute, und beim Servieren geht's sowieso nur um Getränke und Extras.«

Doch was nach einem erträglichen Dienst aussah, erwies sich als unerwartete Tortur, vor allem wegen der Gerhardts und John Lowell, die es darauf angelegt zu haben schienen, sich gegenseitig mit Extrawünschen zu übertrumpfen. Bevor es dazu kam, sorgten die Gerhardts allerdings für eine weitere spektakuläre Einlage, die ihnen wohl weniger gefiel, aber alle anderen Gäste zum Lachen brachte.

Melissa hatte gerade von dem Roastbeef und dem Kartoffelsalat genascht, mit Ottos Erlaubnis natürlich, als es geschah. Aufgeregte Stimmen und schadenfrohes Gelächter drangen vom Haupteingang in die Küche herein. Wie einige andere Angestellten lief auch sie zum Fenster und sah gerade noch, wie sich die Gerhardts mit zerrissener Kleidung und teilweise blutigen Schrammen zu ihrem Bungalow schleppten. Mit dem Staub, der nicht nur ihre Kleidung, sondern auch ihre Gesichter und die Haare bedeckten, sahen sie wie zwei Vogelscheuchen aus.

»Das sind nicht die Ersten, denen es so ergeht«, sagte einer der Hilfsköche neben ihr. »Wagen sich zu dicht an die Bäume mit den Affen ran und liegen, bevor sie sich versehen, im Dreck.« Er grinste schadenfroh. »Manchen Gästen tut so eine Bauchlandung ganz gut. So was passiert eben, wenn man sich nicht an die Vorschriften und die Ratschläge der Einheimischen hält. Und wahrscheinlich alles nur wegen der blöden Fotos. Sie hätten die Broschüre besser lesen sollen. Tja, dafür setzt es jetzt eine dicke Spritze.«

Melissa hatte längst gedeckt, und die entlang einer Wand aufgestellten Tische bogen sich unter dem Büfett, als die ersten Gäste erschienen. Einige fotografierten das üppige Speisenangebot, das außer den üblichen Salaten, Vorspeisen und Nachtischen auch Kudu- und Straußensteaks und einheimischen Fisch bot, und schon bald hatten sich zwei Schlangen vor dem Büfett gebildet. Melissa ging von Tisch zu Tisch und notierte die gewünschten Getränke, die gesondert berechnet wurden, solange es sich nicht um Kaffee, Tee, Wasser oder Limonade handelte.

»Bringen Sie mir einen Martini, junge Dame. Geschüttelt, nicht gerührt, wie James Bond.« Der Immobilienmakler John Lowell kicherte laut. »Und mit einem Stück Zitronenschale.« Er zog seine junge Freundin zu sich heran. »Und für meinen Kolibri einen Prosecco.«

Melissa notierte beides und holte die ersten Getränke von der Bar. Die meisten Deutschen tranken Bier, die Amerikaner bevorzugten Kaffee oder Eiswasser und die Engländer bestellten ebenfalls Bier, Tee oder härtere Sachen. Manchen Männern sah man direkt an, dass sie sich in dieser Umgebung wie Ernest Hemingway fühlten, der bekannte Schriftsteller, der »Schnee auf dem Kilimandscharo« geschrieben hatte, hier auf die Jagd gegangen und dem Alkohol nicht abgeneigt gewesen war.

John Lowell war bereits bei seinem dritten Martini angelangt, als die Gerhardts erschienen. Sie hatten sich wohl gründlich geduscht, trugen bunte Freizeitkleidung und waren gegen Tollwut geimpft worden, wie Melissa erfuhr. Das schlechte Gewissen war ihnen anzusehen, als sie sich setzten und die spöttischen Blicke mancher anderer Gäste geflissentlich übersahen. So steif und ungelenk, wie sie sich bewegten, hatten sie bei ihrem Abenteuer einiges abbekommen.

»Einen wunderschönen guten Abend«, wünschte Melissa auch vor diesem Tisch. »Heute gibt's die freie Auswahl am großen Büfett. Darf ich Ihnen etwas Besonderes zum Trinken bringen? Einen exotischen Cocktail vielleicht?«

»Bringen Sie uns lieber zwei Gläser Schnaps. Am besten doppelte. Und dann sagen Sie den Leuten am Nebentisch, dass sie nicht so glotzen sollen. Wir können schließlich nichts dafür, wenn der Guide uns nicht rechtzeitig warnt. Das hat er doch extra gemacht. Er wusste ganz genau, dass die Affen auf uns losgehen würden. Hätte er früher gerufen, wäre uns nichts passiert.« Paul Gerhardt hätte wohl am liebsten mit der Faust auf den Tisch gehauen. »Wir sollten uns beschweren.«

»Jimmy kann doch nichts dafür«, widersprach seine Frau. Sie trug ein geblümtes Wickelkleid und hochhackige Schuhe und hatte ihre blonden Haare locker hochgesteckt. Ihr Parfüm duftete etwas aufdringlich. »Ein so netter Mann wie er würde so etwas niemals absichtlich tun. Du hättest eben nicht so stur sein sollen. Es gibt doch Wichtigeres als diese albernen Fotos. Wenn du nicht gerannt wärst, hätten uns die Affen bestimmt nichts getan. Es waren sowieso nur zwei. Die anderen sind doch verschwunden, als du gestolpert bist und so laut geschrien hast.«

»Zwei? Die ganze Affenbande war hinter uns her!«

»Unsinn! Du bist nur so schnell gelaufen, dass du nichts gesehen hast. Ich hab gleich gemerkt, dass es nur zwei waren. Wenn du mich nicht gepackt hättest und wir in dieses verdammte Staubloch gefallen wären, hätte Jimmy sie vertrieben.«

»Du nimmst diesen Burschen noch in Schutz?«

»Er versteht sein Handwerk, Paul.«

Melissa beeilte sich, die Bestellung auszuführen, und kehrte schon wenig später mit dem Schnaps zurück. »Der geht aufs Haus«, sagte sie. »Ich habe mit dem Manager gesprochen. Mister Conroy bedauert den Vorfall sehr und würde sie nach dem Essen gern noch auf ein Glas Wein einladen. Er wartet in der Eingangshalle, okay?«

»Meinetwegen«, gab Paul Gerhardt klein bei.

»Was hast du denn? Er ist doch ein netter Mann«, sagte seine Frau.

Froh darüber, diese Klippe einigermaßen umschifft zu haben, kümmerte sich Melissa wieder um die anderen Gäste.

Vor allem um John Lowell, der inzwischen bei seinem fünften oder sechsten Martini angelangt war und langsam Schlagseite bekam. Seine junge Freundin machte gute Miene zum bösen Spiel.

»Was ist eigentlich mit der jungen Massai, die gestern bedient hat?«, fragte er, als Melissa ihm einen weiteren Drink brachte. »Hat die Kleine schon genug?«

Melissa überhörte den geringschätzigen Ausdruck. »Malaika ist krank.«

»Krank? Wieso das denn?« Der Immobilienmakler trank den Martini in einem Zug und verlangte gleich noch einen. »Und noch ein Fläschchen Prosecco für meinen süßen Kolibri.« Er lallte schon fast, aber Melissa hatte Anweisung, ihm zumindest noch einen weiteren Drink zu bringen. »Und was hat die Kleine? Husten? Schnupfen? Ich dachte, diese Eingeborenen sind aus anderem Holz geschnitzt. Holen Sie die Gute gefälligst aus dem Bett!«

»Sie ist tatsächlich krank, Sir. Aber morgen bedient sie wieder.«

»Morgen, morgen … so lange kann ich nicht warten. Auf der Homepage der Lodge steht was von lebendigem Lokalkolorit, das will ich haben, verdammt!«

»Ich werde sehen, was sich machen lässt, Sir.«

Melissa eilte in die Bar und sah den Manager Martin Conroy am Tresen stehen und mit dem Barkeeper plaudern. Er machte einen etwas angespannten Eindruck.

»Ich habe ein Problem«, sagte sie zu dem Manager. Sie berichtete ihm, dass John Lowell kurz davor war, betrunken vom Stuhl zu kippen, und darauf bestand, das versprochene

Lokalkolorit geliefert zu bekommen. »Was soll ich nur tun, Sir?«

»Kein Grund zur Panik«, beruhigte sie der Manager. Er nahm ihr das Tablett ab und ließ den Barkeeper die Drinks daraufstellen. »Ich bringe ihm die Drinks und rede ihm ins Gewissen, und Sie gehen in die Eingangshalle und holen Sonyanga, unseren Massai-Guide. Ich hab ihn gerade noch an der Rezeption gesehen. Er soll auf die Terrasse kommen und ein paar Worte mit Lowell wechseln.« Er bemerkte Melissas skeptische Miene und lächelte. »Ich weiß, man sollte keinen Unterschied bei den Gästen machen, aber John Lowell ist ein millionenschwerer Investor, und Mister Brentwood würde mir den Kopf abreißen, wenn ich ihn gegen uns aufbringen würde. Gordon Brentwood ist der Inhaber unserer Lodge. Wer weiß, vielleicht will Lowell in seine Firma investieren? Also gehen Sie bitte.«

Melissa wandte sich zum Gehen.

»Und lassen Sie sich nicht von Sonyanga einwickeln. Die Damen halten große Stücke auf ihn, und ich möchte nicht, dass Sie sich zu sehr ablenken lassen.«

»Keine Angst, Sir«, erwiderte sie. »Ich bin bestimmt nicht in die Serengeti gekommen, um mir die Zeit mit heimlichen Dates zu vertreiben.« Sie deutete ein leichtes Grinsen an. »Im Gegenteil, ich bin froh, wieder Single zu sein.«

Doch als sie die Eingangshalle betrat und den Massai an der Rezeption lehnen sah, blieb sie unwillkürlich stehen und ließ seinen Anblick auf sich wirken. Er war hochgewachsen wie die meisten Massai, beinahe zwei Meter groß, und trug den traditionellen leuchtend roten Umhang seines Volkes und einen Speer. Seine schulterlangen Haare waren geflochten und mit Ockerfarbe verziert. Um seinen Hals wanden sich mit Perlen bestickte Reifen, an seinen durchlöcherten Ohrläppchen hingen zahlreiche Kettchen und Schmuckstücke. Aber noch eindrucksvoller als diese Äußerlichkeiten war sein ebenmäßiges Gesicht mit den sanftmütigen Augen, die gar nicht zu einem Krieger passten, und den weißen Zähnen, so perfekt, als hätte ein Maler den Auftrag bekommen, einen stolzen Massai zu malen.

Unsinn, rief Melissa sich sofort zur Ordnung, es gab keinen perfekten Menschen, einen Mann schon gar nicht. Nicht einmal ein Bilderbuchkrieger wie dieser Massai würde sie aus der Ruhe bringen. Nach der Pleite mit ihrem Jugendfreund hatte sie sich in Österreich zurückgehalten und würde auch hier in der Serengeti nicht den Fehler begehen, sich auf ein Abenteuer einzulassen. Es gab schließlich genug Beispiele von Frauen, die sich mit Afrikanern angefreundet oder diese sogar geheiratet hatten, nur um wenige Monate später an der unterschiedlichen Kultur zu scheitern. Wahrscheinlich bildete Sonyanga sich sowieso schon zu viel auf sein gutes Aussehen ein und machte es sich zum Sport, weiße Frauen um den Finger zu wickeln.

»Sonyanga?«, sprach sie den jungen Mann an. Sie spürte, wie sie leicht errötete, und ärgerte sich maßlos darüber. »Ich bin Melissa Baxter, die neue Praktikantin.« Sie berichtete ihm von dem betrunkenen Millionär und dem Wunsch des Managers, sich wenigstens einmal bei John Lowell zu zeigen. »Ich hätte dem Kerl viel lieber eine runtergehauen, so wie der sich benimmt, aber das gehört sich wohl nicht.«

»Nicht unbedingt«, erwiderte Sonyanga. »Ich hab schon von ihm gehört und hoffe nur, dass ich nicht auf Safari mit ihm gehen muss.« Er sprach ein ausgesprochen vornehmes Englisch. »Dann hoffen wir, dass er noch bei Sinnen ist.«

Das Gegenteil war der Fall. Lowell konnte kaum noch gerade sitzen und fuchtelte mit einer qualmenden Zigarre herum, das leere Glas in der freien Hand. »Ich … ich bestehe aber darauf, dass … dass Sie mir noch einen Martini bringen. Ich kann … kann einiges vertragen, Sir, verlassen Sie sich … sich drauf, Mister.«

»Dann würde ich Ihnen die Bibliothek empfehlen, Sir.« Conroy versuchte krampfhaft, den betrunkenen Millionär aus der Reichweite der anderen Gäste zu bringen, hatte aber keinen Erfolg. »Seien Sie doch bitte vernünftig, Mister Lowell.« Er wandte sich an die Freundin des Immobilienmaklers. »Edith, sagen Sie doch bitte auch etwas.«

Aber Edith grinste nur, war wohl selbst schon leicht beschwipst.

»Ah, da kommt ja das Fräulein mit dem Lokalkolorit!«, rief Lowell begeistert. Plötzlich sprach er wieder, ohne zu stottern. Er musterte Sonyanga von oben bis unten. »Alle Achtung. Nicht so hübsch wie das Mädchen, aber immerhin.« Er stand auf und wollte seine Haare berühren, verlor aber das Gleichgewicht und fiel auf seinen Stuhl zurück. »Warum tanzt du nicht für uns, mein Freund? Soweit ich weiß, hüpfen die Massai beim Tanzen ständig auf und ab. Hüpf für uns, ich bin für meine großzügigen Trinkgelder bekannt.« Er zog einen Schein hervor.

Sonyanga rührte sich nicht von der Stelle. Man sah ihm an, wie zuwider ihm die Begegnung mit dem Millionär war. »Buchen Sie einen Ausflug zum Massai-Dorf«, sagte er erstaunlich ruhig. »Dort tanze ich mit den anderen Kriegern.«

»Und ... und für einen Zwanziger?« Lowell hielt ihm den Dollarschein hin.

»Morgen. Im Dorf«, wiederholte der Massai.

John Lowell schoss das Blut ins Gesicht. »Was fällt dir ein, du dummer Wilder? Bist du dir plötzlich zu fein, für einen Weißen wie mich zu tanzen? Ohne uns wärt ihr doch schon längst verhungert. Heb gefälligst die Beine, Schwarzer!«

Die Beleidigungen waren auch für den Manager das Zeichen, den Millionär sofort aus der Schusslinie zu bringen. Er winkte einigen Männern aus der Küche zu und bat sie, den betrunkenen Millionär in seinen Bungalow zu bringen. »Und achtet darauf, dass er keinen Unsinn macht. Am besten hält einer von euch Wache.«

Der Manager wartete, bis die Männer mit Lowell verschwunden waren, und wandte sich dann dem Massai zu. »Tut mir leid, Sonyanga. Er ist ein bisschen sehr ...«

»... betrunken«, ergänzte Sonyanga kühl.

4

Nach Lowells peinlichem Auftritt war Sonyanga verschwunden, und auch die nächsten drei Tage ließ er sich nicht blicken. Eine begleitete längere Safari mit einigen Gästen und ein Ausflug in das Massai-Dorf, das inmitten des Nationalparks lag und eigens für Urlauber errichtet worden war. Eher ein Museumsdorf, in dem die Bewohner fast jeden Tag für weiße Besucher posierten und tanzten und nur eine kleine Herde hielten. Mit dem Verkauf ihres traditionellen Schmucks ließ sich mehr Geld verdienen.

Ihren Eltern hatte Melissa bereits getextet, dass sie gut angekommen war. Sie telefonierte ungern, auch mit ihrem Vater und ihrer Mutter. Ihr Vater flog als Pilot in der Weltgeschichte herum und war schwer zu erreichen, und ihre Mutter klammerte gern und hätte sie am liebsten schon zurückgehalten, als sie vor drei Jahren nach Österreich gegangen war. Sie war auch die Erste, die sich bei ihr meldete: »Ich bin's – Mom. Ich dachte, du rufst mal an. Geht es dir gut? Bist du okay, Schatz?«

Genau der Ton, der Melissa auf die Nerven ging, aber sie ließ sich nichts anmerken. »Ich hab dir getextet, zu mehr hat's leider nicht gelangt. Tut mir leid, Mom. Sie haben mich gleich richtig eingespannt hier.« Sie stand auf der überdachten Terrasse, auf der auch gegessen wurde, und ließ den sternenklaren Himmel auf sich wirken. »Hier geht es wesentlich aufregender als in dem Luxushotel letztes Jahr zu.« Sie berichtete von ihrer Arbeit und ihren Erlebnissen, ließ aber Malaikas plötzlichen Stimmungswandel und den Zwischenfall mit Lowell weg.

»Es bereitet mir schon ein wenig Sorge, dass du so weit weg bist. Ich weiß, du bist jetzt erwachsen und ich soll mich nicht so anstellen, aber als Mutter kann man eben nicht aus seiner Haut.« Kein Wort darüber, dass die Mehrzahl der Mütter wesentlich cooler reagierte, wenn ihre Kinder das Haus verließen. »Ist denn alles okay in dieser Lodge? Hast du keine Angst vor wilden Tieren? Ganz zu schweigen von der politischen Lage, die ist doch in ganz Afrika angespannt.«

»Mach dir keine Sorgen, Mom«, beruhigte Melissa ihre Mutter. »Hier bin ich sicher, sonst würden wohl kaum so viele Touristen hierherkommen.« Sie verdrehte die Augen. »Und du, Mom? Wollte dich die Versicherung nicht befördern?«

»Das wird wohl noch eine Weile dauern«, räumte ihre Mutter ein. »Das würde meinen Arbeitgeber eine ganze Stange Geld kosten, und die wirtschaftliche Lage ist gerade sehr angespannt. Ich kann froh sein, dass ich Abteilungsleiterin bin. Außerdem hab ich auch noch ein Privatleben. Eine Scheidung reicht mir völlig.«

»Hey, hast du jemanden an der Angel?«

»So würde ich es nicht gerade ausdrücken. Michi und ich sind ein paarmal miteinander ausgegangen, ins Kino und zum Essen und … nun ja, ich vergleiche ihn unwillkürlich mit deinem Dad. So wie er früher mal war, meine ich, als er noch den Kavalier gespielt und nicht jeder Stewardess hinterhergelaufen ist.«

»Flugbegleiterin. Stewardessen gibt's nicht mehr.«

»Meinetwegen, aber darunter sind noch genug junge Dinger, die es auf Piloten wie deinen Dad abgesehen haben und bereitwillig öffnen, wenn er abends an ihre Hoteltür klopft. Ich weiß nicht, was er an diesen Häschen findet. Die haben doch keine Ahnung, was im Leben abgeht, und im Bett …« Sie bremste gerade noch rechtzeitig und vertrieb ihre Verlegenheit mit einem Hüsteln. »Eigentlich müsste er doch längst gemerkt haben, was er an mir verloren hat. Ich dachte, er kommt auf allen vieren wieder angekrochen, aber er hat nicht mal angerufen. Aus reiner Bosheit, sage ich dir. In Wirklichkeit würde er mich sofort wieder heiraten.«

»Du liebst ihn immer noch, stimmt's?«

»Wie kommst du denn darauf? Ich bin heilfroh, dass ich ihn endlich los bin. Oder würdest du deinen Freund mit einem Dutzend Stewardessen teilen wollen?«

»Flugbegleiterinnen.«

Ihre Mutter ging nicht auf ihre neunmalkluge Bemerkung ein. »Da fällt mir ein, gestern hat Alex angerufen. Der Junge, mit dem du auf der Schule warst.«

Melissa verschlug es fast die Sprache. »Alex? Was will der denn plötzlich? Der glaubt doch hoffentlich nicht, er könnte sich wieder an mich ranmachen.«

»So würde ich das nicht ausdrücken, Schatz. Er war furchtbar nett und wollte sich eigentlich bei dir entschuldigen. Er hätte dich damals nicht alleinlassen dürfen und sich wenigstens mal bei dir melden können. Es tut ihm leid, Melissa.«

Melissa lachte kurz. »Ist das dein Ernst, Mom? Er ging mir schon damals auf die Nerven, und er hätte gar nichts Besseres tun können. Ich hab drei Kreuze gemacht, als er von der Schule abgegangen war, und ich denke nicht daran, ihn wiederzutreffen. Du hast ihm doch nicht meine neue Handynummer gegeben, oder?«

»Nun ja«, druckste ihre Mutter herum, »ich dachte, das wäre okay.«

»Ich werde ihm schon sagen, was okay ist«, brauste sie auf. »Ach was, ich werde gar nicht erst drangehen, wenn er anruft. Sag ihm, er soll sich zum Teufel scheren, falls er sich wieder bei dir meldet. Ich hab ihn lange genug ertragen.«

Melissa war froh, als ihre Mutter endlich aufgelegt hatte und sie wieder allein war. Nach jedem Gespräch mit ihr war sie aufgewühlt, gab es irgendetwas, das ihr Bauchschmerzen bereitete oder sie länger beschäftigte. Ausgerechnet Alex, den sie längst aus ihrem Leben gestrichen hatte. Für den sie einmal geschwärmt hatte, wie für einen Popstar, und sogar auf eine einsame Insel mit ihm ziehen wollte, und mit dem sie keinen Schritt mehr gegangen war, als er sie wie sein persönliches Eigentum betrachtet hatte. Als richtiger Macho hatte er sich entpuppt, als einer dieser Typen, die später mal im Unterhemd vor dem Fernseher sitzen und nach Bier schreien würden. In Österreich hatte er sich so aufgespielt, dass sie ihn wahrscheinlich geteert und gefedert hätten, wenn er nicht freiwillig gegangen wäre.

Sie verdrängte die hässlichen Gedanken und ging ein paar Schritte. Zwischen den Bungalows waren Lampen im Boden verankert und verbreiteten trübes Licht. Die Zikaden hatten bereits mit ihrem Abendkonzert begonnen. Trotz der Insekten, die sie überall zu verfolgen schienen, ging sie abends gern spazieren, zumindest für eine Weile. Nach dem Dinner, das nicht jeden Abend mit dramatischen Zwischenfällen aufwartete, für den Service und die Küche aber stets anstrengend ausfiel, war sie gern für ein paar Minuten allein. Abschalten, die Stille genießen.

Malaika arbeitete wieder und ließ sich kaum etwas anmerken, war aber nachdenklicher geworden und lachte nicht mehr so viel. Irgendetwas bedrückte sie, und obwohl Melissa schon mehrmals versucht hatte, das Gespräch darauf zu bringen, schwieg sie beharrlich. Vielleicht etwas Persönliches, dachte Melissa, irgendetwas, das sie an den Tod ihres Vaters oder an eine andere tragische Begebenheit erinnerte. Die Höflichkeit gebot, sie nicht mit Fragen zu bedrängen. Wenn sie Hilfe brauchte, würde sie sich melden, hatte Malaika ihr versprochen.

Obwohl Melissa wusste, dass Sonyanga mit Gästen unterwegs war, ertappte sie sich mehrmals dabei, wie sie nach ihm Ausschau hielt. Ein Reflex, wie sie glaubte, weil einige Gäste auch in ihrer Gegenwart von ihm sprachen und sich lobend darüber äußerten, wie er sich John Lowell gegenüber verhalten hatte. Das großkotzige Verhalten des Millionärs und das Gepiepse seiner jungen Freundin ging den meisten auf die Nerven. »Ein hübscher Bursche, dieser Sonyanga«, hörte Melissa eine ältere Dame sagen. »Wenn ich ein paar Jahrzehnte jünger wäre, könnte ich schon schwach werden.« Und eine attraktive Lady in den Dreißigern sagte am Arm ihres Mannes: »Sei froh, dass wir letztes Jahr auf dem Standesamt waren, sonst hätte ich mir sicher diesen schwarzen Prachtburschen geschnappt.«

Alles nur scherzhaft gemeint, aber etwas Wahres war wohl dran. Sonyanga war tatsächlich ein attraktiver Mann, der auch sie mit seinem Äußeren und seiner stolzen Haltung beeindruckt hatte. Ein Mann aus der Vergangenheit, der die Ideale seines Volkes bis ins 21. Jahrhundert getragen hatte. Ein Massai-Krieger, wie sie ihn sich immer vorgestellt hatte, schlank, aufrecht und farbenprächtig gekleidet. Von seinem Stolz und dem sprichwörtlichen Mut seines Volkes getrieben. Wachsam, schnell und stark genug, einen Löwen mit seinem Speer zu erlegen.

Sie geriet beinahe ins Schwärmen, als sie an ihn dachte, und rief sich gerade zur Ordnung, als sie eine Bewegung im Schatten eines Bungalows entdeckte. Sie blieb erschrocken stehen, dachte an ein wildes Tier, das sich auf das Gelände der Lodge geschlichen haben könnte, und atmete erleichtert auf, als sie erkannte, dass es sich um ein Liebespaar handelte. Die beiden küssten sich leidenschaftlich und machten sich rasch aus dem Staub, als sie sich beobachtet fühlten. Im Mondlicht erkannte Melissa, dass es sich um Biggi Gerhardt und Jimmy Hutton handelte. Sieh an, dachte sie, die untreue Lehrerin und der geheimnisvolle Guide, das ging ja schnell. Biggi Gerhardt hatte es anscheinend faustdick hinter den Ohren.

Aber noch lange kein Grund, deswegen entrüstet zu sein. Als Angestellte eines Hotels oder einer Lodge kam es auch darauf an, den Gästen äußerste Diskretion zu gewähren, solange sie nicht gegen das Gesetz verstießen. Als Moralhüterin war sie in einem solchen Betrieb fehl am Platze. Wenn sie die Gerhardts am nächsten Morgen bediente, würde sie mit keiner Geste verraten, was sie gesehen hatte.

Bewusst wählte sie während der nächsten Abende einen anderen Pfad für ihren Spaziergang. In Gedanken versunken badete sie im blassen Mondlicht. Der Himmel schien in Afrika noch weiter und größer zu sein, und sie hätte schwören können, dass es auch mehr Sterne gab und der Mond noch heller leuchtete. Mit dem Wind wehte der unverwechselbare Duft der Savanne, der auch ihr schon vertraut war, in den abgegrenzten Bereich der Lodge und ließ sie an kniehohes trockenes Gras und den Dung wilder Tiere denken. Die Zikaden sangen so laut, dass man kaum etwas anderes hörte, bis das furchteinflößende Gebrüll eines Löwen ertönte, so laut und gewaltig, dass sie sich unwillkürlich nach ihm umdrehte.

Statt eines Löwen stand Sonyanga hinter ihr. Er trug seinen roten Umhang und wirkte so sauber, als wäre er den ganzen Tag nicht im Freien gewesen. Seinen Speer hielt er in der linken Hand.

»Tut mir leid«, entschuldigte er sich, »ich wollte dich nicht erschrecken.« Er hob den Speer an. »Den habe ich nur dabei, weil der Manager es von mir verlangt. Damit das Lokalkolorit stimmt.« Er grinste.

»Du warst ganz schön mutig bei dem betrunkenen Millionär«, erwiderte sie. »Die Weigerung, für ihn zu tanzen, hätte dich deinen Job kosten können. John Lowell ist stinkreich, und wer weiß, welche Anteile er an dieser Lodge hält.«

»Das ist mir egal. Ich bin wie ein Massai aufgewachsen und ziehe mich gern wie ein Krieger an. Und wenn es mir gelingt, bei dem ganzen Touristenrummel etwas von unserer Kultur rüberzubringen, ist es doch okay, wenn ich wie ein *moran*, wie ein Krieger durch die Lodge laufe. Doch zum Affen mache ich mich für niemanden, nicht mal für hundert Dollar.« Er trat neben sie und lud sie mit einer Bewegung ein, ihn ein Stück zu begleiten. »Und wenn sich jemand über meine Ohrläppchen und meinen Schmuck lustig macht, erkläre ich in Ruhe, was es damit auf sich hat, und wenn er mich dann immer noch veralbert, lasse ich ihn stehen und kümmere mich um die anderen Gäste. Ich bin einiges gewohnt, aber das heißt noch lange nicht, dass ich mir alles gefallen lassen muss.« Er blieb stehen und blickte sie an. »Du würdest dich nie über einen anderen lustig machen.«

»Woher willst du das wissen?«

»Du hast ehrliche Augen«, erwiderte er, »und du behandelst Malaika wie eine Freundin. Ich habe mit ihr gesprochen. Sie sagt, du wärst anders als die meisten Weißen. Du würdest Afrika lieben und dich für unsere Kultur interessieren.«

Sie liefen langsam weiter.

»Das stimmt. In meinem Zimmer in Österreich hängt ein großes Poster mit einem Löwenrudel.« Sie erzählte ihm von der Tourismusschule und davon, was sie nach Afrika getrieben hatte. »Ich will später mal hier arbeiten. In einer Lodge oder einer Tierstation. Wir müssen den Tourismus noch besser in den Griff kriegen, sonst leidet die Natur darunter und die Wildnis wird so weit zurückgedrängt, bis sie nicht mehr da ist. Ich möchte dabei helfen, dass es nicht dazu kommt.«

Sonyanga war ernst geworden. »Das Gleiche will ich auch. Die Weißen haben unser Land geraubt und uns an den Rand der Serengeti zurückgedrängt, wo es kaum noch Gras für unsere Herden gibt. Und selbst dort sind wir nicht sicher. Es tauchen immer wieder Geschäftsleute auf, die außerhalb des Nationalparks neue Lodges errichten und die Regierung überreden wollen, uns einen weiteren Teil unseres Landes abzunehmen. Das dürfen wir auf keinen Fall zulassen. Auch wenn ich nicht mehr in einem dieser Dörfer lebe, möchte ich nicht, dass es in einigen Jahren nur noch die Vorzeigedörfer in der Nähe der Lodges gibt. Dann würde unsere Kultur nur noch in einer Art Disney-Vergnügungspark existieren.«

»Du meinst, es ist schon so ernst?«

»Nicht nur wegen der Lodges. Die Mehrzahl der Weißen ist verantwortungsbewusst und bemüht sich, das Gleichgewicht der Natur zu halten. Aber einige skrupellose schwarze Schafe können alles verderben. Auch Wilderer, die Elefanten wegen ihres Elfenbeins morden, und Trophäenjäger, die Löwen abknallen.«

»Und die Deutschen waren eifrig dabei«, räumte Melissa ein. »Ich habe einiges über die Geschichte dieses Landes gelesen. Um 1900 gehörte Tansania zum Deutschen Reich, und meine Landsleute waren genauso skrupellos wie später die Briten. Wären die Kolonialherren nicht gewesen, ginge es Afrika heute besser.«

»Das ist lange her, Melissa. Komm, ich zeige dir unser Bush Camp.«

Sie folgte dem Massai bedenkenlos, hatte nicht die geringste Angst, mit dem jungen Mann durch die afrikanische Nacht zu laufen. Ein wenig mulmig wurde ihr erst zumute, als sie das Akaziendickicht verließen und über die freie Savanne zum Grumeti River liefen. Dreihundert Meter, schätzte sie, unendlich weit, wenn man sich in einem Gebiet mit Löwen und Leoparden befand. Ihr Gebrüll hallte noch immer über die Savanne und ließ Melissa nervös in alle Richtungen blicken.

»Keine Angst«, beruhigte sie der Massai, »hier greift uns niemand an. In der Serengeti gibt es Nahrung im Überfluss für die Raubkatzen, gerade jetzt während der großen Wanderung. Es ist leichter, ein schwaches oder krankes Gnu oder Zebra zu erlegen, als einen Menschen zu jagen, und die Tiere schmecken ihnen wahrscheinlich auch besser.« Er grinste. »Zur Not hab ich noch meinen Speer.«

»Damit könntest du einen Löwen erlegen?«

»Wenn es inzwischen nicht verboten wäre, hätte ich es sicher schon getan. Noch vor wenigen Jahrzehnten wurde ein Massai nur zum Krieger und zum Mann, wenn er einen Löwen erlegte und seine Krallen um den Hals trug. Inzwischen beschütze ich aber die Löwen vor den Wilderern, damit sie nicht aussterben.«

»Die Massai kümmern sich um den Artenschutz?«

Sonyanga drehte sich kurz zu ihr um. »Die Massai sind keine Hinterwälder. Ich war auf der Schule und dem College, spreche Massai, Kisuaheli und Englisch und zur Not auch ein paar Brocken Deutsch. Und ich will irgendwann für unsere Regierung arbeiten und mich für eine bessere Zukunft einsetzen.«

»Ich wollte mich nicht über dich lustig machen.«

Er kümmerte sich nicht um ihre Entschuldigung und hielt weiter auf den Fluss zu. Nur seine Schritte wurden etwas länger, als könnte er es gar nicht erwarten, endlich das Ufer zu erreichen. Melissa hatte Mühe, mit ihm Schritt zu halten, wollte sich aber keine Blöße geben und rannte sogar ein Stück, um wieder zu ihm aufzuschließen. Das Löwengebrüll war etwas näher gekommen. Sie zuckte jedes Mal zusammen, wenn sich eine der Raubkatzen lautstark bemerkbar machte.

Am Flussufer folgte sie dem Massai durch ein Akaziendickicht zu einem Zeltlager, das durch eine brusthohe Dornenhecke gesichert war.

»Bleib in meiner Nähe«, sagte er leise. Es klang beinahe wie ein Befehl. Er führte sie auf einen Felsvorsprung, der ihnen freie Sicht auf den Fluss erlaubte. Ihr blieb beinahe der Atem weg, als sie den geheimnisvollen Fluss im blassen Mondlicht glänzen sah.

»Siehst du die Krokodile?«, fragte er. »Dafür ist der Grumeti berüchtigt.«

5

Verdächtig ruhig lag der Grumeti River unter dem blinkenden Sternenhimmel. Der Mond zerfloss im lehmigen Wasser, und als die Zikaden für einen Augenblick innehielten, hörte man, wie der sanfte Wind in den Bäumen am Ufer raschelte. Im Mondlicht waren die silbernen Leiber einiger Fische zu erkennen.

Doch als ihr Sonyanga sein Fernglas reichte und sie damit den Fluss absuchte, fand sie schnell heraus, wie trügerisch diese friedliche Stimmung war. An beiden Ufern lagen riesige Krokodile scheinbar gelangweilt im Schlamm, perfekt getarnt durch ihre dunkle Farbe und jederzeit bereit, sich blitzschnell auf eine Beute zu stürzen, wie Melissa aus Dokumentarfilmen wusste. Aus dem Wasser tauchten die massigen Körper einiger Flusspferde auf, die noch gefährlicher als die Krokodile waren, wenn man sich mit ihnen anzulegen versuchte. Den Leopard, der sich in einiger Entfernung in einem Baum versteckt hatte, entdeckte sie erst beim zweiten Hinsehen.

»So ruhig ist es hier nicht immer«, erklärte Sonyanga. Er sah die wilden Tiere auch ohne seinen Feldstecher. »In ein paar Tagen durchqueren Tausende Tiere den Fluss. Vor allem Gnus, aber auch Zebras, Gazellen und Antilopen. Die große Wanderung. Anderthalb Millionen Tiere, wahrscheinlich sogar mehr, ziehen weiter nach Norden, auf der Suche nach Regen und saftigem Gras. Sie wissen ganz genau, dass im Grumeti hungrige Krokodile auf sie warten und besonders die Schwachen und Kranken auf der Strecke bleiben werden, aber ihr Hunger ist größer. Sie lassen sich durch nichts aufhalten. Ein tolles Schauspiel, das sogar einen Massai wie mich noch beeindruckt. Du bist zur richtigen Zeit gekommen.«

»Ich weiß«, erwiderte sie. Tatsächlich hatte sie bei ihren Bewerbungen darauf geachtet, die große Wanderung sehen zu können. »Aber der Fluss ist auch ohne die vielen Tiere beeindruckend. Geheimnisvoll wie in vielen Afrika-Romanen.«

»Ernest Hemingway? Edgar Rice Burroughs?«

»Du hast ›Tarzan‹ gelesen?« Sie blickte ihn verwundert an. »Und ich dachte, daran hätten nur Weiße ihren Spaß. Als Afrikaner wäre ich ziemlich sauer auf Tarzan. Ein weißer Mann, der mit wilden Tieren kann und seine schwarzen Freunde wie dumme Idioten behandelt. Ziemlich rassistisch, würde ich sagen.«

»So hat man eben damals gedacht. ›Tarzan‹ ist wie alt?«

»Ungefähr hundert Jahre.«

»Da hast du's. Was nicht heißt, dass es heute keinen Rassismus mehr gibt. Du glaubst gar nicht, wie viele Gäste mich ›Boy‹ rufen oder sich über meine Tracht lustig machen. Weil ich für die Lodge arbeite, muss ich über viele Beleidigungen hinweghören, obwohl ich manche Leute am liebsten mit meinem Speer kitzeln würde.« Er grinste. »Wie die bösen Wilden bei Tarzan.« Er fuhr mit einer Hand über die Speerspitze. »Aber die Mehrzahl der Besucher ist okay. Liegt vielleicht auch daran, dass sie in der Savanne draußen sehr oft auf mich angewiesen sind.«

»Oder weil du nicht so redest wie die Wilden bei Tarzan.«

»Viele Leute vergessen, dass die Zeit für uns Massai nicht stehen geblieben ist. Die meisten jungen Leute verlassen ihre

Dörfer, haben gar keine andere Wahl, weil sie auf die traditionelle Art kaum überleben würden. Sie ziehen in die Stadt, lernen Englisch und kleiden sich wie die Weißen.« Er zog ein iPhone unter seinem Umhang hervor. »Sie haben sogar Smartphones. Die Massai sind keine Wilden mehr. Nur unsere Kultur, die sollten wir am Leben erhalten. Deshalb arbeite ich für die Lodge, obwohl ich in einem Büro in Arusha mehr verdienen würde.«

»Und irgendwann wirst du Präsident. Du hast das Zeug zum Politiker.«

»Es gäbe viel zu tun.«

Auf dem Rückweg zur Lodge dachte sie über Sonyanga nach. Er war ein erstaunlicher Mann, verstand es, erfolgreich in der Welt der Weißen zurechtzukommen, ohne seine Vergangenheit und seine Kultur zu verleugnen. Und dazu sah er gut aus und bewegte sich geschmeidig wie eine Gazelle. Auch sie hätte einen solchen Mann nicht auf der Lodge erwartet. Wie die meisten Gäste hatte sie die Klischees im Kopf, die ihr in Filmen, Büchern und auf Webseiten vermittelt wurden: Klischees vom stolzen Krieger, der in einer anderen Welt lebte, wilde Tiere jagte und mit modernen Geräten wie Smartphones nichts am Hut hatte.

»Still!« Sonyanga blieb so plötzlich stehen, dass sie in ihn hineinlief und sich mit beiden Händen an ihm festhalten musste, um nicht zu stürzen. »Da draußen ist irgendwas!« Er griff nach seinem Feldstecher und suchte die Savanne ab.

Melissa löste sich von ihm und folgte seinem Blick. Wie ein sanft wogendes Meer lag die Serengeti vor ihr, vom Mond und den Sternen in blasses Licht getaucht und nicht bereit, ihre Geheimnisse zu verraten. Wie stumme Wächter ragten die Akazien aus der Ebene empor. Es gab nicht das geringste Anzeichen für Leben, und doch wirkte Sonyanga so angespannt, als würde sich ein Rudel hungriger Löwen auf ihn zubewegen.

»Siehst du was?«, fragte sie flüsternd.

Der Massai antwortete nicht, verriet ihr nur durch seine angespannte Haltung, dass sie sich in großer Gefahr befanden. Als er fand, was er gesucht hatte, erstarrte er für einen Moment, scheinbar unfähig, den Feldstecher von den Augen zu nehmen. Nur ganz allmählich wich die Panik von ihm. »Bleib dicht bei mir!«, befahl er ihr leise. »Kein Laut! Geh sofort in deinen Bungalow, wenn wir bei der Lodge sind. Sag jetzt nichts mehr! Tu einfach, was ich dir sage. Komm jetzt!«

Sie trat dicht hinter ihn und beobachtete, wie er den Feldstecher absetzte und seinen Speer stoßbereit in beide Hände nahm. Seine Augen blieben auf einen Punkt in der Ferne gerichtet, während er mit ihr langsam zur Lodge ging, sorgfältig darauf bedacht, sich nicht zu hastig zu bewegen. Sie spürte, wie die Angst in ihr hochkroch. Ihr Herz schlug bis zum Hals, und es fiel ihr schwer, nicht loszurennen und sich auf einen Wettlauf mit der unbekannten Gefahr einzulassen.

Sie hatte keine Ahnung, was Sonyanga so beunruhigte, fühlte sich an Malaika erinnert, die ebenfalls die Nerven verloren hatte, als ihr eine scheinbar tödliche Bedrohung in der Savanne aufgefallen war. Mühsam kämpfte sie gegen ihre Unruhe an. Noch ungefähr hundert Meter bis zur Lodge, nicht zu schaffen, wenn ein Löwe oder ein Leopard es auf sie abgesehen hatte. Selbst einem Elefanten hätte man nicht davonlaufen können. Wenn schnelle Gazellen einer Raubkatze zum Opfer fielen, war ein langsamer Mensch erst recht gefährdet.

Wie in einem Film, wenn die Musik vor einer aufregenden Szene immer lauter wurde, schwoll auch das Zirpen der Zikaden an. Sie erkannten die tödliche Gefahr, die dem Massai und ihr drohte, und befürchteten wohl, dass es gleich zum entscheidenden Angriff kommen würde. Doch nichts geschah. Alles blieb ruhig, und sie erreichten die Lodge, ohne von einer Raubkatze angegriffen worden zu sein.

»In den Bungalow! Schnell!«, befahl Sonyanga.

»Und du?«, fragte Melissa besorgt.

»Ich muss wissen, was sie will.«

»Sie? Von wem sprichst du, Sonyanga?«

»Geh ins Haus!«, forderte er sie auf. »Und mach dir keine Sorgen um mich. Ich bin ein Massai. Ich weiß mich zu wehren. Die Serengeti ist meine Heimat, und nicht mal der Fluch eines Schamanen könnte mich von hier vertreiben.«

Sie verfolgte nervös, wie er seinen eigenen Spuren nach Norden folgte, dann den Pfad verließ und in die Savanne hineinlief. Mit großen Schritten durchquerte er das hohe Gras, den Speer wieder in beiden Händen. Ein tapferer Krieger, der sich durch keine Gefahr einschüchtern ließ und zuerst die Frauen und Kinder in Sicherheit brachte, bevor er sich seinen Feinden stellte. Dem ein Speer genügte, gegen hungrige Löwen oder Leoparden zu kämpfen. Oder eine noch größere Gefahr. Ein Massai, der dem legendären Ansehen seines Volkes alle Ehre machte.

Sie lief zum Anbau zurück und sah Malaika in Shorts und T-Shirt vor der Tür stehen. Ihre Augen waren vor Angst geweitet. Sie zitterte am ganzen Leib, aber nicht vor Kälte, denn auch jetzt war es noch angenehm warm in der Serengeti.

»Malaika!«, rief Melissa. »Was machst du hier draußen?«

Die Augen ihrer Mitbewohnerin waren auf die Savanne gerichtet. Sonyanga lief unbeirrt weiter, blieb nicht einmal stehen und drehte sich auch nicht um. Im blassen Mondlicht wirkte sein farbenprächtiger Umhang wie ein dunkler Schatten. Selbst aus der Ferne sah man, wie entschlossen er der Gefahr begegnete.

»Was soll das, Malaika?«, fragte Melissa. Sie wurde langsam ungeduldig. »Was habt ihr dort draußen gesehen? Warum sagt mir niemand, was los ist?«

»Ich kann nicht«, erwiderte sie leise.

»Um was geht es? Wilde Tiere? Wilderer?«

»Du wirst es erfahren, Melissa. Irgendwann.«

»Ich will es nicht irgendwann erfahren, sondern jetzt. Ist Sonyanga in Gefahr? Was ist mit dir? Müssen wir alle Angst haben? Was soll die Geheimnistuerei?«

»Es hat mit unserem Glauben zu tun, Melissa.«

»Ich denke, du bist Christin?«

Sie lächelte schwach. »Selbst wenn wir getauft wurden, vergessen wir nicht den Glauben, den uns die Schamanen in den Dörfern gelehrt haben. Die weißen Priester sagen, dass nur ihre Religion die richtige ist, aber das stimmt nicht. An allen Religionen ist was Wahres dran.«

»Vielleicht kann ich euch helfen.«

»Warte, bis Sonyanga zurückkommt. Und hab keine Angst, ihm wird nichts passieren. Von allen jungen Männern ist er der tapferste Krieger, den ich kenne.«

Melissa gab sich mit ihrer Antwort zufrieden, doch als sie wenig später in ihrem Bett lag und in die Dunkelheit starrte, erinnerte sie sich an Malaikas leicht spöttisches Lächeln, als sie über Sonyanga gesprochen hatten. *»Hab keine Angst, ihm wird nichts passieren.«* Das klang fast so, als würde sie annehmen, zwischen ihr und dem Massai würde es mehr als nur Freundschaft geben.

Melissa fand ihn sympathisch, bewunderte ihn sogar auf gewisse Weise, aber das hieß noch lange nicht, dass sie auch etwas für ihn empfand. Er war ein Kollege, ein freundlicher Angestellter bei derselben Lodge, der ihr die fremde Natur näherbrachte und hoffentlich noch mehr über die Kultur seines Volkes erzählte. Und natürlich hatte sie Angst um ihn, so panisch, wie er auf dem Rückweg vom Fluss reagiert hatte.

Sie war zu müde, um weiter darüber nachzudenken, und schlief ein. Im Traum sah sie Sonyanga durch das Steppengras laufen, ohne dass etwas passierte. Früh am nächsten Morgen erkundigte sie sich sofort nach ihm und sah ihn an der Rezeption in der Eingangshalle stehen. Sie wollte zu ihm laufen und ihn fragen, ob alles in Ordnung wäre, doch der Koch wartete bereits ungeduldig auf sie, und ihr blieb nichts anderes übrig, als wieder umzukehren. Ohne den Massai auf sich aufmerksam gemacht zu haben, folgte sie Malaika auf die Frühstücksterrasse.

Ihre Mitbewohnerin gab sich alle Mühe, das nächtliche Abenteuer vergessen zu machen, und auch Melissa ging nicht mehr darauf ein. Bei der vielen Arbeit hatte sie gar keine Zeit, an etwas anderes zu denken. John Lowell war nach dem peinlichen Zwischenfall nicht klüger geworden und schüttete eine

Bloody Mary nach der anderen in sich hinein. Und auch seine Freundin war inzwischen anspruchsvoller geworden und bestellte Champagner statt Prosecco. Die Rühreier ließ sie fast unberührt. Insgeheim fragte sich Melissa, wie lange es die beiden wohl miteinander aushalten würden. Sie nahm an, dass sich der Millionär seine Begleitung nur für diesen Urlaub ausgesucht hatte.

Problematisch würde wohl auch die Rückkehr für die Gerhardts verlaufen. Biggi machte kein Hehl aus ihrer Vorliebe für den englischen Guide, der seltsamerweise nur wenige Minuten nach ihr auftauchte, von Tisch zu Tisch ging und die Fragen der Gäste beantwortete. Auch heute war wieder eine Safari geplant. Biggi lächelte Jimmy Hutton ungeniert zu, winkte vertraulich und schmollte wie ein beleidigtes Schulmädchen, als Paul sie zurechtwies. Doch wenige Minuten später war sie zur Belustigung vieler Gäste schon wieder am Winken und kicherte verstohlen, als sich der Guide nach ihr umdrehte und errötete.

Nach zwei Wochen kann ich wahrscheinlich ein Buch über die Beziehungskisten auf der Lodge schreiben, dachte Melissa. Sie lächelte Malaika zu, die wohl auch gemerkt hatte, was bei den Gerhardts los war, und ihr zuflüsterte: »Da habe ich schon ganz andere Sachen hier erlebt. Viel schlimmer sind die Frauen, die sich unseren Männern an die Brust werfen, weil sie exotische Krieger wollen.«

»Ich weiß«, erwiderte Melissa, »und dann schreiben sie Bücher darüber.«

Während des Frühstücks rief sie Martin Conroy in die Empfangshalle. Sonyanga war nirgendwo zu sehen. »Wir sind sehr mit Ihnen zufrieden«, sagte der Manager, »Sie machen Ihre Arbeit ganz ausgezeichnet. Ich wollte Ihnen nur sagen, dass Sie übermorgen in die Küche wechseln können. Otto ist sehr gespannt, was man Ihnen in dieser Hinsicht beigebracht hat. Morgen haben Sie frei. Das heißt, ich habe Sonyanga gebeten, Sie auf einen Tagesausflug mitzunehmen und Ihnen ein wenig die Gegend zu zeigen. Eine Privatsafari sozusagen, dafür müssen unsere Gäste tief in die Tasche greifen.« Er lachte. »Aber Sie haben es sich verdient.«

Pünktlich um sechs Uhr, nach einem kurzen Frühstück in der Küche, holte Sonyanga sie am nächsten Morgen in der Empfangshalle ab. Melissa trug Kakihosen und ein pastellfarbenes T-Shirt, dazu feste Stiefel und eine Baseballmütze mit dem Logo der *Frankfurt Skyliners*. Ihre Haare hatte sie zu einem Pferdeschwanz gebunden. Ihr Feldstecher hing um den Hals, die kleine Kamera steckte in der Tasche, und an ihrem Gürtel hing eine Feldflasche mit frischem Wasser.

»So okay?«, fragte sie ihn.

»Wie eine Forscherin siehst du aus. Bis auf die Baseballkappe.«

»Die Skyliners sind ein Frankfurter Basketballverein.«

»Und du bist Fan?«

Sie schüttelte lachend den Kopf. »Mir gefällt nur das Logo. Ich gehe lieber zum Fußball. Eintracht Frankfurt. Obwohl wir in letzter Zeit dauernd verlieren. Seitdem ich in Österreich wohne, habe ich leider kaum noch Zeit, mir die Spiele anzusehen. Da stehen die Leute auf Skifahren. Warst du schon mal im Schnee?«

»Du wirst es nicht glauben, ich habe sogar schon einen Schneemann gebaut. Ich durfte vor einigen Jahren mit den besten Schülern des Jahrgangs nach Frankreich fliegen. Auf Einladung eines Konzerns. Es schneite damals wie verrückt.«

Sie hütete sich, die Ereignisse der vorletzten Nacht anzusprechen. Sonyanga würde ihr alles erklären, wenn er glaubte, dass die Zeit dafür gekommen war. Er musste wissen, wie sehr sie der Zwischenfall beunruhigt hatte, und dass sie sich große Sorgen machte. Die Hauptsache war doch, dass er unversehrt war, und es keinen Grund mehr dafür zu geben schien, besondere Angst zu zeigen. Dafür, dass er noch vor wenigen Stunden um ihr Leben gefürchtet hatte, war er sogar ausgesprochen fröhlicher Laune. Er trug seine leuchtend roten *shukas* und hatte eine Kühlkiste mit Wasser und Proviant dabei. »Wir können gleich los«, sagte er.

Sie nahmen einen der offenen Jeeps und brachen mit dem ersten Sonnenstrahl auf. Es war schon seltsam, neben einem Massai in traditioneller Tracht zu sitzen, als hätte sich ein Krieger aus einem früheren Jahrhundert in die Gegenwart verirrt. Und genauso ungewöhnlich war es, ihn sein Smartphone hervorkramen und seine Messages checken zu sehen. »Einer meiner Freunde ist krank«, erklärte er. »Er wird heute an der Schilddrüse operiert und hat große Angst. Er liegt im Krankenhaus in Arusha. Ich habe ihm gesagt, dass ich ihn morgen früh besuche.«

»Warum nicht heute? Conroy wäre sicher einverstanden gewesen, wenn wir erst morgen fahren. Am besten drehst du gleich um. Ich kann warten, Sonyanga.«

»Kein Grund zur Sorge, Melissa. Heute kann ich sowieso nichts mehr für ihn tun. In einer Stunde wird er operiert, und den Rest des Tages verschläft er. Nein, das ist schon okay so. Heute bin ich dein Guide und dein Fahrer.« Er grinste verstohlen. »Andere melden sich ein Jahr vorher an, um mich zu bekommen.«

»Ach ja, und eingebildet bist du gar nicht.«

Sie lachten beide, als er einer ausgetretenen Piste in die Wildnis folgte und den Jeep geschickt über die buckelige Piste steuerte. Außer einer Plane, die über die Dachstreben gespannt war, schützte sie nur die Karosserie des offenen Jeeps gegen ihre Umgebung. Ganze Grasbüschel klatschten gegen die Türen, lockere Erdklumpen sprangen unter den Rädern hervor, und der Wind wehte ihnen ins Gesicht. Der Geruch wilder Tiere war so intensiv, dass sie glaubte, jeden Moment einem Löwen, einem Büffel oder einem anderen Tier begegnen zu können.

Nach ungefähr einer Stunde, die sie auch wegen des ständig aufheulenden Motors schweigend zugebracht hatten, lenkte Sonyanga den Jeep auf einen Hügel, von dem sie bis zum fernen Horizont blicken konnten. Die Aussicht war unvergleichlich. Im Licht der aufgehenden Sonne bewegten sich Zebras, Gnus und Antilopen durch das leuchtende Gras, ein ganzes Heer übermütiger Affen tobte auf den Ästen einer Akazie, und einige Giraffen bewegten sich anmutig von einem Baum zum anderen. Im fernen Dunst glaubte Melissa eine Elefantenherde zu erkennen. Am aufregendsten aber war der Anblick einiger Löwen, die im Schatten einer Akazie dösten und neugierig die Köpfe hoben, als sie den Jeep entdeckten.

Melissa zog ihre Kamera hervor und fotografierte die Löwen. Dabei stieß sie gegen die Beifahrertür und erschrak, als sie bemerkte, wie einer der Löwen nervös aufsprang und in ihre Richtung blickte. Ihm gefiel die Ruhestörung überhaupt nicht.

»Wir verschwinden lieber«, sagte Sonyanga.

6

Die Sonne stand bereits über dem Horizont, als sie ein verstecktes Wasserloch erreichten. Es war von einem lichten Wald umgeben und einige Kilometer abseits der befahrenen Trails. Von einem Felsvorsprung überblickte man den Seitenarm des Grumeti River, der im Morgenlicht wie verzaubert aussah. Helle Lichtpunkte, durch die Baumkronen gefiltert, spiegelten sich im ruhigen Fluss.

Melissa erhob sich von ihrem Sitz und blickte über die Windschutzscheibe hinweg auf das spektakuläre Bild, das sich ihren Augen bot. Mehrere Elefanten standen auf der Lichtung und labten sich am kühlen Wasser, unweit von ihnen standen Büffel, so kräftig und selbstbewusst, dass sie sich nicht einmal vor den Krokodilen am Ufer fürchteten. Die Zebras waren vorsichtiger, wagten sich nur zögernd ans Wasser heran und wurden erst mutiger, als einige Antilopen scheinbar ungefährdet in den Fluss stiegen.

»Wow!«, staunte sie. »Da hat sich ja ganz Afrika versammelt.« Vor lauter Aufregung vergaß sie beinahe zu fotografieren.

»Hier fahren wir ganz selten auf den Safaris vorbei«, sagte Sonyanga, der sich offensichtlich über ihre Begeisterung freute. »Liegt zu weit ab, auch für die anderen Lodges. Manchmal glaube ich, die Tiere wissen das und kommen deshalb so gerne hierher.« Er blickte durch seinen Feldstecher. »Ich sehe solche Bilder seit meiner Geburt und finde sie immer noch schön.« Er setzte das Fernglas ab, als wäre ihm der Gedanke erst jetzt gekommen. »Wusstest du, dass die Massai diese wilden Tiere niemals wegen ihres Fleisches gejagt haben? Wir haben immer von der Viehzucht gelebt und Rinder und Ziegen über das Steppengras getrieben.«

Er blickte wieder durch sein Fernglas und suchte die Savanne abseits des Wasserlochs ab. Plötzlich straffte sich sein Körper. »Dort drüben«, raunte er ihr zu. »Eine Löwin. Ich glaube, die hat es auf eines der Zebras abgesehen.«

Melissa griff nach ihrem Fernglas und blickte in die gleiche Richtung wie er. Sie brauchte eine ganze Weile, um eine kaum sichtbare Bewegung inmitten des Steppengrases auszumachen. Eine Löwin, voll konzentriert und den Blick auf die Zebras gerichtet. Sie verharrte ungefähr zwanzig Meter vor dem Wasserloch im Gras, leicht geduckt und auf den Augenblick wartend, in dem ihr Angriff den größten Erfolg haben würde. Selbst durch ihren Feldstecher erkannte Melissa, wie angespannt jeder ihrer Muskeln war, welche Energie in ihrem schlanken und kraftvollen Körper steckte. Ihre wachsamen Augen bildeten schmale Schlitze.

Melissa ahnte, dass sie einem für Europäer außergewöhnlichen Ereignis beiwohnen durfte, und verhielt sich entsprechend ruhig. Nur ihre Hände zitterten ein wenig, während sie durch ihr Fernglas blickte. Ein flüchtiger Schwenk zeigte ihr, wie ahnungslos die Tiere am Wasserloch waren, nur eine der Antilopen schien die fremde Witterung aufgenommen zu haben und hob nervös den Kopf. Als sich ihr Verdacht nicht zu bestätigen schien, trottete sie weiter in den Fluss hinein.

Die Löwin bewegte sich jetzt. Ihre Beute fest im Blick schlich sie geduckt auf das Wasserloch zu. Durch die Farbe ihres Fells war sie so perfekt getarnt, dass sie sich kaum gegen das gelbe Steppengras abhob. Ihr Leben lang von der Jagd abhängig, verursachte sie wahrscheinlich kaum ein Geräusch, tastete sie sich so langsam an ihr Opfer heran, dass sie ein zufälliger Beobachter sicher erst entdeckt hätte, wenn sie direkt vor ihm auftauchte. Nicht jeder hatte so gute Augen wie Sonyanga, schon gar nicht ein Europäer.

»Gleich!«, flüsterte der Massai.

Melissa blieb keine Zeit mehr, auf die Zebras zu schwenken. Die Löwin explodierte so plötzlich, dass Melissa erschrak und sie für einen Moment verlor, dann wieder mit ihrem Fernglas einholte und voll im Lauf erwischte. Wie von einem Katapult geschleudert spurtete sie durch das Steppengras, so wild und entschlossen, dass sie den Boden kaum noch zu berühren schien. Ihre kräftigen Muskeln zeichneten sich deutlich gegen ihr Fell ab, verhalfen ihr zu einer Schnelligkeit und Eleganz, der wahrscheinlich keines der Tiere am Wasserloch gewachsen war. Als sie die Löwin bemerkten, setzte sie bereits zum Sprung an.

Ihr Ziel war eines der schwächeren Zebras, das so unvorsichtig gewesen war, sich von seinen Artgenossen zu entfernen, und sich als Beute regelrecht anbot. Selbst eines der scheinbar dösenden Krokodile hatte bereits die Augen geöffnet. Melissa unterdrückte nur mühsam einen Schrei, als sich die Löwin vom Uferrand abstieß und auf ihre Beute stürzte. Die anderen Zebras und die Antilopen rannten in panischer Angst davon, auch die Wasserbüffel wichen respektvoll zurück. Die Elefanten stellten sich schützend vor ihre Jungen, reagierten aber eher gelassen und wussten wohl, dass sie nichts von der hungrigen Löwin zu befürchten hatten.

Die Raubkatze landete auf dem Rücken des Zebras und drückte es ins Wasser. Ihre Pranken gruben sich tief in sein Fleisch. Mit einem schrillen Wiehern versank es im Fluss, unfähig, sich gegen die überlegene Löwin zu wehren. Um das Zebra herum färbte sich das Wasser blutrot, als die Löwin seine Kehle zu fassen bekam und ihm das Leben aus dem Körper riss. Zusammen mit einigen anderen Löwen, die aus dem Nichts aufzutauchen schienen, zerrten sie den Kadaver an Land und machten sich daran, ihn aufzureißen und zu fressen. Abseits des Wasserlochs sah Melissa, wie die restlichen Zebras über einen Hügel verschwanden.

Natürlich hatte sie Mitleid mit dem getöteten Tier, doch im gleichen Augenblick kam ihr in den Sinn, etwas ganz Natürliches beobachtet zu haben. Es lag in der Natur eines Löwen, Zebras und andere Tiere zu reißen. Ohne ihr Fleisch würde er jämmerlich verhungern. So wie Leoparden, Geparden und Krokodile. Sie lebten von der Jagd und waren Teil eines Kreislaufs, der das Überleben aller Lebewesen garantierte, aber mit dem Tod vieler anderer bezahlt werden musste.

Sonyanga erriet ihre Gedanken. »Der Kreislauf des Lebens«, sagte er.

»Grausam«, erwiderte sie, »aber auch aufregend und wunderschön. So kraftvoll und elegant habe ich noch kein Tier laufen sehen. Bekommen es manche Touristen nicht mit der Angst zu tun, wenn sie eine solche Jagd miterleben?«

»Manchmal schon, aber wenn man ihnen erklärt, dass es ohne den Tod kein Leben in der Serengeti gäbe, sehen sie die Sache anders. Die meisten Besucher lernen die Natur erst hier kennen. Es dauert eine Weile, bis sie sich daran gewöhnt haben, wie gnadenlos sie sein kann. So funktioniert der Kreislauf eben.«

Melissa nickte. »Ja, aber das mach mal jemandem klar, der sein Fleisch im Supermarkt kauft. Und der schon aufschreit, wenn sein Hund einem Huhn nachläuft oder eine Katze mit einer toten Maus spielt. Es dauert wohl eine Weile, bis man sich daran gewöhnt hat, wie grausam die Natur sein kann.«

Sie verließen das Wasserloch und fuhren eine weitere Stunde, bis sie eine neue Anhöhe erreichten und Sonyanga den Jeep neben einigen Felsen anhielt.

»Lunchtime«, sagte der Massai und nahm die Sandwiches und das kalte Wasser aus der Kühlbox. »Schinken und Käse, das mögen die Gäste am liebsten.«

»Thunfisch wäre mir lieber«, erwiderte Melissa grinsend, »aber weil du's bist. Ich hab, ehrlich gesagt, einen Bärenhunger, und das bestimmt nicht, weil ich den Löwen beim Fressen zugesehen habe.« Sie biss in das Sandwich und war angenehm überrascht. »Gar nicht so übel. Otto hat sich besonders viel Mühe gegeben.«

Natürlich blieben sie während ihres Picknicks im Wagen, und Sonyanga behielt ständig die Umgebung im Auge, eine Vorsicht, die wohl allen Menschen im Blut lag, die in der Wildnis aufgewachsen waren. Obwohl er keine Waffe bei sich hatte, nicht mal seinen Speer, fühlte Melissa sich ausgesprochen sicher in seiner Nähe. Auch wenn sie zurzeit nicht an einem Freund interessiert war, musste sie zugeben, dass ihr die Gesellschaft des ruhigen und sehr zurückhaltenden Massai äußerst angenehm war, aber das verriet sie ihm nicht. Er schien ausgeglichener als alle anderen Männer, die sie bisher kennengelernt hatte.

Als sie fertig gegessen hatten, blieb Sonyanga ruhig sitzen, trank einen Schluck aus seiner Wasserflasche und schien lange über die Worte nachzudenken, die er an sie richten wollte. »Siehst du den Berg am nördlichen Horizont?«, fragte er dann.

»Den Kilimandscharo?«

»Am nördlichen Horizont, den dunklen Schatten.«

»Was ist damit?«

»Das ist der Doinyo Lengai«, erklärte er, »der heilige Berg unseres Volkes. Dort soll Engai wohnen, unser Gott.« Er lächelte ein wenig. »Eigentlich sollte ich Göttin sagen, denn unser Gott ist weiblich. Sie hat uns die Rinder geschenkt, von denen wir leben. Sie gibt uns die Kraft, die wir zum Überleben in dieser Wildnis brauchen. Unsere *laibon*, unsere Schamanen, sagen – auch nachdem sie von weißen Pfarrern getauft wurden –, dass auf diesem Berg die einzige Wahrheit wohnt.«

»Warum ausgerechnet auf diesem Berg?«

»Er liegt im Zentrum unserer einstigen Heimat, noch bevor die Deutschen und die Engländer übers Meer kamen und uns einen Teil der Weidegründe wegnahmen. An ihm orientierten sich unsere Krieger, wenn sie auf Löwenjagd gingen.«

Obwohl die deutschen Kolonialherren den Kontinent schon vor über hundert Jahren verlassen hatten, fühlte sich Melissa schuldig. Natürlich hatte sie gelernt, dass auch Engländer, Holländer, Franzosen, Dänen und Portugiesen in Afrika gewütet und damit erst die Armut heraufbeschworen hatten, die Afrika bis zum heutigen Tag zu einem Entwicklungsland machten, aber ihr wäre wohler zumute gewesen, wenn ihr Land nicht an der Ausbeutung beteiligt gewesen wäre.

Sonyanga gingen ganz andere Gedanken durch den Kopf. »Du hast dich gewundert, warum sich Malaika vor Angst in ihrem Zimmer verkrochen hatte. Du hattest Angst, weil ich Angst hatte und dich wieder im Stich ließ, als wir die Lodge erreicht hatten. Du wolltest wissen, was wir da draußen gesehen haben.«

»Ich war beunruhigt«, verbesserte sie ihn. Sie merkte, dass er im Begriff war, dieses Geheimnis zu lüften, und wagte kaum, sich zu bewegen, aus Angst, er könnte es sich doch noch anders überlegen. »Malaika hatte panische Angst.«

Sonyanga ließ mehrere Minuten verstreichen, schien sich zu sammeln oder abzuwägen, bevor er sich ein Herz fasste und erklärte: »Unsere Legenden sagen, dass Engai eine weiße Löwin schickt, wenn sie um unser Leben und unsere Zukunft fürchtet. Eine weiße Löwin ist heilig. Sie ist die Botin unseres Gottes, wenn es gilt, uns etwas besonders Schlimmes mitzuteilen. Wenn uns eine weiße Löwin begegnet, brauen sich dunkle Wolken über uns zusammen. Es hat einmal Zeiten gegeben, in denen die Bewohner eines Dorfes schreiend davongelaufen sind, wenn eine weiße Löwin in der Nähe war.« Er blickte nervös auf den heiligen Berg und brauchte wieder geraume Zeit, bis er weitersprach. »Die weiße Löwin ist Malaika und mir erschienen.«

»Ihr habt eine weiße Löwin gesehen?«, fragte Melissa erstaunt.

»Sie war dicht bei der Lodge«, bestätigte Sonyanga. »Und sie war keine bloße Erscheinung. Ich habe sie wirklich gesehen. Deshalb musste ich dich allein lassen. Ich fand ihre Spuren und lief ihr nach und sah ihr weißes Fell im Mondlicht leuchten. Ich fantasiere nicht. Ich habe die weiße Löwin tatsächlich gesehen.«

»Und jetzt habt ihr Angst, dass etwas Schreckliches geschieht?«

»Vielleicht.« Sonyanga vermied es, sie anzusehen. »Ich weiß, du hältst das für einen lächerlichen Aberglauben, und ich sollte es vielleicht auch tun. Immerhin habe ich ein College besucht. Aber in mir steckt noch viel von unserem alten Glauben.«

Melissa hatte einiges über weiße Löwen gelesen und sogar einige Videos auf YouTube über sie gesehen. Sie waren keine Albinos, sondern ließen nur ein wichtiges Gen vermissen, deshalb war ihr Fell schneeweiß und ihre Augen blau. Die meisten weißen Löwen lebten in Tierparks und stammten aus Züchtungen. In freier Natur stieß man nur höchst selten auf diese außergewöhnlichen Tiere. Melissa hätte sich nicht träumen lassen, einmal in die Nähe eines solchen Tieres zu kommen.

»Es muss nicht heißen, dass unser Leben in Gefahr ist. Es kann auch bedeuten, dass Geschäftemacher einen weiteren Anschlag auf unser Land planen. Es könnte um die asphaltierte Straße gehen, die unsere Regierung durch den Nationalpark bauen will. Bisher konnten verantwortungsvolle Politiker das verhindern, aber bei so einem großen Projekt sind auch Bestechung und andere Schweinereien an der Tagesordnung. Und wer weiß, wie lange die Politiker noch durchhalten. Wenn die Straße gebaut wird, könnte die große Wanderung unterbrochen und die Tiere daran gehindert werden, zu den fruchtbaren Ebenen im Norden zu ziehen. Dann würde der Kreislauf des Lebens gebrochen, und nicht nur Gnus, Zebras und Antilopen, sondern alle Tiere würden sterben.« Seine Augen waren feucht geworden. »Und nicht nur Tiere, sondern auch viele Menschen.«

»So weit wird es nicht kommen, Sonyanga«, sprach sie ihm Mut zu. »Und wer weiß, vielleicht war es nur eine ganz gewöhnliche weiße Löwin, der ihr begegnet seid. Wer weiß denn, ob eure Göttin sie wirklich geschickt hat?« Sie legte eine Hand auf seinen Unterarm und zog sie gleich wieder zurück. »Du wirst sehen, die Begegnung hat keine Bedeutung. Oder nur die, dass ihr es wert seid, einem so schönen und anmutigen Tier zu begegnen. Vielleicht ist es eine Auszeichnung.«

»Oder ein böser Geist versteckt sich hinter einer schönen Gestalt«, erwiderte er besorgt. »Sagen die Christen nicht, dass der Teufel oftmals als wunderschöne Frau zu den Menschen kommt und sie mit seinem magischen Gesang verführt?«

»Es gibt keinen Teufel, Sonyanga.«

»Wollen wir's hoffen.« Er stellte seine Wasserflasche in die Halterung vor den Sitzen und schien die bedrückenden Gedanken verdrängen zu können. Er lächelte sogar ein wenig. »Ich wollte dir nicht den Ausflug verderben«, sagte er, während er den Wagen wendete. »Ich dachte nur, ich wäre dir eine Erklärung schuldig.«

»Es wird alles gut«, munterte sie ihn auf.

Inzwischen war die Sonne nach Westen gewandert, und es wurde Zeit, dass sie zur Lodge zurückfuhren. Sonyanga steuerte den Jeep auf die Sandstraße zurück, die auch reguläre Safaris benutzten, und ließ den Wagen ein wenig schneller laufen, ohne den Blick auf die Umgebung zu vernachlässigen. Die Gelb- und Brauntöne der Savanne waren in der Nachmittagssonne noch stärker und intensiver geworden, und die dunklen Schirmakazien wirkten jetzt wie schwarze Scherenschnitte, die sich scharf gegen den durchgehend blauen Himmel abhoben.

Auf ungefähr halbem Weg begegneten sie einigen Elefanten, die sich zwischen den Akazien am Ufer eines schmalen Sees aufhielten und ungestört von anderen Tieren am Laubwerk zupften. Eine kleine Herde, aber Sonyanga war sie nur zu vertraut.

»Das sind Hanno und seine Damen«, erklärte er. Er bog von der Straße ab und fuhr langsam auf die Tiere zu, hielt in respektvoller Entfernung an und schaltete den Motor ab. »Hanno ist ein wenig empfindlich. Siehst du die vielen Narben hinter seinem Ohr? Wir vermuten, dass Wilderer dabei gestört wurden, ihn wegen seines Elfenbeins abzuschlachten, und sich rechtzeitig aus dem Staub machen konnten. Du hast gehört, dass Elefanten ein gutes Gedächtnis haben und niemals etwas vergessen? Das stimmt, nur kann Hanno inzwischen überhaupt keine weißen Männer mehr leiden und hat uns sogar mal angegriffen, als wir ihm während einer Safari zu nahe kamen. Seitdem halten wir den Sicherheitsabstand. Obwohl … gegen weiße Frauen kann er eigentlich nichts haben. Die haben ihm nie etwas getan.«

»Mich scheint er auch nicht besonders leiden zu können«, erwiderte sie. Hanno hatte sich von der Herde gelöst und lief ein paar Schritte auf sie zu, als wolle er Sonyanga auffordern, den Motor anzulassen und davonzufahren.

Sonyanga war klug genug, seinem Drängen zu folgen. Er drehte den Zündschlüssel, doch nichts geschah, drehte noch einmal und entriss dem Jeep nur ein heiseres Keuchen. »Keine Ahnung, was mit dem Motor los ist«, sagte er nervös.

Melissa duckte sich tief in ihren Sitz. Durch die Windschutzscheibe beobachtete sie, wie der mächtige Elefant seinen Rüssel einrollte und weiter auf sie zurannte, ein tonnenschwerer Bulle, der ihren Jeep mit einem Rempler in Schrott verwandeln konnte. »Sonyanga ... er greift an!«, rief sie heiser. »Wir müssen hier weg!«

Der Massai drehte erneut den Schlüssel, erkannte wohl selbst, dass sie in tödlicher Gefahr schwebten, behielt aber einigermaßen die Ruhe. Gerade noch rechtzeitig sprang der Motor an. Hanno war nur noch wenige Meter von ihnen entfernt, als Sonyanga den Gang einlegte, das Gaspedal durchdrückte und den Jeep rückwärts aus der Gefahrenzone brachte. In einem gefährlichen Schlingerkurs fuhr er den Wagen auf die Sandstraße zurück, weit genug von Hanno entfernt. Der Elefant drehte ab, trompetete laut und kehrte zu seiner Herde zurück.

»Das war kein Scheinangriff«, sagte Sonyanga. »Wenn sie bei einem Angriff den Rüssel einziehen, ziehen sie es meistens durch. Tut mir furchtbar leid, Melissa.«

Sie konnte schon wieder lächeln. »Bei dir bekommt man wenigstens was geboten! Und da sagen manche Leute, so eine Afrika-Reise wäre nur was für alte Leute.« Sie sagte ihm nicht, wie es in ihrem Magen aussah und dass er von Glück sagen konnte, dass sie sich nicht übergeben hatte. »Lass uns nach Hause fahren«, meinte sie stattdessen. »Ich glaube, für heute habe ich genug von wilden Tieren.«

7

Auf der Rückfahrt zur Lodge suchte Melissa die Steppe nach weiteren Tieren ab, doch um den verletzten Löwenwelpen abseits des Trails zu entdecken, musste man schon ein erfahrener Buschläufer wie Sonyanga sein. Sie sah den kleinen Löwen nicht mal, als der Massai den Jeep bremste und nach rechts zeigte. Erst als sie aufstand, entdeckte sie ihn im Gras. Einige Schwarzfliegen summten über seinem blutverschmierten Fell.

»Warte!«, rief Sonyanga, als Melissa aussteigen wollte. Er richtete sich zu seiner vollen Größe auf und ließ seinen Blick minutenlang über die Savanne schweifen, hob sein Fernglas an die Augen und suchte sorgfältig die Gegend ab.

Nach einer Weile stieg er vorsichtig aus. Er ließ die Tür des Jeeps angelehnt, um gleich wieder in den Wagen springen zu können, falls Gefahr drohte, und ging langsam auf das Löwenbaby zu. Bei Melissa siegte die Neugier über die Angst, und auch sie stieg aus und näherte sich dem verletzten Löwenjungen.

Was sie dort sah, ließ ihr das Blut in den Adern gefrieren. Einige Meter entfernt lagen vier weitere Löwenbabys, alle mit durchgebissener Kehle und blutüberströmt. Als hätte sie jemand getötet und achtlos ins Gras geworfen. Nur der Welpe, den Sonyanga entdeckt hatte, lebte noch. Seine Augen waren geschlossen.

»Er hat Glück gehabt«, sagte Sonyanga. Er kniete neben dem Welpen, tastete behutsam die Wunde an seinem Hals ab und fühlte seinen Puls. »Wir bringen ihn zu Doktor Wilburn in die Tierstation. Ist nur ein kleiner Umweg.« Er hob ihn vorsichtig auf und trug ihn zum Jeep. »Auf die Wolldecke«, wies er Melissa an.

Sie beugte sich über den offenen Jeep und breitete die Wolldecke, die dort gefaltet lag, auf dem Rücksitz aus. Sonyanga legte den verletzten Welpen darauf.

»Was ist mit den anderen?«, fragte sie mit belegter Stimme.

»Um die kümmern sich die Schakale und Geier«, antwortete er.

Sie schwieg eine Weile, starrte aus dem Fenster und lauschte dem Brummen des Motors, der immer wieder aufheulte, wenn sie über eine Bodenwelle fuhren. Besorgt drehte sie sich zu dem verletzten Welpen um. Er lag ruhig auf der Wolldecke und schien nichts von den Erschütterungen zu spüren. Sie wollte ihn streicheln, schützend eine Hand auf ihn legen, ließ es aber, als Sonyanga ihr einen warnenden Blick zuwarf. Auch ein junger Löwe besaß schon scharfe Zähne.

»Wer war das?«, fragte sie. »Wer hat die Kleinen so zugerichtet?«

Sonyangas Antwort bestätigte ihren Verdacht. »Der neue Anführer des Rudels. Ein jüngerer Löwe, der ihren leiblichen Vater vertrieben und alle Welpen totgebissen hat, damit die Löwin sofort wieder empfängnisbereit ist. Der Kreislauf des Lebens.«

»Darüber habe ich gelesen. Aber unser Kleiner wollte weiterleben.«

Sonyanga musterte den verletzten Welpen im Rückspiegel. »Das erlebe ich zum ersten Mal. Irgendetwas muss den Anführer beim Töten gestört haben. Der Welpe hat heute seinen absoluten Glückstag. Und wenn er noch mehr Glück hat, flickt ihn der Doktor wieder zusammen, und sie können ihn wieder in die Wildnis schicken, sobald er älter ist. Sie leisten gute Arbeit in der Tierstation, bereiten einen Löwen wie ihn darauf vor, in der freien Wildbahn überleben zu können.«

»Dann tut die Regierung doch was für den Naturschutz.«

»Ein wenig, aber nicht genug. Das *Mokama Wildlife Sanctuary* lebt hauptsächlich von privaten Spenden, so wie viele Projekte in unserem Land. Und Doktor Wilburn, der Leiter der Tierstation, hat freiwillig auf eine Karriere als Chef einer großen Tierklinik in Johannesburg verzichtet, um daran mitarbeiten zu können. Er ist in Südafrika aufgewachsen und hat einige Jahre im Krüger-Nationalpark gearbeitet, bevor er in die Serengeti kam. Seine Frau stammt aus Kenia und hilft ihm bei der Arbeit. Manchmal arbeiten sogar Studenten aus Europa in ihren Semesterferien für ihn.«

»Daran hatte ich auch schon mal gedacht.«

Sonyanga lenkte den Jeep eine Anhöhe hinauf und fuhr an einer unübersichtlichen Stelle etwas langsamer, behielt stets die Umgebung im Auge. »Reich kannst du in Afrika nicht werden, weder in der Tierstation noch als Angestellte der Lodge. Willst du wirklich nach Afrika kommen, wenn du mit der Schule fertig bist?«

»Ich glaube schon«, erwiderte sie ehrlich, »aber genau kann ich dir das erst in ein paar Wochen sagen, wenn mein Praktikum zu Ende geht. Es reicht nicht, wenn ich nur wegen der Bilder komme, die in meinem Kopf herumschwirren. Stell dir vor, du würdest Arbeit in Europa bekommen. Das wäre auch nicht einfach. Selbst wenn du dich so anziehen würdest wie wir, wären doch viele Leute misstrauisch und hätten sogar Angst vor dir. Viele Leute haben Angst vor Fremden und denken, sie würden ihnen etwas wegnehmen. Sie sehen nicht, dass Fremde ein Land auch bereichern. Manche würden dich als Neger beschimpfen.«

Sonyanga war nicht überrascht. »Rassisten gibt es überall, auch bei den Massai. Viele Krieger unseres Volkes, wir nennen sie immer noch so, halten sich für etwas Besseres. Sie glauben, den Männern anderer Völker überlegen zu sein, weil sie nur mit einem Speer bewaffnet auf Löwenjagd gegangen sind. Auch wenn die Regierung diese Jagd längst verboten hat, findet sie immer noch statt.«

Melissa blickte aus dem Fenster. Innerhalb weniger Tage hatte sie beide Gesichter der Serengeti kennengelernt: das anmutige und schöne, wenn man die Herden über die Savanne ziehen sah und die Weite des Landes auf sich wirken ließ, und das grausame, wenn ein Löwe ein Zebra oder den Nachwuchs seines Vorgängers tötet. Doch der Tod gehörte zum Kreislauf des Lebens dazu, und hier in der Serengeti war man sich dessen viel mehr bewusst als in Europa, wo man den Tod verdrängt und weitgehend ausgeklammert hatte. In der afrikanischen Steppe begegnete man ihm auf Schritt und Tritt und lernte wohl, ihn zu akzeptieren.

Noch nie war sie der Natur so nahe gewesen, weder auf einer ausgedehnten Wanderung in den österreichischen Bergen noch während eines dreiwöchigen Urlaubs in den USA, der sie auf befestigten Straßen zu den Naturwundern in Utah und Arizona geführt hatte. Hier in Afrika erlebte sie die Natur hautnah, atmete die würzige Luft, die mit dem Wind über die Savanne zog; hier war sie der Zivilisation entronnen, erlebte sie, wie die Welt am Schöpfungstag ausgesehen haben musste.

Sie erreichten das *Mokama Wildlife Sanctuary* am späten Nachmittag. Eine breite Sandstraße führte durch die eingezäunten Gehege zum Haupthaus, das mit seinem strohbedeckten Giebeldach neben einigen kuppelförmigen Hütten emporragte. Vor dem Haus waren ein Mädchen, ungefähr zwei Jahre jünger als Melissa und mit kurzen rotblonden Haaren, und ein junger Mann in Jeans, Stiefel und Cowboyhut dabei, einen jungen Elefanten mit einem Wasserschlauch abzuspritzen.

Als sie ausstiegen und das Mädchen den Massai entdeckte, ließ sie den Wasserschlauch fallen. »Sonyanga!«, rief sie erfreut. Sie lief auf ihn zu und umarmte ihn wie einen jahrelangen Freund. »Dass du dich auch mal wieder blicken lässt! Ich dachte schon, dich hätte ein Löwe gefressen.« Sie entdeckte den verletzten Welpen auf der Rückbank und reagierte sofort professionell. »Ein Löwenwelpe. Sieht böse aus. Am besten bringen wir ihn gleich zum Doc in den Behandlungsraum.« Sie rannte voraus und alarmierte Doktor Wilburn, während Sonyanga und Melissa den verletzten Löwen auf der Wolldecke ins Haus trugen.

Das Haupthaus hatte vor etlichen Jahren zu einer Lodge gehört, und man kam durch die Eingangstür direkt in den großen Wohnraum, der rustikal wie die *Seronera African Lodge*, aber wesentlich einfacher eingerichtet war. Es gab eine L-förmige Couch aus Kunstleder und einen Fernseher, einen

Glasschrank mit Büchern, und gegenüber der offenen Küche stand ein Esstisch mit zwölf Stühlen. Über dem offenen Kamin aus Natursteinen hingen zwei bemalte Massai-Speere.

Doktor Jonas Wilburn, ein schlanker Mann in den Vierzigern mit einer hohen Stirn, zerzausten Haaren und wachsamen Augen, wartete bereits in dem zweckmäßig eingerichteten Behandlungsraum. Er war viel zu sehr auf den verletzten Löwen konzentriert, um Melissa zu beachten. Seine Frau, eine dunkelhäutige Schönheit in einem roten Jogginganzug, eilte ihm zu Hilfe.

»Lasst mich allein«, sagte er, »ein OP ist kein Coffeeshop. Ich weiß, ihr macht euch Sorgen um den kleinen Kerl, und ich verspreche euch, alles für ihn zu tun, um ihn wieder gesund zu machen. Ich sage euch Bescheid, sobald ich Näheres weiß.«

Melissa kehrte nach draußen zurück, gefolgt von dem rothaarigen Mädchen und Sonyanga, der freundschaftlich einen Arm um sie gelegt hatte. Beide schienen sich riesig zu freuen, einander wiederzusehen. Sonyanga war kein gewöhnlicher Massai, der sich verpflichtet fühlte, dem Klischee vom geheimnisvollen Krieger zu genügen, zumindest nicht außerhalb der Lodge, und benahm sich beinahe so locker und unbeschwert wie das Mädchen. Man merkte ihm an, dass er lange in der Stadt gelebt hatte und auf eine Schule und ein College mit vielen Weißen gegangen war.

»Wer ist die Lady?«, fragte das Mädchen, als sie ins Freie traten. In ihrer Stimme klang Eifersucht mit. »Eine Kundin aus der Lodge?« Sie lächelte Melissa gönnerhaft zu. »Sie haben sich den besten Guide ausgesucht, Miss.«

»Melissa hat als Praktikantin bei uns angefangen«, klärte Sonyanga sie auf. »Wir waren den ganzen Tag unterwegs, am Fluss und am Wasserloch.« Er wandte sich an Melissa. »Kimberly«, stellte er das Mädchen vor. »Ihren Nachnamen kennen nur Doktor Wilburn und seine Frau. Und der Cowboy, der sich um Hatari kümmert, heißt Dave Mason. Melissa kommt aus Deutschland und Österreich.«

Seltsamerweise verspürte auch Melissa ein leichtes Gefühl der Eifersucht, als sie erkannte, wie vertraut Kimberly und Sonyanga miteinander waren. Sie versuchte, es zu verdrängen. »Kommst du aus England? Was treibt dich hierher?«

»Jedenfalls nicht das, was meine Vorfahren nach Afrika gebracht hat«, antwortete sie. »Oder deine. Ich komme aus Liverpool und hab als Schülerin meine Ferien auf der Tierstation verbracht. Damals gab's die Lodge noch gar nicht. Seitdem war ich jedes Jahr hier, bis mir der Doc endlich eine feste Stelle gab und ich herziehen konnte. Bisher hab ich's nicht bereut. Es macht Spaß, den kranken Tieren helfen zu können.«

»Ach, was!«, rief Dave. Er hatte natürlich zugehört. »Sie ist nur hier, um mich herumzukommandieren, und wenn ich nicht spure, hetzt sie einen Löwen oder Leopard auf mich. Wenn sie zu mir nach Fort Worth in Texas käme, würde ich sie auf einem wilden Longhorn reiten lassen, das würde ihr den Kopf zurechtrücken. Ist doch wahr, Kimberly? Du scheuchst mich von einem Job zum anderen.«

Kimberly lachte. »Weil ihr Amerikaner öfter mal Bohnen in den Ohren habt. Keine Ahnung, wie ihr die vielen Rinder nach Norden treiben konntet. Ich wette hundert zu eins, dass euch ein paar Jungs aus England dabei geholfen haben.«

Dave musterte sie scheinbar beleidigt. »Ich hab dir schon hundert Mal gesagt, dass du zwischen Amerikanern und Texanern unterscheiden musst. Amerikaner sind gewöhnliche Menschen mit vielen Fehlern, Texaner sind was Besonderes.«

»Ich weiß«, erwiderte sie spöttisch lachend, »und viele Frauen würden ein Vermögen dafür bezahlen, einem Texaner wenigstens einmal in die Augen blicken zu dürfen.«

Dave fuhr ohne Vorwarnung mit dem Wasserschlauch herum und verpasste Kimberly eine kräftige Dusche. Innerhalb weniger Sekunden war sie bis auf die Haut durchnässt und schnappte wie eine Ertrinkende nach Luft, als der Wasserstrahl ihr sommersprossiges Gesicht traf und sie unsanft gegen die Hauswand drängte.

»Das wirst du mir büßen, Cowboy!«, schimpfte sie aus vollstem Herzen. »Nächstes Mal hetze ich keinen Löwen, sondern eine ganze Elefantenherde auf dich. Und dann lasse ich dich in den Fluss zu den Krokodilen werfen, kapiert?« Ihre Augen blitzten schelmisch.

Diesmal nahm Hatari der Engländerin die Arbeit ab. Der junge Elefant schnappte sich den Wasserschlauch mit dem Rüssel und wirbelte so übermütig damit herum, dass auch Dave klitschnass wurde. Melissa und der Massai brachten sich gerade noch rechtzeitig hinter dem Jeep in Sicherheit. Kimberly lachte schadenfroh und feuerte Hatari sogar an. »Weiter so, Hatari! Mach den Cowboy ordentlich nass! Zeig ihm, dass du mehr draufhast als alle Texaner zusammen!«

Der Elefant schien sie zu verstehen und musste erst klein beigeben, als die Frau des Arztes herauskam und den Wasserhahn abdrehte. Um ihre Lippen spielte ein leichtes Grinsen. »Und ich dachte, euer Badetag wäre erst am Freitag.«

Sie lief auf Melissa zu und reichte ihr beide Hände. »Willkommen im *Mokama Wildlife Sanctuary!*«, sagte sie. »Ich bin Mandisa, die Ehefrau von Doktor Wilburn.« Sie nickte freundlich, als Melissa sich vorstellte. »Ich wollte nur sagen, dass der junge Löwe durchkommen wird. Sie haben sehr umsichtig gehandelt, Sonyanga. Ein paar Stunden später und der Welpe hätte wohl nicht überlebt.«

»Ein glücklicher Zufall«, erwiderte der Massai.

»Wenn wir Löwen retten können, sind wir besonders froh«, wandte sich Mandisa wieder an Melissa. »Leider sind wir Menschen daran schuld, dass ihre Zahl ständig weiter zurückgeht. Doch was wäre diese Steppe ohne den König der Tiere?«

Sonyanga hatte den Kopf gesenkt. »Leider halten sich noch nicht alle Massai an das Jagdverbot, aber wir sind auf dem richtigen Weg. Aus vielen Löwenjägern wurden Löwenbeschützer, die der Regierung helfen, Wilderer zu stellen und Trophäenjäger daran zu hindern, einen Löwen nur wegen seines Fells zu schießen.«

Hinter Mandisa tauchte Hatari auf. Er trompetete so laut, dass die Frau des Doktors erschrocken zur Seite sprang und er ungehindert zu Melissa durchkam. Er legte seinen Kopf gegen ihre Schultern und hätte sie wohl am liebsten mit dem Rüssel auf seinen Rücken gehoben, aber für ein solches Manöver war er noch zu klein und ungeschickt. Mit einem weiteren Trompetensignal wollte er ihr wohl sagen, dass er sie mochte und sobald wie möglich wiedersehen wollte. Er schob sie zum Jeep, als wollte er hinter ihr einsteigen, und wandte sich wütend um, als der klitschnasse Dave ihn zur Ordnung rief.

»Schon gut«, tröstete Melissa den jungen Draufgänger, »an meinem nächsten freien Tag komme ich dich besuchen.«

»Gar keine schlechte Idee«, stimmte ihr Mandisa zu. »Vielleicht kann ich Mister Conroy überreden, Sie für zwei, drei Tage an uns auszuleihen. Natürlich nur, wenn Sie wollen. Hier auf der Station lernen Sie einiges über Tiere.«

Kimberly war weniger begeistert von der Idee. »Die letzte Schülerin, die wir bei uns hatten, wollte unbedingt mit den Löwen schmusen. Gar keine gute Idee.«

»Und du hast alles richtig gemacht, als du zum ersten Mal hier warst?«, fragte Melissa. In ihrer Stimme schwang leichter Spott mit.

»Melissa versteht sich gut mit Tieren«, sagte Sonyanga, bevor es zu einer weiteren Auseinandersetzung kam, auch wenn sie nur mit leichten Bandagen geführt wurde. »Ich kenne keinen, der sich so schnell an das Leben hier draußen gewöhnt hat wie sie. Sonst würde ein Draufgänger wie Hatari sie wohl kaum mögen.«

»Wollt ihr eigentlich noch länger wie begossene Hyänen hier herumstehen?«, fragte Mandisa. »Wenn ich mich recht erinnere, gibt es noch einiges zu tun.« Kimberly und Dave zogen davon, und Mandisa wandte sich an Melissa und Sonyanga. »Kaffee?«

»Vielen Dank, aber es ist schon spät, und in der Lodge macht man sich bestimmt Sorgen, wenn es dunkel wird und wir noch nicht zu Hause sind«, sagte der Massai. »Wir kommen auf einer der nächsten Safaris wieder hier vorbei.«

»Mit Gästen? Dann sperren wir Hatari wohl besser ein.«

Sie verabschiedeten sich und fuhren auf die Sandstraße zurück. Die Sonne stand bereits dicht über dem Horizont und würde jeden Augenblick untergehen, und inzwischen wusste Melissa, wie plötzlich der Tag am Äquator in die Nacht überging. Sobald die Sonne abgetaucht war, wurde es stockdunkel über der Savanne. Sonyanga schaltete bereits jetzt die Scheinwerfer ein und überprüfte die Taschenlampe in einem Staufach des Jeeps. Er fuhr jetzt wesentlich langsamer.

»Warum heißt der kleine Elefant eigentlich Hatari?«

Sonyanga musste lachen. »Kennst du nicht den berühmten Film mit John Wayne? Der hieß auch ›Hatari‹. ›Hatari‹ bedeutet Gefahr, und irgendwie passt das ja zu dem Wildfang. Er ist übrigens das einzige Tier auf der Station, dem sie einen Namen gegeben haben. Sie wollen die Tiere nicht vermenschlichen. Das überlassen sie den Disney-Leuten in Filmen wie ›Der König der Löwen‹. ›Wir pflegen wilde Tiere gesund, keine Maskottchen‹, sagt der Doc immer. Sobald sie wieder gesund sind und sich behaupten können, entlassen wir sie in die Freiheit.«

Ungefähr zwei Kilometer vor der Lodge wurde es tatsächlich schlagartig dunkel. Die letzte Glut der Sonne verlosch, und tiefe Dunkelheit senkte sich auf die Steppe. Das Brummen des Motors klang plötzlich überlaut in der Stille, bis es vom Zirpen der Zikaden übertönt wurde. Sonyanga schaltete noch einen Gang zurück. Nur zögernd tasteten sich die Kegel ihrer Scheinwerfer durch die Nacht.

Als Melissa aus dem Seitenfenster blickte, sah sie plötzlich etwas Weißes im Gras aufblitzen. Das weiße Fell eines Tieres, das sich nur einen Sekundenbruchteil die Blöße gab und im nächsten Moment schon wieder verschwunden war.

»Alles okay?«, fragte der Massai.

»Alles okay«, antwortete sie kleinlaut.

8

Nachdem sie die Lodge erreicht hatten, meldete sich Melissa in der Küche. Otto hielt einen leckeren Eintopf für sie bereit und empfing sie mit einem breiten Lächeln. »Hab ich mir gedacht, dass Sie nach einer so langen Safari mächtig Hunger haben. Haben Sie einen Löwen gesehen? Leoparden, Giraffen, Krokodile?«

»Ich hab gesehen, wie eine Löwin ein Zebra gerissen hat«, antwortete sie. »Die Leoparden blieben lieber in den Bäumen liegen, und die Krokodile waren zu faul, um sich zu bewegen. Sonyanga hat mich zu einem versteckten Wasserloch geführt, das die regulären Safaris nicht mehr anfahren. Und auf der Rückfahrt haben wir einen verletzten Löwenwelpen gefunden und zur Tierstation gebracht.« Sie ging in den Aufenthaltsraum und ließ die Tür offen. »Es war einmalig, aber auch ein wenig unheimlich. Die Natur kann ziemlich grausam sein.«

»Sonst hätten Sie kein Fleisch in Ihrem Eintopf.« Otto grinste verstohlen. »›Der Kreislauf des Lebens‹, sagt Sonyanga immer, und wo er recht hat, hat er recht. Wir fangen morgen übrigens um fünf an. Zum Frühstück ein Büfett, zum Lunch einfache Sandwichpakete, weil die meisten Lodgegäste auf Ausflügen sind, und abends volle Pulle. Denken Sie sich schon mal einen leckeren Nachtisch aus.«

Ihr blieb beinahe ein Fleischbrocken im Hals stecken. »Ich soll den Nachtisch zubereiten? In dem Luxushotel in Belgien war ich schon froh, wenn ich das Gemüse schneiden durfte.«

Sie trank einen Schluck von ihrem Wasser und schaffte ein zuversichtliches Lächeln. »Aber meine Nachtische sind legendär. Für den letzten hab ich eine glatte Eins bekommen. Prosecco-Sorbet mit Waldbeeren.«

»Ich dachte eher an eine österreichische Mehlspeise.« Er schob seinen Bauch in die Küche zurück und drehte sich noch mal um. »Und Möhren schnippeln müssen Sie bei mir auch. Vor den Lohn haben die Götter den Schweiß gesetzt.«

Melissa aß lächelnd weiter, dachte aber jetzt schon darüber nach, welche Mehlspeise sie den Gästen servieren könnte. Am besten den klassischen Kaiserschmarren, entschied sie, für den sie vom Kochlehrer ihrer Tourismusschule so gelobt worden war. Der schmeckte jedem, der sich nicht gerade um seine schlanke Linie sorgte. Von einer Fernsehköchin hatte sie sich den Trick abgeschaut, die Rosinen vor dem Backen in Rum einzulegen, und natürlich nahm sie auch Vanille- statt gewöhnlichem Zucker, zwei kleine Tricks, die aus einem zerfledderten Palatschinken etwas ganz Besonderes machten. »Kaiserschmarren«, rief sie dem Koch zu, »wie wär's mit Kaiserschmarren? Den mochte der Kaiser auch gern.«

»Der österreichische Kaiser war für Nachspeisen zu haben, darüber hab ich auch schon gelesen. Weil seine Sissi um ihre schlanke Linie besorgt war, durfte er immer zwei Portionen essen. Unser Kaiser Wilhelm mochte Ananas, die stand jedenfalls häufig auf seinen Menükarten.« Otto schnappte sich einen Teelöffel und probierte grinsend von der neuen Fleischsoße, die er mit Sahne und etwas Cognac verfeinert hatte. »Da staunen Sie, was ich alles weiß, hm? Hat man mir auf der Schule eingehämmert und Ihnen sicher auch. Eigentlich wollte ich nur sagen: Machen Sie so viel von dem Kaiserschmarren, dass was für uns übrig bleibt.«

Malaika erschien in der Küche und schenkte sich einen Eistee ein. Zusammen mit einem älteren Angestellten war sie an diesem Abend für den Service verantwortlich. Während sich der Koch wieder um seine Arbeit kümmerte, setzte sie sich müde zu Melissa und wartete darauf, dass ihre Mitbewohnerin etwas sagte.

Melissa tat ihr den Gefallen. »Sonyanga hat mir von der weißen Löwin erzählt«, sagte sie leise, »und warum du solche Angst hast. Ich glaube nicht, dass du dir Sorgen machen musst. Du hast nichts Böses getan und brauchst keine Angst zu haben, bestraft zu werden. Weder von Engai noch vom Gott der Christen.« Sie trank einen Schluck. »Warum sollte sich Gott an dir rächen? Warum sollte er ausgerechnet dir eine böse Nachricht schicken? Wenn die weiße Löwin eine Gefahr ankündigt, dann etwas ganz Allgemeines. Wilderer, Trophäenjäger, die geplante Asphaltstraße durch die Steppe. So ähnlich denkt auch Sonyanga.«

»Du willst mich beruhigen«, erwiderte Malaika, »und dafür bin ich dir dankbar. Aber du lebst nicht lange genug hier, um die Botschaft der weißen Löwin zu verstehen. Egal, wie die Nachricht lautet, wir schweben in großer Gefahr.«

»Überall schwebt man in Gefahr, sogar bei uns in Deutschland und Österreich. Fahr mal über die Autobahn, dann weißt du, wie gefährlich die Zivilisation sein kann. Und hier in der Serengeti? Du bist in einem Massai-Dorf aufgewachsen. Wie das ist, können sich die meisten Leute in Europa gar nicht vorstellen. In unmittelbarer Nachbarschaft zu Löwen, Leoparden und Krokodilen. Das nenne ich mutig, Malaika. Du brauchst keine Angst vor schlechten Nachrichten zu haben.«

Sie hütete sich, der Massai etwas von ihrer Begegnung mit der weißen Löwin zu berichten. Das hätte sie nur noch mehr beunruhigt. Wahrscheinlich hatte sie sich das Aufblitzen des weißen Fells sowieso nur eingebildet. Es war alles so schnell gegangen. Und warum sollte die Löwin so dicht neben ihrem Jeep auftauchen? Hielten sich wilde Tiere von so lauten Fahrzeugen nicht lieber fern?

»Ich muss wieder«, sagte Malaika. »Du bist sehr nett zu mir.«

Die Massai machte sich wieder an die Arbeit. Trotz ihrer Sorgen behielt sie ihre stolze Haltung und ihr Lächeln bei, als sie auf die Terrasse des Restaurants trat. Nur während der Regenzeit wurde das Essen im Lokal serviert. »Da sind Sie ja endlich!«, hörte sie die laute Stimme des Immobilienmaklers John Lowell bis in den Nebenraum.

Melissa blieb eine Weile sitzen und blickte nach draußen. Aus der Dunkelheit stachen die Lampen an den Trails und die erleuchteten Fenster einiger Bungalows hervor. Noch war es früh am Abend, aber nach dem ereignisreichen und anstrengenden Tag war sie sehr müde und freute sich auf ihr Bett. Gähnend stellte sie ihr schmutziges Geschirr in die Spülmaschine. Sie verabschiedete sich von Otto, versprach ihm, am nächsten Morgen pünktlich zu sein, und trat nur auf die Terrasse, um möglichst schnell auf den Trail und in ihren Anbau zu kommen.

Nur leider hatte sie die Rechnung ohne John Lowell gemacht. Der Millionär saß mit seiner jungen Freundin an seinem Stammtisch und hatte einen doppelten Martini vor sich stehen. Von seinem Straußensteak hatte er nur die Hälfte gegessen. Seine Freundin sprach dem Prosecco zu und löffelte Erdbeeren mit Sahne.

»Da sind Sie ja, Melissa!«, stoppte Lowell sie mit ausgestrecktem Arm. Seine Augen waren bereits vom Alkohol gerötet. »Warum bedienen Sie denn heute nicht?«

Sie zeigte ihm ihr professionelles Lächeln. »Ich habe heute meinen freien Tag, Sir. Aber Malaika bedient Sie und Ihre Begleiterin sicher zu Ihrer vollsten Zufriedenheit. Hatten Sie nicht nach mehr Lokalkolorit gefragt? Malaika trägt die traditionellen *shuka*s der Massai. So nennen sie ihre farbenprächtigen Tücher.«

»Und der schöne Schmuck. So etwas möchte ich auch, John-Darling«, sagte seine Freundin, als Malaika an ihren Tisch trat. »Diese wunderbaren Ketten und Armbänder.« Sie griff nach dem linken Handgelenk der Massai, ohne sie zu fragen, und strich mit den Fingern über die Perlen. »Machen Sie das alles selbst?«

Malaika wusste inzwischen, wie man mit aufdringlichen Gästen fertigwurde. »Nicht alles«, antwortete sie. »Einiges stammt von meiner Mutter. Wir lernen schon als Kinder, solche Schmuckstücke herzustellen. Im Souvenirshop der Lodge kann man sie kaufen. Soweit ich weiß, hat der Laden noch geöffnet.«

»Dann lass uns nach dem Essen hingehen.« Edith schien begierig darauf, das Geld ihres Freundes auszugeben. »Und diese Stoffe … damit könnte ich sicher Eindruck schinden. Was meinst du, John-Darling? Stehen mir diese leuchtenden

Farben? Oder muss man schwarz sein, damit sie so leuchten wie bei Malaika?«

»Dir steht doch alles, mein Kolibri«, sagte Lowell. »Such dir was Hübsches aus und lass es aufs Zimmer schreiben. Ich muss beim Aussuchen doch nicht dabei sein?«

»Natürlich nicht, John-Darling.«

»Und morgen werden Sie wohl ebenfalls auf mich verzichten müssen«, konnte sich Melissa einen kleinen Seitenhieb nicht verkneifen, »ab morgen bin ich in der Küche eingeteilt. Vielleicht überrasche ich Sie mit einem leckeren Nachtisch.«

»Schade, ich umgebe mich gern mit schönen Frauen.«

»Auch wenn sie Ihre Enkelinnen sein könnten?«, erwiderte sie in Gedanken. Laut sagte sie: »Sie haben doch eine sehr attraktive Frau am Tisch. Ich bin sicher, viele Junggesellen beneiden Sie um Ihre Begleiterin.« Sie lächelte Edith zu.

»Nicht nur Junggesellen, Melissa! Nicht nur Junggesellen!« Er kippte seinen doppelten Martini und reichte Malaika das leere Glas. »Noch einen, schönes Kind! Und bringen Sie meiner Freundin noch eine Portion Erdbeeren mit Sahne.«

»Gern, Sir«, gehorchte Malaika scheinbar gut gelaunt.

Melissa suchte ebenfalls nach einer eleganten Art, sich zu verabschieden, und bekam Schützenhilfe von Martin Conroy, dem Manager der Lodge. Er stand in der offenen Tür zur Empfangshalle und winkte sie herbei. »Tut mir leid, ich muss weiter«, entschuldigte sie sich bei Lowell und seiner Freundin und ging zu dem Manager.

»Gut, dass Sie noch hier sind, Melissa. Hatten Sie einen guten Tag?«

»Es war alles sehr aufregend«, erwiderte sie vieldeutig.

»Ich wollte Ihnen nur sagen, dass wir nächste Woche hohen Besuch haben werden. Die anderen Angestellten wissen es bereits. Gordon Brentwood kommt. Ihm gehört diese Lodge. Eine der wenigen Lodges, die noch in Privatbesitz ist. Mit ihm zusammen reist Mike Walcott, sein Mädchen für alles. Walcott ist ein Londoner Finanzhai, der nur Zahlen im Kopf hat. Ich hab keine Ahnung, was sie wollen. Nach dem Rechten sehen, nehme ich an. Solange ich hier Manager bin, war er erst einmal hier und hat sich alles genau angesehen. Er hinterfragt jeden Handstreich, wie ein lästiger Steuerprüfer. Letztes Mal war er sogar in der Küche und sah Otto und seinen Leuten beim Kochen zu. Ob man die Portionen nicht etwas kleiner gestalten könnte. Es kostete mich große Anstrengung, ihn davon zu überzeugen, wie wichtig es ist, unseren Gästen allen nur erdenklichen Luxus zu bieten. Die Konkurrenz in diesem Teil Afrikas ist extrem groß.« Der Manager hatte wahrscheinlich nicht vorgehabt, so stark ins Detail zu gehen, und atmete erst einmal tief durch. »Was ich damit sagen will: Ich erwarte von Ihnen und allen anderen Angestellten, dass Sie sich akribisch auf seinen Besuch vorbereiten. Ich weiß, Sie geben bereits Ihr Bestes, aber ein Mann wie Brentwood verlangt nicht hundert, sondern zweihundert Prozent. Und er kann sehr unangenehm werden, wenn etwas nicht klappt.«

Melissa hatte keine Angst vor solchen Respektspersonen. In dem belgischen Sternehotel hatte sie sogar die Königin bedient, und unter den Gästen waren ein Schauspieler und der Sänger einer Rockband gewesen. Das sagte sie auch dem Manager. »Ganz zu schweigen von Mister Lowell.« Sie drehte sich zu dem Millionär um. »So einen anstrengenden Gast habe ich auch in Belgien nicht erlebt.«

»Ich vertraue Ihnen, Melissa«, sagte Conroy. »Sie haben unsere Erwartungen bisher übertroffen und sich auch in der Wildnis recht geschickt angestellt, wie ich von Sonyanga gehört habe. Ich möchte nur, dass Sie auf Mister Brentwood vorbereitet sind.«

Ein lauter Fanfarenstoß ließ nicht nur den Manager und sie, sondern auch die Gäste zusammenzucken. Als würde der Erzengel Gabriel zum Jüngsten Gericht blasen, so laut und unheilvoll klang es von der Steppe herein. Aus der Ferne hörte man aufgeregtes Geschrei. Irgendetwas fiel scheppernd zu Boden, begleitet vom schrillen Hilferuf einer Frau und dem aufgeregten Hupen eines Autofahrers.

Mit einem Schlag verstummten alle Unterhaltungen. Ein Glas fiel zu Boden und zerbrach. In der Küchentür erschienen Otto und einige seiner Helfer und blickten ungläubig in die Dunkelheit. Eine Lampe zwischen den Bungalows zersprang in tausend Scherben. Polternde Schritte näherten sich der Terrasse. Wie in »Jurassic Park«, dachte Melissa entsetzt. Gleich kommt T-Rex um die Ecke!

Nicht T-Rex, sondern Hatari hieß der Übeltäter. Der junge Elefant war den Leuten von der Tierstation anscheinend davongelaufen und kam genau auf sie zu.

»Oh nein!«, flüsterte Melissa. »Der will zu mir!«

Ein weiterer Trompetenstoß hallte durch die Nacht, dann erschien Hatari im gelblichen Lichtschein der Terrassenbeleuchtung. Aus der Nähe betrachtet, sah er gar nicht mehr so jung und klein aus. Sein Rüssel war eingerollt, ein Zeichen dafür, dass er nicht vorhatte, sich von irgendjemandem aufhalten zu lassen. In seinen dunklen Augen stand wilde Entschlossenheit. Er hatte sein Ziel bereits vor sich.

Conroy hob abwehrend beide Hände. »Nein! Bitte nicht!«

Spätestens sein verzweifeltes Flehen war das Signal für die Gäste, aufzuspringen und fluchtartig ihre Plätze zu verlassen. Von Panik getrieben, rannten sie nach allen Seiten davon, die Gesichter vor Angst verzerrt, als wäre ihnen tatsächlich T-Rex auf den Fersen. Tische und Stühle kippten um, ganze Gedecke flogen durch die Luft und zerschellten am Geländer. Eine Frau schrie wie am Spieß.

Hatari ließ sich nicht beeindrucken. Er stieg die flachen Stufen zur Terrasse empor und riss den ersten Tisch um. Teller, Besteck und Gläser wurden zu gefährlichen Wurfgeschossen. Das Tischtuch verfing sich flatternd zwischen den Hinterbeinen des Elefanten und brachten ihn beinahe aus dem Gleichgewicht. Er kümmerte sich nicht darum und lief weiter, fällte den zweiten Tisch und fegte einige Stühle mit seinem Rüssel zur Seite. Er senkte den Kopf wie zum Angriff.

Melissa sah, wie die Gerhardts über ihre eigenen Beine stolperten und inmitten der Scherben auf dem Boden landeten. Biggi rief verzweifelt nach Jimmy Hutton, bekam aber nur ihren Paul, der sich mehr an ihr festhielt als sie beschützte.

John Lowell und seine Freundin liefen rechtzeitig aus der Gefahrenzone, sie nach links, er nach rechts, rutschten aber in einem Gemisch aus Wein und Limonade aus und landeten wie zwei hilflose Käfer auf dem Rücken. Hatari wählte den goldenen Mittelweg und räumte ihren Tisch mit dem Rüssel aus dem Weg, dabei auch die angebrochene Flasche Champagner, die sich wie ein Springbrunnen über beide ergoss. Als Zugabe regneten Erdbeeren und Sahne auf sie herab.

»Jetzt reicht's! Ich werde mich beschweren!«, rief der Millionär wütend.

Melissa erkannte, dass sie unbedingt eingreifen musste, und trat dem Elefanten mit ausgestreckten Armen entgegen. Es stand außer Zweifel, dass Hatari zu ihr wollte, und es war ihre Pflicht, ihn aufzuhalten. »Ganz ruhig, Hatari«, redete sie auf den übermütigen Burschen ein, »ich bin ja hier. Komm her und lass dich erst mal in die Arme schließen!« Zum Erstaunen des Managers, der mit offenem Mund an der Hauswand klebte, trat sie dicht an Hatari heran, tätschelte ihn und klopfte ihm beruhigend auf seine dicke Haut. So ist es schon besser«, sagte sie, als er sich langsam beruhigte. »Schon viel besser! Ich finde es ja toll, dass du mich gern hast und mich besuchen kommst, aber musst du dich unbedingt wie ein Elefant im Porzellanladen benehmen?« Sie verkniff sich ein Kichern. »Nun sieh dir an, was du angestellt hast! Das halbe Restaurant hast du in seine Einzelteile zerlegt. Wer soll denn das bezahlen? Bist du versichert? Natürlich bist du nicht versichert. Anstatt dass du vor der Lodge auf mich wartest, wie es jeder andere Elefant auch getan hätte. Was meinst du, was die Leute von der Station dazu sagen werden?«

Hatari schien ihr gar nicht zuzuhören, war anscheinend damit zufrieden, sie gefunden zu haben und in ihrer Nähe zu sein. Für die Gäste, die sich mühsam wieder aufrappelten, hatte er keine Augen. Als ob er sich in sie verliebt hätte.

»Tut mir leid«, sagte Melissa zu Conroy. »Er hat wohl einen Narren an mir gefressen und wollte mir unbedingt Hallo sagen. Liebe auf den ersten Blick. Auf so was war ich nun wirklich nicht vorbereitet, Sir. Es tut mir wahnsinnig leid, ehrlich.«

Conroy hatte sich schon wieder in der Gewalt. »Sie haben keine Schuld«, erwiderte er. »Eher die Versager von der Tierstation. Ich hab ihnen schon mehrmals gesagt, sie sollen besser auf ihre Tiere aufpassen. Da sind einige Sorgenkinder dabei.« Er wandte sich an die Gäste, die erleichtert vom Boden hochkamen, und bemühte sich um Schadensbegrenzung. »Entschuldigen Sie meine Herrschaften, eine Verkettung unglücklicher Umstände. Der Elefant kommt vom *Mokama Wildlife Sanctuary*, einer Tierstation, in der kranke und verlassene Tiere aufgezogen und wieder in Freiheit gelassen werden. Hatari, so heißt unser junger Wildfang hier, wollte unbedingt zu unserer neuen Praktikantin. Er hat wohl sein Herz an sie verloren.« Sein Lächeln war nur flüchtig. »Natürlich werden wir für den entstandenen Schaden aufkommen, und zum Ausgleich laden wir Sie am kommenden Sonntag zu einem Champagner-Empfang mit Austern und Kaviar und einem Besuch der Tierstation ein. Seien Sie versichert, dass so etwas nicht mehr vorkommen wird.« Er verbeugte sich zufrieden, als er sah, dass die meisten Gäste seine Entschuldigung annahmen, und war erleichtert, als Kimberly und Dave von der Tierstation endlich mit ihrem Jeep erschienen und fassungslos auf das entstandene Chaos blickten.

»Ach, du dickes Ei!«, stöhnte die Engländerin laut.

9

Melissa war viel zu erschöpft, um an diesem Abend lange aufzubleiben. Nachdem sie beim Aufräumen geholfen hatte, ging sie noch vor neun schlafen. Schon eine halbe Stunde später wurde sie durch den schrillen Klingelton ihres Smartphones geweckt. Ich muss unbedingt den Klingelton ändern, war ihr erster Gedanke.

Sie griff gähnend nach dem Handy, ohne einen Blick aufs Display zu werfen, und nannte ihren Namen. Eigentlich erwartete sie die Stimme ihrer Mutter zu hören, denn wer käme sonst auf die Idee, sie spätabends in Afrika anzurufen? Doch die Stimme am anderen Ende war männlich.

»Ich bin's, Alex«, kam es kleinlaut aus dem Hörer. »Kennst du mich noch?«

»Alex?« Der hatte ihr gerade noch gefehlt. »Weißt du, wie spät es ist?«

»Keine halb elf«, erwiderte er verwundert, »dann ist es bei euch kurz vor halb zehn, oder? Ich hab extra noch mal nachgesehen. Liegst du etwa schon im Bett?«

»Ich hab einen anstrengenden Tag hinter mir.«

»Du klingst wie'n Spießer.

»Was soll das, Alex? Was willst du?«

»Ich dachte, du wärst vielleicht froh, von mir zu hören, und würdest mich etwas freundlicher begrüßen. Woher sollte ich auch wissen, dass du schon schläfst? Ich rufe am besten morgen früh noch mal an, okay? So gegen zehn deiner Zeit?«

Sie saß inzwischen aufrecht im Bett. »Du rufst am besten überhaupt nicht mehr an! Wenn ich mich recht erinnere, haben wir uns vor zweieinhalb Jahren getrennt. Wie kommst du auf die Idee, mich nach so langer Zeit wieder anzurufen? Ist dir deine Freundin weggelaufen? Willst du dich bei mir ausweinen?«

»Ich dachte, wir könnten ...« Er suchte vergeblich nach Worten. »Wir haben uns doch gut verstanden, Melissa. Okay, wir waren beide jung und haben Fehler gemacht, aber das heißt doch noch lange nicht, dass es jetzt schiefgehen müsste.«

»Du willst wieder was mit mir anfangen?«

»Warum denn nicht? Ich liebe dich noch immer.«

»Das bildest du dir ein!« Sie war richtig sauer. »Du hast immer nur dich selbst geliebt. Schon damals. Ich war viel zu grün hinter den Ohren, um das zu merken. Gott sei Dank haben wir uns rechtzeitig getrennt. Es wäre sowieso nicht gut gegangen. Weder in Österreich noch in Deutschland. Was soll's, das ist alles Vergangenheit. Ich wünsch dir alles Gute, Alex, aber ruf mich bitte nicht mehr an.«

»Halt! Nicht auflegen!«

»Was gibt's denn noch?«

»Wir könnten es doch wenigstens versuchen. Deine Mutter würde sich freuen, wenn es mit uns doch noch klappen würde. Sie sagt, du hättest nach mir keinen dauerhaften Freund mehr gehabt und du wärst jetzt in einem Alter, wo man ...«

»Lass meine Mutter aus dem Spiel!«, unterbrach Melissa ihren Exfreund barsch. »Und such dir eine Freundin, die zu dir passt. Ich hab jedenfalls keine Zeit mehr, mich mit dir abzugeben. Alles Gute, Alex! Und auf Nimmerwiedersehen, okay?«

Sie drückte ihn weg, bevor er sie erneut zurückhalten konnte, und hätte am liebsten ihr Smartphone in die Ecke geworfen. Was hatte ihre Mutter bloß geritten, diesem Versager ihre Handynummer zu geben? Und was sollte der dumme Spruch von wegen, sie wäre jetzt in einem Alter … um sich einen Freund zu suchen? Um zu heiraten? Am liebsten hätte sie ihre Mutter sofort angerufen und ihr die Meinung gesagt, aber sie wollte keinen Krach. Ihre Mutter meinte es gut, zu gut, und hätte wohl am liebsten, sie würde einen Spießbürger heiraten und im Nachbarhaus wohnen. Um ihr die Einsamkeit zu nehmen, denn wenn ihre Mutter ehrlich war, würde sie die Scheidung doch am liebsten wieder rückgängig machen.

Melissa verstaute ihr Handy und schlüpfte in ihren Trainingsanzug und die Laufschuhe. Sie konnte jetzt nicht mehr schlafen. Nicht nach diesem Anruf. Wütend auf Alex, ihre Mutter und sich selbst verließ sie leise den Anbau. In einem hatte ihre Mutter ja recht: Es war tatsächlich schöner, jemanden zu haben, mit dem man seine Erlebnisse und Erfahrungen teilen konnte. Nicht unbedingt einen Lover. Dafür würden ihr auch Eltern, die nicht ständig den Zeigefinger erhoben, oder eine gute Freundin reichen. Sie hatte weder das eine noch das andere. Ihre Eltern waren zu sehr mit sich selbst beschäftigt, und mit keiner ihrer Mitschülerinnen war sie so vertraut, dass sie alle Geheimnisse mit ihr teilte. Dazu war sie selbst zu sehr in ihre Arbeit vertieft. Die Schule war anstrengend, besonders Französisch, das sie in der Realschule nie gehabt hatte. Nach ihrem ersten Praktikum in Frankreich war es etwas besser geworden, aber sie hatte immer noch zu kämpfen.

Sie folgte dem Trail zwischen den Bungalows und blieb im Schatten einer Akazie stehen. Einem plötzlichen Impuls folgend, zog sie ihr Handy hervor und rief ihren Vater an. Wenn sie schon dabei war, sich den Abend mit Anrufen um die Ohren zu hauen, dann richtig. Seltsamerweise war er sofort dran. »Hallo?«

»Ich bin's, Dad.« Mit ihrem Vater sprach sie meist Englisch. »Ich hoffe, ich hab dich nicht geweckt?«

»Ach was. Ich sitze gerade beim Mittagessen.«

»Lass mich raten: Los Angeles?«

»San Francisco. Krabbencocktail in einem kleinen Lokal am Hafen. Ich hab heute meinen freien Tag.« Ihr Vater klang fröhlich und unbeschwert wie meistens, ein Charmeur in den besten Jahren, wie man so schön sagte. »Wie geht's dir, Kleines? Bist du schon in Afrika? Du wolltest doch auf diese Lodge in …«

»Tansania«, half sie ihm auf die Sprünge. »Ich rufe aus der Serengeti an.«

»Schade, ich bin gerade für die Nordatlantikroute eingeteilt. London, San Francisco oder Los Angeles und zurück. Sonst könnten wir uns auf einen Drink treffen. Geht's dir gut da unten? Du willst doch nicht für immer dort bleiben?«

»Vielleicht doch«, erwiderte sie. »Mir gefällt es hier. Die Serengeti ist wunderschön und die vielen wilden Tiere, das könnte man wahrscheinlich sonst nur noch im asiatischen Dschungel erleben. In einer Lodge könnte ich in allen Bereichen arbeiten, in denen ich ausgebildet werde. Service, Küche, Touristik-Management. Und langweilig wird es hier auch nie. Vorhin ist ein junger Elefant über die Terrasse gerannt und hat das halbe Restaurant in seine Einzelteile zerlegt.« Sie lachte.

»Und interessante Männer gibt's da auch? Ich hab mir sagen lassen, die Massai sollen bei den Frauen besonders gut ankommen. Wir hatten eine Flugbegleiterin, die war sogar mit einem verlobt. Okay, man kann's auch übertreiben.«

»Für Männer hab ich hier keine Zeit, Dad.« Sie hütete sich, ihm von Sonyanga zu erzählen. »Und du? Hast du in letzter Zeit mal wieder mit Mom gesprochen?«

»Wir sind geschieden, Kleines.«

Sie mochte nicht, wenn er sie »Kleines« nannte, hatte aber aufgegeben, sich dagegen zu wehren. »Ihr wart immerhin zwanzig Jahre miteinander verheiratet.«

»Weil ich die meiste Zeit unterwegs war, sonst hätte es vielleicht schon früher gekracht. Mom und ich, wir sind einfach zu verschieden. Es ist ja nicht so, dass ich sie vollkommen mittellos zurücklasse. Sie hat einen einträglichen Job bei dieser Versicherung, und ich überweise ihr monatlich einen stattlichen Betrag. Von dem Haus, das ich ihr gelassen habe, ganz zu schweigen. Es geht ihr doch gut.«

»Finanziell, das stimmt.«

»Auch seelisch. Als ich drei Monate nach der Scheidung irgendwas wegen unserer Versicherungen mit ihr besprechen musste, war sie ziemlich pampig und gab mit ihrem neuen Lover an. Keine Ahnung mehr, wie er hieß. Ist mir auch egal.« Er schnaufte tief. »Hör zu, Kleines, ich hab nichts gegen deine Mutter, wir funken nur nicht auf derselben Wellenlänge. Dass wir über zwanzig Jahre gebraucht haben, um das herauszufinden, mag dir seltsam vorkommen, aber so ist es nun mal. Und wenn es um dich geht, reden wir sogar miteinander. Wir bleiben deine Eltern, auch wenn wir uns nicht mehr verstehen. Und wenn du mich brauchst, bin ich für dich da, das weißt du doch. Als du mir von deinen Afrika-Plänen erzählt hast, hab ich dir doch sofort das Geld überwiesen, oder etwa nicht?«

»Sicher, und dafür bin ich dir auch dankbar.«

»Brauchst du nicht. Ist doch selbstverständlich.«

»Das mit Moms Lovern hat sich inzwischen gegeben«, sagte sie. Dass sie sich genauso einmischte wie ihre Mutter, die ihre Handynummer an Alex weitergegeben hatte, wurde ihr gar nicht bewusst. »Mom ist sehr einsam. Ich glaube sogar, sie liebt dich noch, Dad. Meinst du nicht, ihr könntet es noch mal angehen?«

»Noch mal heiraten?« Er lachte laut. »Das gäbe eine Katastrophe.«

»Weil du immer noch auf Hasenjagd bist?« So hatte er es genannt.

»Zum Beispiel«, gab er ihr recht. »So bin ich nun mal. Wenn ich lange Haare und einen kurzen Rock sehe, werde ich schwach. Dazu stehe ich, und als geschiedener Mann brauche ich mich nicht mal mehr zu verstecken.« Er merkte wohl, dass er ein wenig zu offen gewesen war, und senkte seine Stimme. »Hör zu, Kleines. Damit will ich doch nicht sagen, dass mir deine Mutter in all den Jahren gleichgültig war und ich nur anderen Frauen hinterherlief. Ich habe sie immer geschätzt. Und wer weiß, vielleicht treffe ich mich irgendwann mal wieder mit ihr auf einen Kaffee. Vielleicht zu deiner Hochzeit. Aber wieder mit ihr zusammenkommen werde ich bestimmt nicht. Und ich bin sicher, sie will es auch nicht.«

»Ich wollte nur mal wissen, wie du dazu stehst.«

»Als Tochter sieht man die Sache immer anders, da wünscht man sich die heile Welt zurück«, sagte er. »Und den meisten Verwandten, sogar Freunden und Bekannten geht es genauso. Meine Schwester ist mir heute noch böse, weil ich deine Mutter verlassen habe, und meine kranke Mutter darf es niemals erfahren.«

»Okay, Dad.«

»Pass gut auf dich auf«, sagte er, bevor er sich von ihr verabschiedete. »Afrika ist ein gefährlicher Kontinent. Lass dich nicht von einem Löwen fressen, ja?«

»Ich geb mir Mühe, Dad. Guten Flug!«

Sie legte auf und blieb eine Weile im Schatten stehen. Frischer Wind war aufgekommen, bewegte die Baumkronen und zauberte Schatten auf die Hauswände. Das Zirpen der Zikaden übertönte alle anderen Geräusche. In Gedanken sah sie ihren Vater in dem Restaurant in San Francisco sitzen, umgeben von zwei oder drei Flugbegleiterinnen, die ihn anhimmelten wegen seines immer noch guten Aussehens, der Streifen auf seiner Uniform und seiner Großzügigkeit. Echte Liebe gab es nicht am Himmel, hatte er mal gesagt, nur unbeschwerten Sex.

Dad wird sich wohl nie ändern, überlegte sie. Vielleicht, wenn er alt und grau ist und die hübschen Flugbegleiterinnen nicht mehr auf ihn hereinfielen. Aber dann würde ihn ihre

Mutter auch nicht mehr nehmen. Sie war eine stolze Frau, wäre wahrscheinlich genauso wütend wie sie, wenn sie wüsste, was sie zu Dad gesagt hatte. Was soll's, dachte sie, in anderen Familien geht es viel wilder zu.

Sie wollte schon umkehren, als sie Malaika kommen sah. Auch sie hatte eine Trainingshose übergezogen und bemerkte Melissa erst, als sie sich bemerkbar machte. »Malaika«, rief sie leise. »Ich bin hier.« Sie trat aus dem Schatten der Akazie. »Ich hab mit meinem Vater telefoniert. Er ist Pilot bei British Airways.«

»Auf einer großen Düsenmaschine?«

»747, 767 … alles, was groß ist und Flügel hat.«

»Pilot … dann ist er kaum zu Hause.«

»Meine Eltern sind geschieden.«

»Aber du hast deinen Vater wenigstens noch, und ich bin sicher, er unterstützt deine Mutter. Die Massai lassen ihre Witwen und geschiedenen Frauen meist im Stich, auch heute noch. Sie bleiben mit ihren Kindern in der Steppe zurück und können froh sein, wenn sie überleben. Einer unserer Anführer hat ein Touristencamp gegründet, das sich um solche Frauen kümmert, aber dorthin würde meine Mutter niemals gehen. Sie will in dem Dorf bleiben, in dem sie geboren wurde, und lebt von dem, was die anderen übrig lassen und was ich ihr bringe. Heute musste ich den ganzen Tag an sie denken. Ich befürchte, es geht ihr schlecht.«

»Woher willst du das wissen?«

»Die weiße Löwin«, gestand sie nach einigem Zögern. »Ich glaube nicht, dass sie wegen Wilderern oder der Straße gekommen ist. Ich habe sie zuerst gesehen. Sie will mir sagen, dass meine Mutter krank ist und vielleicht im Sterben liegt.«

»Das bildest du dir ein, Malaika.«

»Auch Gedanken und Träume können wahr sein«, erwiderte Malaika.

Melissa bemerkte die Sorge in ihren Augen. »Zurzeit haben wir viel zu tun. Die Wanderung, du weißt schon. Da lassen sie dich niemals weg. In ein paar Tagen vielleicht. Du könntest einen Arzt rufen und ihn bitten, nach ihr zu sehen.«

»Die Mission schickt jeden Monat einen Arzt vorbei.«

»Dann kann doch gar nichts schiefgehen. Er hätte doch gesehen, wenn deine Mutter ernsthaft krank wäre. Mach dir keine Sorgen, Malaika. Das wird schon.«

Woher sie ihre Zuversicht nahm, wusste sie auch nicht. Sie hatte keine Ahnung, was der Mutter fehlte und wie bedrohlich die Krankheit war. Aber Malaika hatte recht. Wer wusste denn, wann der Arzt zum letzten Mal in ihrem Dorf gewesen war, und wie gründlich er die Bewohner untersucht hatte? Wenn man die Witwen tatsächlich als Last empfand, war es vielleicht nicht mal sicher, dass er sie untersucht hatte.

»Wie lange fährt man in euer Dorf?«, fragte sie.

»Ungefähr vier Stunden«, antwortete Malaika.

»Sprich am besten mit Conroy, der ist doch ganz umgänglich, wenn er nicht gerade unter Stress steht. Er soll einen Arzt in der Gegend anrufen und ihn bitten, ins Dorf deiner Mutter zu fahren. Der kümmert sich bestimmt darum.«

»Ein Extrabesuch kostet Geld.«

»Wir gehen bei den Angestellten sammeln. Und bitten die Gäste um eine Spende, wenn es Conroy erlaubt. Ein Millio-

När wie John Lowell, der würde doch gar nicht merken, wenn man einen solchen Betrag von seinem Konto abbucht.«

»Seine Freundin ist teuer.«

»Dann kauft er ihr eben einen Armreif weniger.«

Malaika legte lächelnd eine Hand auf ihre Schulter. »Bei dir klingt alles immer so einfach. Ich wollte, es wäre so. Meinst du wirklich, ich soll ihn fragen?«

»Conroy? Natürlich … mehr als Nein sagen kann er nicht.«

Sie sagten eine Weile gar nichts, lauschten nur der Nacht und ihren für europäische Ohren seltsamen Geräuschen. Dem vielstimmigen Gesang der Zikaden und dem fernen Brüllen eines Löwen, dem Rauschen des Windes in den Baumkronen. Ein quiekender Affe hüpfte ausgelassen im Geäst einer Akazie herum.

»Hast du eigentlich einen Freund?«, fragte Melissa neugierig.

»Nein. Du?«

»Auch nicht.«

»Ich will keinen Massai zum Freund«, erklärte Malaika. »Ich weiß, das klingt albern, ich bin schließlich auch eine Massai. Aber ich war auf der Schule und weiß, dass es viele Länder gibt, in denen die Frauen die gleichen Rechte wie die Männer haben. Ich will auch gleichberechtigt sein. Massai-Männer wollen immer das Sagen haben. Sie bestimmen, was geschehen soll. So war es früher, und so soll es auch jetzt sein. Am liebsten hätten die Männer wieder mehrere Frauen wie in den alten Zeiten. Ich bin sicher, in manchen Dörfern ist das auch heute noch so. Aber wir Massai dürfen nicht in der Vergangenheit stehen bleiben. Alles verändert sich.«

»In Europa hat es lange gedauert, bis es so weit war.«

»Hab ich dir schon mal unsere Schöpfungsgeschichte erzählt?« Malaika wartete ihre Antwort nicht ab und fuhr fort: »Am Beginn der Zeit gab es zwei Massai-Stämme. Der eine bestand nur aus Frauen, der andere nur aus Männern. Die *Moroyok*, der Frauenstamm, züchteten Antilopen und Gazellen. Zebras trugen ihr Hab und Gut während der Wanderung, und die Elefanten brachen Äste aus den Bäumen, damit sie Hütten bauen und Feuer anzünden konnten. Doch als die Frauen zu streiten anfingen, verließen sie die Tiere. Die *Morwak*, der Männerstamm, züchteten Rinder, Ziegen und Schafe. Als die Frauen zu verhungern drohten, gesellten sie sich zu den Männern und sind seitdem von ihnen abhängig, müssen hart für sie arbeiten und ihre Befehle befolgen. Wer weiß, vielleicht haben sich unsere Schamanen diese Geschichte auch ausgedacht, sie sind Männer.«

»Sonyanga ist anders«, behauptete Melissa.

»Hat er dir auch schon den Kopf verdreht?« Malaika lächelte ein wenig mitleidig. »Wer weiß schon, was ein Massai denkt? Unsere Krieger waren auch deshalb so erfolgreich, weil man ihnen niemals ansah, was sie dachten und planten. Daran hat sich nichts geändert. Ich habe großen Respekt vor ihnen. Aber auch Angst.«

Melissa war viel zu müde, um länger darüber nachzudenken. »Lass uns zurückgehen, Malaika«, sagte sie, »morgen wartet ein anstrengender Tag auf uns.«

10

Am nächsten Morgen duschte Melissa abwechselnd heiß und kalt, um für den anstrengenden Tag, der auch diesmal vor ihr lag, in Form zu kommen. Dieses Praktikum war kein Spaziergang. Wie überall in der Gastronomie musste sie hart arbeiten, eine Herausforderung, die sie gerne annahm. Zur Belohnung durfte sie ihre Zeit in einem der schönsten Nationalparks der Erde verbringen und ein Afrika erleben, wie man es nur noch in wenigen anderen Ländern des »dunklen Kontinents« vorfand.

Sie hatte diesen Ausdruck nie gemocht, »dunkler oder schwarzer Kontinent«. Afrika war ausgesprochen bunt, ein Erdteil mit intensiven Farben, das dunkle Braun der Felsen, das Gold des Steppengrases, der tiefblaue Himmel, das knallige Rot der Massai-Kleidung. Dunkel und schwarz, das klang so unheimlich, dabei war Afrika fröhlich, die Musik seiner Bewohner, ihr Gesang, ihre Tänze, ihre Unbeschwertheit. Unheimlich waren nur die Stammesfehden, die in einigen Ländern zu blutigen Kriegen ausgeartet waren, die Bestechlichkeit zu vieler Politiker und manche Konzerne, die das Land seiner Bodenschätze beraubten. Der Tourismus könnte daran einiges ändern, hatte sie in einem Aufsatz geschrieben, wenn nicht alle Unternehmen, Safaris und Lodges in ausländischer Hand wären.

Sie verdrängte die unangenehmen Gedanken und schob auch die Erinnerung an die Gespräche mit ihren Eltern und den Anruf von Alex zur Seite. Alex war ein Blödmann, der wahrscheinlich gerade ohne Freundin war und glaubte, sich wieder bei ihr einschmeicheln zu können. Ein irrwitziger Gedanke, wenn sie daran dachte, damals erst fünfzehn oder sechzehn gewesen zu sein. Eine jugendliche Schwärmerei für einen angeblich coolen Typen, mehr war das nicht gewesen.

Ihre Eltern meinten es gut mit ihr. Ohne ihre Unterstützung, vor allem auch finanziell, hätte sie niemals auf die österreichische Tourismusschule und schon gar nicht nach Afrika gehen können. Sie waren immer freundlich, zeigten sich besorgt, wenn sie ein angebliches Risiko einging, und standen doch immer hinter ihr. Außer ein paar Tränen ihrer Mutter hatte es kaum Proteste gegeben, als sie den Wunsch geäußert hatte, in Österreich auf die Schule gehen zu können. Gewarnt hatten sie sie nur vor einer zu engen Bindung an Alex. »Für so was bist du doch noch viel zu jung, Kleines!« Aber das Thema hatte sich nach wenigen Monaten von selbst erledigt, und sie hatte sich ganz auf ihr Studium konzentriert.

Wie immer, wenn sie morgens den Anbau verließ, war es noch dunkel, und nur in wenigen Bungalows brannte Licht. Eine eigenartige Stille lag über der Savanne, als hielte die Natur den Atem an. Die Zikaden schwiegen, der Wind wisperte leise in den Baumkronen. Die Sterne funkelten am klaren Himmel und schienen ihr Licht über dem nahen Grumeti River zu bündeln. Es lag etwas in der Luft, wie immer, wenn es in der Wildnis so still war, und Melissa glaubte auch zu wissen, was es war. Aufgeregt lief sie in die Küche, wo Otto schon mit fuchtelnden Armen auf sie wartete.

»Die große Wanderung!«, rief er. »Die Gnus kommen!«

Jeder Urlauber, der in die Serengeti fuhr, brannte darauf, sie zu sehen. Doch für sie und die anderen Angestellten bedeutete das Spektakel erst einmal harte Arbeit.

»Okay«, rief Otto seinen Leuten und auch Melissa zu. Einige Küchenhilfen, die gar nicht für den Morgen eingeteilt waren, hatte man wohl unsanft geweckt. Sie gähnten ungeniert. »Die Gnus kommen. Die meisten von Ihnen waren bei der letzten Wanderung dabei und wissen, was das bedeutet. Mister Conroy wird die Gäste in wenigen Minuten wecken lassen. Wenn sie hören, dass die Wanderung im vollen Gange ist, drehen sie durch und kommen erst gar nicht zum Frühstück her. Ich hoffe nur, dass sie nicht allein über die Steppe laufen. Unser Bush Camp liegt etwas abseits, und ich hab's lieber, wenn sie mit den Guides im Jeep rüberfahren. Für uns bedeutet das: Wir müssen ihnen das Frühstück so bald wie möglich in das Außenlager am Fluss bringen und gegen Mittag die Sandwiches bereithalten. Also an die Arbeit. Die Guides kommen mit den Wagen, sobald alle Gäste im Bush Camp sind. Aufgabenverteilung wie beim Büfett hier.«

Sofort setzte hektische Betriebsamkeit ein. Einige Angestellte stellten die Klapptische, die Tischdecken und Geschirr und Besteck für das Frühstücksbüfett bereit, andere füllten Körbe mit Brot, Brötchen und Rosinenkuchen und holten die Schachteln mit den Eiern aus dem Kühlschrank, dazu Speck und Schinken sowie Marmelade, Aufschnitt, Milch, Saft, Kondensmilch, Zucker und Süßstoff.

»Melissa!«, rief der Koch. »Zu mir!«

Sie eilte zu ihm und war darauf gefasst, zu den Sandwiches eingeteilt zu werden, doch Otto hatte sich für sie etwas anderes überlegt: »Ich nehme mal an, sie haben Ihnen beigebracht, wie man Eier brät. Rühreier, Spiegeleier, Omelettes, alles eben.«

»In dem belgischen Hotel musste ich jeden Morgen an den Herd.«

»Na, dann kann ja nichts schiefgehen. Sie fahren mit einem der ersten Wagen zum Bush Camp und stellen sich an den Herd. Bernie begleitet Sie. Er kennt sich mit dem Gaskocher aus, den wir im Bush Camp stehen haben. Einverstanden?«

Sie strahlte. »Natürlich, Sir.«

»Ich bin kein Sir. Sagen Sie Otto zu mir.«

»Natürlich, Otto.«

Inzwischen war auch Malaika gekommen. Sie hatte sich besonders hübsch zurechtgemacht und sah in ihren roten *shukas* wie eine Häuptlingstochter aus. Wie Sonyanga würde man auch sie für das Bush Camp einteilen, schon weil sie eine Massai war und den Gästen erklären konnte, was es mit der Wanderung auf sich hatte. Sie winkte Melissa zu, wirkte viel fröhlicher als am vergangenen Abend.

Den Geländewagen, der Melissa, ihre Mitbewohnerin und Bernie zum Bush Camp brachte, steuerte Sonyanga. Bernie war ein Kikuyu aus dem zentralen Kenia, den es nach der Ermordung seiner Eltern während eines Aufstandes nach Tansania verschlagen hatte. Mit den Massai verstand er sich gut, vor allem mit Sonyanga, der ihm so viel Englisch beigebracht hatte, dass er sich mit den Gästen verständigen konnte. Das erfuhr Melissa aber erst sehr viel später.

»Große Wanderung ... mächtig viel aufregend!«, sagte er in seinem gebrochenen Englisch.

Die ersten zwei Stunden war noch nichts zu sehen, und einige Gäste schimpften bereits leise vor sich hin, allen voran Paul Gerhardt. »Dann hätten wir auch gleich auf der Terrasse frühstücken können«, sagte er, als er sein Omelett bestellte. »Mit Tomaten, Pilzen und Käse. Aber bloß nicht dieses scharfe Zeug!«

Seine Frau gab sich mit Toast und Marmelade zufrieden, war wohl zu nervös und hielt ständig Ausschau. Nach Jimmy Hutton, nahm Melissa an, hütete sich jedoch, den englischen Guide ins Spiel zu bringen. Sie hätte der ständig flirtenden Biggi sowieso nicht sagen können, wo er sich befand. Auch John Lowell war nirgendwo zu sehen.

»Mister Lowell sollte sich das Schauspiel nicht entgehen lassen«, sagte Melissa, als Edith für zwei Spiegeleier anstand. »Die Massai sagen, die Wanderung sei das größte Schauspiel, das ihr Kontinent zu bieten hat.«

Edith nahm lächelnd die Eier in Empfang. »John wird schon kommen. Bei ihm weiß man nie, wissen Sie? Mal macht er Urlaub, und im nächsten Augenblick denkt er schon wieder ans Geschäft. Ich glaube, er trifft sich mit Jimmy Hutton. Keine Ahnung, was er mit dem Guide zu besprechen hat. Geschäfte, nehme ich mal an. Vielleicht will er mich mit einer Privatsafari überraschen.«

»Bestimmt sogar«, erwiderte Melissa, obwohl sie annahm, er würde dafür eher Sonyanga verpflichten, wenn er so viel Wert auf das Lokalkolorit legte. Aber Lowell war unberechenbar. Er sollte nicht so viele Martinis trinken, dachte sie.

Zehn Minuten später stiegen Lowell und der Guide aus einem Jeep und kamen ihr wie Geschäftspartner vor, die gerade einen besonders erfolgreichen Deal abgeschlossen hatten. Sie hatten wohl zusammen gefrühstückt, denn weder der Millionär noch der Guide ließen sich vom Duft der gebratenen Eier anlocken und grüßten sie lediglich im Vorbeigehen. Lowell schnappte sich eine Flasche Bier aus der Eiskiste neben ihrem Herd und gesellte sich zu seiner Freundin. Er wirkte wesentlich entspannter als an den anderen Tagen.

»Ich hoffe, du hast dich ohne mich nicht gelangweilt, mein kleiner Kolibri«, begrüßte er sie so lautstark, dass es alle hören konnten. »Hat die Vorstellung noch nicht begonnen?«

»Was wir gleich sehen werden, ist keine Vorstellung«, hielt Sonyanga dagegen. »Die große Wanderung ist ein Schauspiel, das die Natur ganz allein inszeniert, und das man nur in der Serengeti beobachten kann.« Man merkte ihm an, dass die Sätze einstudiert waren, aber das tat der Bedeutung seiner Worte keinen Abbruch. »Jedes Jahr ziehen die großen Herden über die Steppe. Über 1,5 Millionen Gnus, 400 000 Zebras und 200 000 Gazellen suchen nach frischem Gras und sauberem Wasser. Das sind über zwei Millionen Tiere, die in wenigen Minuten diesen Fluss überqueren werden. Während der letzten Wochen waren sie südlich und südöstlich von hier unterwegs, aber dort gibt es jetzt kaum noch frisches Gras, und sie müssen weiter nach Norden, in die Massai-Mara-Steppe an der Grenze zu Kenia.«

Das Schauspiel kündigte sich wie nahendes Unheil an. Tausende von Hufen stampften und klapperten über den harten Boden, wirbelten eine riesige Staubwolke auf, die kilometerweit sichtbar über der Savanne hing. Das Schnauben und Grunzen der Gnus wurde immer lauter, dazwischen ertönten die seltsamen Laute der Zebras, die eher nach einem Esel als nach einem Pferd klangen.

»Aaaah!« und »Ooooh!« riefen die Besucher im hoch gelegenen Bush Camp, tief beeindruckt von der Größe der Herde, die sich unaufhörlich auf den Fluss zubewegte. Die Ebenen jenseits der Uferbäume waren schwarz von Tieren, eine dunkle Masse, die von einer unsichtbaren Macht gnadenlos nach Norden getrieben wurde.

Melissa griff nach ihrem Fernglas und ließ den Blick über die riesige Herde schweifen. Sonyanga hatte recht, dies war tatsächlich ein einmaliges Schauspiel, das nur die Natur selbst inszenieren konnte. Hier am Grumeti River verharrte die Welt noch im Urzustand, hatte die Zivilisation den natürlichen Kreislauf des Lebens noch nicht unterbrochen. Wie seit vielen Jahrhunderten wanderten die Herden über die Serengeti, als hätte sich die Welt um sie herum nicht verändert.

Am Flussufer zögerten die Tiere, sonderten sich immer wieder von der Masse ab, vor allem Zebras, und scheuten die Durchquerung des Grumeti. Sie spürten wohl, dass die Überquerung des Flusses höchst gefährlich war und sie das Leben kosten konnte. Überall am Ufer lagen Krokodile und warteten nur darauf, dass ihre Beute kam. Den wandernden Tieren blieb nichts anderes übrig, als das Risiko einzugehen. Bei so vielen Gnus, Zebras und Antilopen würden nur vereinzelte Tiere sterben, vor allem kranke und schwache Tiere, die zu langsam für die Raubtiere waren.

Sonyanga hatte anscheinend auch die Aufgabe, vor allem zartbesaitete Gäste zu beruhigen, und sagte: »Für einige Tiere endet die Überquerung dieses Flusses mit dem Tod, aber es gibt keinen Grund, deswegen traurig zu sein. Die Tiere wissen, welches Risiko sie eingehen, und akzeptieren den Tod einiger weniger, weil sie keine andere Wahl haben und das Wohl der ganzen Herde auf dem Spiel steht. Die Natur kennt kein Mitleid. Auch wir Massai akzeptieren den Tod als Teil des Lebens, als die letzte Station im Kreislauf des Lebens. In den alten Zeiten fielen viele unserer Jäger den Löwen zum Opfer. Denken Sie daran, wenn Sie sehen, wie die Krokodile eines der Tiere reißen. Für sie ist dieser Tag ein Feiertag.«

Melissa stützte sich am Geländer ab und hielt das Fernglas auf die ersten Tiere gerichtet. Todesmutig stürzten sie sich in die Fluten, gefolgt von unzähligen anderen Tieren, jedes in der Hoffnung, das andere Ufer heil zu erreichen. Das Wasser rauschte und spritzte unter ihren Hufen. Sie folgte den Tieren mit ihrem Feldstecher, war ihnen so nahe, dass man die Panik in ihren Augen sehen konnte. Ihr Instinkt sagte ihnen, wie nahe die Krokodile waren. Jeden konnte es treffen, die beiden Zebras, die von der Strömung abgetrieben wurden, die junge Antilope, die verzweifelt versuchte, ihrer Mutter zu folgen, das humpelnde Gnu an der Spitze.

Der weit geöffnete Rachen eines Krokodils tauchte so unvermittelt aus dem Wasser, dass sie den Angriff beinahe verpasste. Die erschreckten Rufe der Zuschauer vereinten sich zu einem einzigen lauten Entsetzensschrei. Melissa bewegte ihr Fernglas nach links und bekam ins Bild, wie das mächtige Krokodil eines der jungen Zebras am Hals erwischte und ins Wasser zog. Mit seinen scharfen Zähnen biss es ihm die

Kehle durch. Das Wasser unter der Beute färbte sich dunkelrot, als das Krokodil sie unter Wasser zog und damit in sein Versteck verschwand.

Ein weiterer Aufschrei ging durch die Zuschauer, als sich das grausame Schauspiel wiederholte und ein weiteres Krokodil zuschlug. Wieder erwischte es ein Zebra. Doch im gleichen Augenblick strömten Hunderte Zebras an den Krokodilen vorbei, ohne von ihnen geschnappt zu werden. Sichtlich erschöpft erreichten sie das andere Ufer und rannten auf der Steppe davon. Auch dort waren sie nicht sicher. Denn Löwen, Leoparden und Geparde wussten ebenfalls längst, wie leicht es war, um diese Jahreszeit ein Beutetier zu töten, und warteten im hohen Gras.

Melissa setzte das Fernglas ab und sah Malaika am Geländer stehen. »So habe ich mir Afrika immer vorgestellt«, sagte sie, »genauso wild und urwüchsig.« Sie verfolgte die Wanderung eine Weile ohne ihr Fernglas und merkte, wie besorgt ihre neue Freundin war. »Hast du mit Conroy wegen deiner Mutter gesprochen?«

»Bevor ich ins Bush Camp gekommen bin«, erwiderte sie. »Er hatte gute Laune und hat versprochen, den Arzt anzurufen. Er soll das Dorf meiner Mutter schon morgen oder übermorgen besuchen. Ganz offiziell, dann würden keine Kosten entstehen. Ich hoffe sehr, dass es ihr gut geht. Heute Nacht habe ich nicht geträumt, das ist ein gutes Zeichen.«

»Ich wünsche es dir, Malaika.«

Sie stand schon wieder am Herd, als John Lowell zu ihr kam. Er schien noch nichts getrunken zu haben und wirkte ganz normal. »Haben Sie Edith gesehen?«

»Sie war eben noch hier. Ich habe ihr zwei Spiegeleier gegeben.«

»Wir waren leider nicht zusammen, als die Tiere kamen. Ich hab ein wenig Angst um sie. Wenn wir uns eine Tierdoku ansehen, schaltet sie immer weg, wenn die Löwen oder die Tiger ihre Beute reißen. Sie rennt dann meist aus dem Zimmer und versteckt sich. Letztes Mal hat sie sich im Bad eingeschlossen.«

Melissa wurde hellhörig. »Sie meinen, sie könnte weggelaufen sein?«

»Ich kann sie nirgendwo finden.«

Sonyanga vermisste die Freundin des Millionärs ebenfalls und eilte herbei. Als Lowell seine Worte wiederholte, blickte er nervös auf die Savanne hinaus. »Sie ist vielleicht zu Fuß zurückgelaufen.« Er hielt Lowell zurück, als der sofort losrennen wollte, und bat den ebenfalls herbeigeeilten Jimmy Hutton, sich um den Millionär zu kümmern. »Sie würden Ihre Freundin nur noch mehr in Gefahr bringen. Aber keine Angst, wir holen sie zurück. Du kommst mit mir, Melissa!«

»Ich?«, rief sie verwundert.

»Vielleicht hört sie eher auf eine Frau. Komm schon!«

Melissa folgte dem Massai zu seinem Jeep und stieg ein. Zusammen fuhren sie auf dem Trail zur Lodge. Die Sonne stand bereits hoch am Himmel und ließ das trockene Gras wie flüssiges Gold glänzen. Wabernde Hitzeschleier hingen über den Akazien. Bedrohliche Schatten bewegten sich durch das Steppengras.

Sie brauchten nicht lange nach Edith zu suchen. Die junge Frau hockte verängstigt auf dem Trail, den Kopf gesenkt und beide Arme um ihren Körper geschlungen. Anscheinend war ihr erst dort draußen klar geworden, dass sie in die offene Savanne gelaufen war und dort wie auf dem Serviertablett für die Raubkatzen saß. Wo die wandernden Tiere waren, lauerten auch Löwen auf Beute.

Sonyanga fuhr langsam auf sie zu, um sie nicht zu erschrecken, stieg aus und packte sie an den Armen und wollte ihr helfen, in den Wagen zu steigen. »Ich bin's, Sonyanga«, sagte er. »Haben Sie keine Angst, Miss! Wir bringen Sie zur Lodge, da sind Sie sicher. Helfen Sie mir, Miss! Steigen Sie doch ein … bitte!«

Edith wehrte sich mit Händen und Füßen, gab erst wieder Ruhe, als der Massai sie losließ und sie sich wieder wie ein Embryo zusammenrollen konnte. Wie ein kleines Kind, glaubte sie, auf diese Weise der Gefahr entrinnen zu können.

Das Fauchen eines Löwen, der sich in unmittelbarer Nähe aufhalten musste, ließ auch Melissa zusammenschrecken. Sie blickte in die Richtung, aus der das Fauchen gekommen war, und sah, wie sich eine Löwin durch das Steppengras näherte. Sie wirkte unschlüssig, blieb immer wieder stehen und hielt den Kopf in den Wind, hatte sich anscheinend noch nicht zu einem Angriff entschlossen.

»Edith! Steigen Sie bitte ein! Kommen Sie, wenn wir uns ganz fest halten, können uns die Löwen nichts anhaben.« Ein blöder Spruch und falsch dazu, aber ihr kam es vor allem darauf an, dass Edith die Stimme einer anderen Frau hörte.

Melissa öffnete die Tür und half ihr in den Jeep. Sie nahm die zitternde Frau fest in den Arm und strich ihr tröstend über den Kopf. »Sie sind in Sicherheit, Edith! Sie brauchen keine Angst mehr zu haben. Haben Sie gehört? Es ist vorbei. Wir fahren zur Lodge zurück. Ihr Freund kommt auch gleich. Alles wird gut.«

Auch Sonyanga saß schnell wieder hinter dem Steuer und legte sofort den Gang ein. Er war gerade losgefahren, als die Löwin heran war, aber gleich wieder einen Rückzieher machte und den anderen Tieren des Rudels zum Fluss nachlief.

11

Den Nachmittag verbrachte Melissa in der Küche. Sie schälte Kartoffeln und Mohrrüben, bis ihr die Finger wehtaten, und war froh, als die Schüsseln endlich voll waren und sie sich an den Kaiserschmarren machen konnte. Eine Portion für Otto, denn die eigentliche Nachspeise durfte sie natürlich erst vor dem Servieren zubereiten. Kaiserschmarren schmeckte nur, wenn er frisch auf den Teller kam.

Die Rosinen hatte sie bereits mittags in Rum eingelegt. Während sie sich mit Alkohol vollsogen, bereitete sie einen Palatschinkenteig aus geschlagenem Eigelb, Milch, Mehl und Vanillezucker zu, hob geschlagenes Eiweiß und Kristallzucker vorsichtig darunter und gab die Rosinen dazu. Den angebratenen Palatschinken schob sie ins Backrohr. Inzwischen ließ sie etwas braunen Zucker in einer Pfanne karamellisieren und röstete einige Mandelplättchen darin. Den fertigen Kaiserschmarren zerpflückte sie mit einer Gabel in kleine Stücke, wendete diese in den gezuckerten Mandeln und bestreute sie mit Puderzucker. Sie servierte ihn mit Obstsalat, den sie in einem der Kühlschränke fand. »Österreichisches Originalrezept«, sagte sie.

Schon nach dem ersten Bissen verdrehte Otto entzückt die Augen. »Ganz hervorragend«, lobte er sie, »so was Leckeres gibt's im ganzen Sauerland nicht.«

Auch sie selbst war zufrieden, legte jetzt schon die Rosinen für den Abend ein und fand einige Gläser mit Birnenkompott in der Vorratskammer. Das passte noch besser zu den

Palatschinken als der Obstsalat. Sobald der Hauptgang serviert wurde, würde sie mit der Zubereitung der Nachspeise beginnen und dann alle Hände voll zu tun haben, um alle Pfannkuchen frisch auf den Tisch zu bringen.

»Hast du eine Ahnung, wo Malaika steckt?«, fragte Otto, als eine andere Angestellte bereits damit begann, die Tische zu decken. Er wirkte ein wenig verärgert. »Einmal lasse ich ihr die Übelkeit ja durchgehen, aber ein zweites Mal ...«

Melissa blickte auf die Uhr. »Wenn man's genau nimmt, hat sie noch fünf Minuten Zeit, aber ich sehe gleich mal nach. Keine Angst, sie kommt bestimmt.«

Sie eilte in den Anbau und sah Malaika auf dem Bettrand sitzen. Ihre Mitbewohnerin wirkte nachdenklich und in sich gekehrt und blickte nur zögernd auf, als sie Melissa in der offenen Tür ihres Zimmers stehen sah.

»Melissa«, sagte sie leise. »Hat dich Otto geschickt? Er denkt bestimmt, ich mache wieder krank.«

»Er sorgt sich um dich, Malaika. Ist es wegen deiner Mutter?«

Sie nickte zögernd. In ihren Augen sammelten sich Tränen.

Melissa setzte sich zu ihr und legte ihr einen Arm um die Schultern. »Hab keine Angst, Malaika. Conroy hat dir versprochen, dass der Arzt heute oder morgen bei ihr vorbeifahren wird. Es gibt keinen Grund, sich Sorgen zu machen. Wenn sie wirklich krank ist, kümmert sich der Doktor um sie. Ich weiß, wie es ist, wenn die eigene Mutter krank wird. Als meine wegen einer Kreislaufschwäche ins Krankenhaus musste, bin ich fast durchgedreht, dabei war sie gut versorgt, und es gab keinen Grund, sich verrückt zu machen. Dir wird es genauso gehen.«

»Ich habe die weiße Löwin gesehen, Melissa. Solange ich lebe, habe ich noch nie eine weiße Löwin gesehen, dafür muss es doch einen Grund geben. Warum sollte sich eine so seltene Raubkatze ausgerechnet Sonyanga und mir zeigen?«

»Sie wollte euch vielleicht nur vor Besuchern wie John Lowell und den Gerhardts warnen.« Melissa wagte ein Lächeln und verstärkte ihren Druck auf Malaikas Schultern. »So, und jetzt komm! Beim Arbeiten vergisst du am besten.«

Bis sie in der Küche waren, hatte die Massai sich wieder gefangen und machte sich gleich an die Arbeit. Otto wirkte erleichtert und ersparte sich auch jeden Kommentar. Immerhin war Malaika nur ein paar Minuten zu spät gewesen. Beim Decken der Tische arbeitete sie so angestrengt und sorgfältig wie immer und nur, als Melissa sie einmal länger beobachtete, erkannte sie, dass es der Massai noch lange nicht gelungen war, die quälenden Gedanken an ihre Mutter zu vertreiben.

Nachdem Melissa eines der leckeren Kudusteaks in einer Marinade aus Kräutern, Knoblauch, Zitrone und Olivenöl, die mit Kartoffelpüree und Prinzessbohnen als Hauptspeise serviert wurden, probiert hatte, machte sie sich an den Nachtisch. Wie die Omeletts und Eier am frühen Morgen briet sie einen Palatschinken nach dem anderen und stellte die fertigen Teller für die Serviererinnen bereit. Otto schnappte sich einen Teller und verzog sich in den Nebenraum, brachte den leeren Teller zurück und schnalzte anerkennend mit der Zunge. »Nicht übel für eine Praktikantin«, untertrieb er lächelnd. Immerhin hatte er schon zweimal gekostet. »Beim nächsten

Mal hilfst du bei der Hauptspeise mit. Wenn du die genauso gut hinbekommst, behalte ich dich in der Küche. Als Zimmermädchen würdest du doch nur versauern.«

Um zu testen, wie der Nachtisch bei den Gästen ankam, aber auch, weil Malaika nirgendwo zu sehen war, half Melissa beim Servieren. Alle waren begeistert von ihrem Nachtisch, nur die üblichen Verdächtigen hatten wieder etwas zu meckern und äußerten Sonderwünsche.

John Lowell verhielt sich zahm: »Nichts gegen dieses süße Zeug, aber mein Martini ist mir lieber. Dafür isst Edith die doppelte Portion. Die hat sowieso noch die Hosen voll von ihrem Ausflug zu den Löwen.« Er lachte polternd. Nachdem er während des Zwischenfalls vor Angst noch beinahe geweint hatte, spielte er sich jetzt schon wieder wie ein Macho auf. Bringen Sie mir noch einen Drink!«

Die Gerhardts schienen sich gestritten zu haben. Kein Wunder, wenn Biggi dem englischen Guide ständig schöne Augen machte. Auch jetzt suchte sie wieder nach ihm, allerdings vergeblich.

»Ich mag keine Mandeln«, rächte sich ihr Mann an Melissa, »und gezuckerte schon gar nicht. Die esse ich nicht mal auf dem Weihnachtsmarkt. Würden Sie mir eine Portion ohne Mandeln bringen? Und ohne Birnenkompott. Lieber Marmelade, die gab's bei meiner Mutter immer.«

»Aber sicher«, machte Melissa wieder mal gute Miene zum bösen Spiel. Selbstbeherrschung gehörte zu den wichtigsten Tugenden, die eine Bedienung mitbringen musste. »Gar kein Problem. Geben Sie mir ein paar Minuten, okay?«

»Und einen Cappuccino bitte!«, rief er ihr nach.

Nachdem Melissa auch beim Abräumen geholfen hatte, suchte sie vergeblich nach ihrer Mitbewohnerin. Malaika war weder in ihrem Zimmer noch in einem der Aufenthaltsräume, am Pool oder auf einem der Trails. Sie suchte die nächtliche Steppe mit ihrem Fernglas ab und konnte sie auch auf dem Trail zum Bush Camp nicht entdecken. Blieb nur noch die Bar, in der sich Malaika allerdings nur selten aufhielt. Sie hatte Angst vor Betrunkenen, hatte sie ihr gestanden, seit sie in Arusha mehrmals erlebt hatte, wie ein Betrunkener zudringlich geworden war.

In der Bar herrschte Hochbetrieb. Nach dem spektakulären Ereignis am frühen Morgen, das sich bis in die frühen Nachmittagsstunden gezogen hatte, waren die meisten Gäste bester Stimmung und feierten diesen ganz besonderen Tag mit einem Cocktail, den der erfindungsreiche Barkeeper »Migration Mama« nannte.

Melissa bahnte sich einen Weg durch die Menge. Zahlreiche Gäste standen an der langen Theke und unterhielten sich, und auch die Tische standen an diesem Abend so eng, dass sie kaum durchkam. Der Barkeeper reichte ihr einen alkoholfreien Cocktail aus Fruchtsäften und schüttelte nur den Kopf, als sie nach Malaika fragte. Ihre Augen hatten sich inzwischen an das trübe Licht gewöhnt, aber auch sie entdeckte die Massai nirgendwo. »Malaika!«, flüsterte sie besorgt.

Stattdessen sah sie John Lowell und Jimmy Hutton an einem Tisch in einer dunklen Ecke sitzen und sich angeregt unterhalten. Der Millionär und der Guide verstanden sich offensichtlich gut und hatten anscheinend einiges zu besprechen. Aus reiner Neugier pirschte sie sich näher an die beiden heran, wurde aber schon nach wenigen Schritten von den beiden gesehen und an ihren Tisch gerufen.

Lowell griff nach einem freien Stuhl in seiner Nähe und zog ihn zu sich heran. »Setzen Sie sich zu uns, schöne Frau! Leisten Sie uns ein wenig Gesellschaft.«

Sie hätte sich liebend gern aus dem Staub gemacht, durfte aber nicht unhöflich sein und folgte seiner Aufforderung. Ihr Lächeln fiel gekünstelt aus, aber das war in dem schwachen Licht nicht zu erkennen. »Ist Edith schon schlafen gegangen?«

»Ich hab sie ins Bett geschickt«, antwortete der Millionär. »Ich glaube, der Schreck steckt ihr immer noch in den Knochen. Ein Wunder, dass sie zum Abendessen mitgekommen ist, aber für ein gutes Menü ist sie immer zu haben.«

»Dann sagen Sie ihr gute Besserung.«

Lowell nahm einen Schluck von seinem Martini. »Ich hab mich gerade mit Jimmy unterhalten. Stellen Sie sich vor, er kommt aus der gleichen Gegend in England wie ich. Er war lange in Südafrika und hat Safaris im Krüger-Nationalpark geleitet, aber hier in der Serengeti soll es wesentlich abenteuerlicher zugehen. Mehr Löwen und Leoparden, und die große Wanderung gibt es nur hier.«

»Das stimmt«, bestätigte der Guide. »Wenn sich Safaris lohnen, dann hier in Tansania. Sobald ich genug Geld gespart habe, will ich mich selbstständig machen und eine eigene Firma gründen. Ich war gerade dabei, Mister Lowell zu überreden, in mich zu investieren.« Er verzog die Lippen. »Leider zögert er noch.«

Lowell winkte nach einem neuen Martini und zeigte sich von seiner milden Seite. »Ich mag Sie, Jimmy, und ich bin sicher, Sie werden es mit Ihrer Firma zu was bringen, aber ich kann mich mit so kleinen Projekten nicht abgeben. Ich bin im Immobiliengeschäft und an der Börse tätig. Wenn ich mein Geld in ein Projekt stecke, muss es groß sein. Ich spekuliere mit Milliarden, nicht Millionen.«

Nach einer weiteren Viertelstunde, während der Lowell mit seinen großen Deals angab, entschuldigte sich Melissa. Eine innere Stimme sagte ihr, dass die beiden Männer über etwas ganz anderes gesprochen und ihr nur etwas vorgemacht hatten. Warum sie diesen Verdacht hegte, hätte sie nicht sagen können. Vielleicht war es der ernste Blick, mit dem Lowell sein Gegenüber angesehen hatte. Fast so, als hätte er ihn ermahnt, gefälligst seine Anweisungen zu befolgen.

Hatte sich der Guide an Edith herangemacht, und Lowell war ihm auf die Schliche gekommen? War Jimmy die flirtende Biggi Gerhardt nicht genug oder ging sie ihm sogar auf die Nerven? Hatte ihm Lowell geraten zu verschwinden?

Sie hatte dringendere Sorgen als das Gefühlsleben eines Guides, den sie kaum kannte, und ärgerte sich, überhaupt in die Bar gegangen zu sein. Sie mochte diese alkoholselige Fröhlichkeit genauso wenig wie Malaika. Den Geschmack ihres schmackhaften Fruchtcocktails noch auf der Zunge, betrat sie die Eingangshalle der Lodge.

Martin Conroy und Sonyanga standen beisammen und unterhielten sich aufgeregt. »Gut, dass Sie kommen«, empfing sie der Manager besorgt. »Ich wollte Sie gerade holen lassen, Melissa. Malaika ist spurlos verschwunden. Haben Sie eine Ahnung, wo sie sein könnte? Sie wird doch nicht den Jeep genommen haben?«

»Keine Ahnung«, erwiderte sie. »Ich suche sie auch schon überall. Anscheinend ist sie nicht auf dem Gelände.« Sie blieb stehen. »Einer der Jeeps fehlt?«

»Nalangu sieht gerade nach, ob ein Mitarbeiter damit unterwegs ist.«

»Sie fühlte sich heute Abend nicht besonders.« Melissa sah keinen Anlass, ihm die Wahrheit zu verschweigen. »Sie hat Angst um ihre Mutter. Sie hat geträumt, dass es ihr wieder schlechter geht, und macht sich große Sorgen um sie.«

»Ich weiß«, erwiderte Conroy. »Sie war heute Morgen bei mir und bat mich, einen Arzt in ihr Dorf zu schicken. Es wäre sowieso nächste Woche dran gewesen. Ich bin sicher, sie bildet sich das alles nur ein. Die Massai sind sehr abergläubisch.« Er merkte nicht, wie Sonyanga den Mund verzog. »Vielleicht hat sie schlecht geträumt oder irgendetwas Böses gesehen, das ihr Angst gemacht hat.«

Weder sie noch Sonyanga erwähnten die weiße Löwin.

»Niemand«, rief Nalangu, die im Computer nachgesehen und einige Anrufe getätigt hatte, von der Rezeption herüber. »Der Jeep war vollgetankt und stand für morgen früh bereit. Jemand muss den Schlüssel aus dem Kasten geholt haben.«

»Dann ist sie bestimmt zu ihrem Dorf unterwegs«, war Melissa ziemlich sicher. »Sie wird selbst nachsehen wollen, wie es ihrer Mutter geht. Sie muss es ziemlich eilig haben, wenn sie in der Dunkelheit fährt. Hätte ich doch nur besser auf sie aufgepasst. Dieser Traum oder was immer es war, hat ihr arg zugesetzt.«

»Sie hat Ihnen nicht verraten, warum sie solche Angst hat?«

»Nein«, log sie, »aber es kann nur ein Traum gewesen sein.«

»Okay«, entschied der Manager nach einigem Überlegen. »Ich will so wenig Aufsehen wie möglich. Die Gäste dürfen auf keinen Fall etwas merken, und Mister Brentwood erst recht nicht. Sonyanga, Sie wissen, wo das Dorf liegt. Melissa, Ihnen vertraut Malaika inzwischen am meisten. Fahren Sie ihr zusammen nach. Sagen Sie ihr, dass ich ihr nicht kündigen werde. Sie ist eine gute Kraft, und ich möchte sie nicht verlieren. Informieren Sie mich über Funk, sobald Sie sie eingeholt haben.«

»Natürlich, Sir.«

»Und nehmen Sie sich genügend Wasser und ein paar Sandwiches für unterwegs mit. Wer weiß, wie lange Sie unterwegs sein werden. Wenn es zu spät wird, dürfen Sie sich morgen freinehmen.« Er stöhnte unterdrückt. »Ich bin nur froh, dass Brentwood erst nächste Woche kommt. Zuerst die Aufregung mit Lowells Freundin, jetzt Malaika … ich hab hier schon wesentlich ruhigere Tage erlebt.«

Sie brauchten nicht lange für die Vorbereitungen. Während Sonyanga den Jeep startklar machte, rannte Melissa in die Küche und erwischte Otto gerade, als er abschließen wollte. Sie berichtete ihm, um was es ging, und packte einige der Sandwiches ein, die eigentlich für den nächsten Morgen bestimmt waren. »Da hat schon jemand geräubert«, erkannte sie sofort. »Da fehlen ein paar Sandwiches.«

»Und nicht nur das«, bestätigte der Koch. »Es fehlen auch Nudeln, Gemüse und ein paar andere Sachen. Dreimal darfst du raten, wer die genommen hat.« Er rieb sich die Wange. »Eigentlich müsste ich Malaika kündigen, aber wenn das mit ihrer Mutter stimmt, muss man wohl Gnade vor Recht ergehen lassen. Sie hat ihren Job bisher immer gut gemacht, und wenn der Manager auch zu ihr hält …«

»Der Arzt müsste heute oder morgen Abend bei ihrer Mutter sein«, sagte sie. »Sobald sie weiß, dass es ihr gut geht, ist sie wieder die Alte, da bin ich ganz sicher. Hauptsache, ihr passiert unterwegs nichts. Ausgerechnet nachts muss sie fahren. Sie weiß doch am besten, wie gefährlich das ist. Drück ihr die Daumen!«

»Mach ich, Melissa. Passt gut auf euch auf.«

Sie lief zu Sonyanga zurück und lud den Proviant in den Wagen. Der Massai hatte bereits Wolldecken und etliche Flaschen Wasser eingeladen. Obwohl keiner der Gäste dabei war, hatte er seine *shukas* anbehalten, und als sie sich genauer umsah, entdeckte sie sogar seinen Speer unter der Rückbank. »Glaubst du, dass wir der weißen Löwin begegnen?«, fragte sie. »Du glaubst es wirklich, oder?«

»Die Serengeti hütet viele Geheimnisse«, sagte er.

Wenig später waren sie unterwegs und folgten der Sandstraße zur Tierstation. In den Gehegen fauchten einige Löwen, und Hatari witterte sie wohl aus der Ferne und trompetete so laut, dass wahrscheinlich keiner der Angestellten mehr ein Auge zutat. Sonyanga bremste vor dem Haupthaus, ließ den Motor aber laufen.

Die Tür ging auf, und Doktor Wilburn und seine Frau traten heraus.

»Na, das ist aber eine Überraschung!«, empfing sie der Doktor. »Wollen Sie nach dem kleinen Löwen sehen? Dem geht es ausgesprochen …« Er unterbrach sich mitten im Satz und blickte sie forschend an. »Es ist was Ernstes, oder?«

Sonyanga schilderte ihm in wenigen Worten, was passiert war. »Wir dachten, sie wäre vielleicht hier oder wenigstens hier vorbeigekommen. Sie haben sie nicht gesehen? Könnte einer Ihrer Leute sie gesehen haben? Kimberly? Dave?«

»Tut mir leid, sie war nicht hier«, erwiderte Wilburn, »und von meinen Leuten war heute keiner unterwegs. Sollen sie Ihnen beim Suchen helfen, Sonyanga?«

»Danke, aber wir wissen, glaube ich, wohin sie fährt.« Er wendete den Wagen und hielt noch mal an. »Rufen Sie uns über Funk, falls sie doch vorbeikommt.«

»Machen wir. Viel Glück!«

Sie fuhren auf den in der Dunkelheit kaum sichtbaren Trail, der hinter der Tierstation nach Südosten abzweigte, und stoppten erneut. Diesmal stieg Sonyanga aus und suchte mit seiner Taschenlampe nach Spuren. Wie ein Krieger im 19. Jahrhundert lief er geduckt über den Trail, strich mit der flachen Hand über das spärliche Gras zwischen den Reifenspuren, die sich tief in den Boden gegraben hatten, und versuchte herauszufinden, ob vor wenigen Stunden ein Jeep über diesen Trail gefahren war. Nach einigen Minuten richtete er sich zufrieden auf.

»Sie fährt nach Südosten«, sagte er, als er in den Jeep stieg und die Taschenlampe verstaute. »Dort liegt ihr Heimatdorf. Vier Stunden … diese Richtung.«

Sie fuhren langsam weiter. Der Mond stand hoch am Himmel und war von unzähligen Sternen umgeben, die noch heller als sonst in der Dunkelheit zu strahlen schienen. Über dem Savannengras lag ein silberner Schimmer. Die Scheinwerfer ihres Jeeps schienen sich beinahe gewaltsam in diese

Idylle zu drängen, warfen grelle Lichtbalken auf den Trail, der sich beinahe schnurgerade durch das Steppengras zog und sich am fernen Horizont im Dunkeln zu verlieren schien.

»Versuch zu schlafen«, sagte Sonyanga.

»Ich kann nicht«, erwiderte sie.

Sonyanga warf ihr einen raschen Blick zu und lächelte zuversichtlich. »Wir haben einen Wagen«, tröstete er sie. »Vor hundert Jahren wären wir zu Fuß unterwegs gewesen und könnten von Glück sagen, wenn wir lebend das Dorf erreichten.«

»Das macht es auch nicht besser«, sagte sie.

12

Sonyanga sah den umgestürzten Jeep zuerst. Das Mondlicht spiegelte sich auf den Metallteilen und in den beiden Rückspiegeln. Als sie näher kamen und ihn die Scheinwerfer erfassten, erkannte auch Melissa, dass er vom Trail abgekommen war und wie ein Wrack auf der Seite lag. Kein Motor, kein Licht, nichts.

Sie hielten dicht dahinter und liefen beide zu dem verunglückten Jeep. Malaika war nirgendwo zu sehen. Die Wucht des Aufpralls musste sie aus dem Wagen geschleudert haben. Es gab keine Blutspuren, weder auf ihrem Sitz und den Armaturen noch im Gras neben dem Wagen, also hatte sie zumindest keine offenen Wunden, die wilde Tiere anlocken und ihr zum Verhängnis werden konnten.

Melissa entdeckte eine Kühlkiste mit Sandwiches und einigen Lebensmitteln, die Malaika aus einer Vorratskammer der Lodge für ihre Mutter entwendet hatte. »Vorräte«, erklärte sie. »Otto weiß Bescheid und will nichts unternehmen.« Sie lud die Kiste in ihren Jeep und stützte sich darauf. »Was ist hier bloß passiert?«

Sonyanga richtete seine Taschenlampe auf die Reifenspuren, die sich deutlich im Sand und im Gras abgedrückt hatten. »Sie war zu schnell. Irgendwas muss sie erschreckt haben. Wahrscheinlich musste sie einem Tier ausweichen. Oder sie hat einfach nur die Kontrolle über den Jeep verloren und das Lenkrad verrissen.«

»Lange kann es noch nicht her sein«, sagte Melissa.

Sonyanga berührte die Kühlerhaube des verunglückten Jeeps und überlegte eine Weile. »Der Motor ist schon kalt. Eine halbe Stunde, vielleicht sogar länger. Wenn sie benommen ist, und das ist sie ganz sicher, kann sie nicht weit sein.«

»Aber in welche Richtung ist sie gegangen?«

Der Massai überlegte nur kurz. »Du bleibst im Wagen, Melissa. Rühr dich nicht vom Fleck, hörst du? In dieser Gegend gibt es viele Löwen, und ich will nicht, dass dir was passiert. Was auch geschieht, du steigst auf keinen Fall aus!«

»Und du?«

»Ich suche nach ihr.« Er nahm seinen Speer aus dem Jeep, als wäre es selbstverständlich, sich mit einer altmodischen Waffe gegen wilde Löwen zu verteidigen, und überprüfte, ob die Spitze fest genug war. »Es kann einige Zeit dauern, bis ich sie gefunden habe. Das Gras steht noch hoch, und sie ist vielleicht irgendwo zusammengebrochen. Mach dir keine Sorgen, ich finde sie bestimmt.«

»Und wenn ich Löwengebrüll höre?«

»Bleibst du hier und wartest. Wenn ich in zwei Stunden nicht zurück bin, oder wenn du hörst, dass wir angegriffen werden, rufst du die Lodge. Den grünen Knopf am Funkgerät drücken, wenn du sprichst. Dann kommen sie dich holen.«

»Mach ich.« Er hatte ihr Angst eingejagt.

»Ich sag das nicht aus Spaß, Melissa. Wenn Malaika und ich angegriffen würden, könntest du uns sowieso nicht helfen. Du würdest alles nur noch viel schlimmer machen.« Er bemerkte wohl, wie sich die Angst in ihr breitmachte, und beschwichtigte schnell: »Aber ich bin nicht zum ersten Mal nachts in der Serengeti unterwegs. Und ich kenne die Löwen gut genug, um ihnen aus dem Weg zu gehen. Hab keine Angst! Ich bin bald wieder zurück, verlass dich drauf.«

Mit diesen Worten verschwand er in die Nacht. Seine Gestalt verschmolz mit der Dunkelheit, und sie war allein mit den Gefahren der Steppe. So beeindruckend die Serengeti tagsüber war, so unheimlich wirkte sie nachts auf sie, voller bedrohlicher Schatten und geheimnisvoller Laute. Unberührt von den Schicksalen, die sich in ihrem Licht abspielten, blickten der Mond und die Sterne auf sie herab. Der Lichtkegel von Sonyangas Taschenlampe war schon lange nicht mehr zu sehen.

Auch Melissa hatte ihre Taschenlampe ausgeschaltet, hielt sie aber noch wie eine rettende Waffe in der Hand, als würde sie ausreichen, einen angreifenden Löwen oder ein anderes wildes Tier abzuwehren. Ihre Augen huschten nervös umher, folgten jedem noch so leisen Geräusch. Seltsamerweise hatten die Zikaden zu singen aufgehört, und jeder Laut war noch deutlicher in der unheimlichen Stille zu hören. Das Quieken der Affen, das Lachen einer Hyäne, der Hufschlag einiger Gnus und Zebras, die für einen Moment im Mondlicht zu sehen waren.

Das Brüllen eines Löwen ließ ihr das Blut in den Adern gefrieren. Wie ein unheilvolles Signal hallte es durch die Nacht. Zu weit entfernt, um Sonyanga gefährlich werden zu können, und doch Furcht einflößend. Sie duckte sich unwillkürlich, wäre am liebsten auf den Fahrersitz gesprungen und mit Vollgas aus der Gefahrenzone gefahren, so schnell wie möglich, bis sie die rettende Lodge erreicht hatte. Aber natürlich blieb sie sitzen, so wie Sonyanga ihr es aufgetragen hatte. Bleib ruhig, ermutigte sie sich selbst, im Jeep kann dir nichts passieren.

Die Minuten flossen nur langsam dahin. Als sie dachte, es müsste schon eine halbe Stunde vergangen sein, zeigte ihre Armbanduhr gerade mal zehn Minuten an. Je länger sie ausharrte, desto nervöser wurde sie. Die Laute der Wildnis waren ihr vertraut. In allen Filmen, die in Afrika spielten, gehörten solche Szenen dazu. Die Nacht am Lagerfeuer, der einsame Jäger in der Wildnis, und in der Ferne trompeteten die Elefanten und brüllten die Löwen. Aber es war etwas anderes, eine solche Szene im Film zu sehen, als sie selbst zu erleben. Und Tarzan war stark genug, es mit bloßen Händen mit einem Löwen aufzunehmen, und ein weißer Jäger hatte ein schweres Gewehr dabei und konnte sich verteidigen.

Sie starrte in die Richtung, in die Sonyanga verschwunden war, und versuchte die Nacht mit ihrem Blick zu durchdringen. Nach einer Weile verschwamm die Dunkelheit vor ihren Augen. Sie schüttelte sich und versuchte es erneut, entdeckte einen Schatten, der aber gleich wieder hinter einem Hügel verschwand. Keine Spur von Sonyanga oder Malaika. Was war bloß in die Massai gefahren? Wie konnte sie nur so leichtsinnig sein, nach Einbruch der Dunkelheit loszufahren? Sie wusste doch genauso gut wie Sonyanga, welche Gefahren in der Nacht lauerten. Wie konnte der bloße Anblick einer weißen Löwin sie so sehr erschüttern?

Hinter ihr raschelte Gras, und das leise Fauchen eines Tieres drang an ihre Ohren. Sie wagte nicht, sich umzudrehen, drehte aber kaum merklich den Kopf und sah die weiße Löwin in ihr Blickfeld treten. Mit federnden Schritten bewegte sie sich durchs Steppengras. Hinter dem Jeep blieb sie stehen. Ihr Gebrüll hallte so plötzlich und heftig durch die Nacht, dass Melissa in panischer Angst zusammenzuckte und selbst den Mund zu einem Schrei öffnete. Sie war jedoch nicht fähig, einen Laut von sich zu geben, und beobachtete mit versteinerter Miene, wie die Löwin um den Jeep herumschlich, scheinbar desinteressiert an ihr vorbeilief und den Trail überquerte. Ohne sich nach ihr umzudrehen, verschwand sie im Steppengras und im Schatten eines Baumes, eines der schönsten und anmutigsten, aber auch gefährlichsten Tiere, die Melissa jemals gesehen hatte.

Noch Minuten, nachdem die weiße Löwin verschwunden war, saß Melissa von Angst gelähmt auf dem Beifahrersitz und war zu keiner Bewegung fähig. Nur ganz allmählich befreite sie sich von dem Schock, der sie beim Anblick des gefährlichen Tieres ergriffen hatte. Mit einem Sprung wäre sie bei ihr im Jeep gewesen, hätten sich ihre scharfen Zähne in ihre Kehle gebohrt und sie wie ein hilfloses Gnu oder Zebra zerrissen. Sie begann leise zu weinen, rieb sich die Tränen mit dem Ärmel aus den Augen und ermahnte sich zur Ruhe. Sie trank einen Schluck aus der Wasserflasche, in der Hoffnung, sich auf diese Weise zu beruhigen. Vergeblich.

»Oh verdammt!«, flüsterte sie. »Das glaubt mir kein Mensch!«

Erst eine gute halbe Stunde später hatte sie wieder die Kontrolle über sich. Afrika war ein gefährliches Land, das hatte sie doch vorher gewusst, auch wenn man in einer bequemen Lodge arbeitete. Draußen in der Steppe herrschte noch das Gesetz der Wildnis, und es gab aus guten Gründen ein Verbot, das es Besuchern untersagte, nachts allein in einem Wagen auf Safari zu gehen. Aber was blieb ihr in diesem Augenblick anderes übrig? Sie konnten Malaika nicht alleinlassen, und wenn sie die Lodge angefunkt hätten, wäre die Hilfe vielleicht zu spät gekommen. Sie musste allein im Jeep durchhalten. Sonyanga war ein erfahrener Massai, der fast sein ganzes Leben in der Serengeti zugebracht hatte. Er wusste, dass sie auch in dem offenen Jeep einigermaßen in Sicherheit war. Außerdem gab es während der großen Wanderung genug Beute für die Raubtiere, und man wurde auch dann nicht immer angegriffen, wenn man ihnen auf freier Wildbahn begegnete.

Die Gedanken machten ihr zumindest Hoffnung, doch nach einer Stunde war Sonyanga noch immer nicht zurückgekehrt, und Melissa begann langsam, sich Sorgen zu machen und daran zu denken, die Lodge anzufunken. Sie griff nach dem Funkgerät und betrachtete es eine Weile, steckte es aber rasch wieder zurück, als sich plötzlich zwei Schatten aus der Dunkelheit lösten. Sonyanga und Malaika kehrten aus der Steppe zurück. Er hielt die sichtlich benommene Massai mit einer Hand unter den Achseln, mit der anderen hielt er den Speer, jederzeit bereit, sie zu verteidigen.

Melissa sprang aus dem Wagen und half ihm, die Massai auf die Rückbank zu setzen. Sie packte sie in einige Wolldecken und gab ihr zu trinken. Sie war unverletzt, hatte nur heftige Kopfschmerzen und sah alles ein wenig verschwommen.

»Malaika! Gott sei Dank, du bist okay!« Sie wandte sich an Sonyanga, der gerade seinen Speer verstaute. »Wo hast du sie gefunden? Was ist passiert?«

»Eine Hyäne!«, antwortete sie selbst. »Sie tauchte … tauchte plötzlich vor meinem Jeep auf. Ich riss das Steuer nach rechts, und bevor … bevor ich mich versah, lag der Jeep auf der Seite und ich ein paar Schritte weiter im Gras. Ich weiß, ich … ich hätte beim Wagen bleiben sollen, aber ich … ich muss in mein Dorf.«

»Sie lag im Gras, ungefähr zwei Kilometer von hier«, sagte Sonyanga.

»Ich glaube, wir fahren besser in die Lodge zurück«, überlegte Melissa laut. »Du brauchst jetzt dringend Ruhe. Wer weiß, vielleicht hast du eine Gehirnerschütterung. Du bleibst am besten im Bett, bis du wieder ganz gesund bist.«

»Bringt mich zu meiner Mutter … bitte!«

»Aber dann sind wir die ganze Nacht unterwegs, und ich weiß nicht, was Mister Conroy sagt, wenn wir so lange wegbleiben. Er will dich nicht rauswerfen, auch Otto hält große Stücke auf dich. Und der Arzt ist bestimmt schon bei deiner Mutter und kümmert sich um sie. Du hast keinen Grund, dir Sorgen zu machen.«

»Ich habe die weiße Löwin gesehen«, sagte Malaika leise. Sie deutete nach Westen. »Da draußen. Als ich auf dem Boden lag, schlich sie dicht an mir vorbei. Ich bilde mir nichts ein, Melissa. Ich habe sie wirklich gesehen. Sie ist da draußen.«

»Ich weiß.«

»Du weißt es?«

»Ich habe sie auch gesehen.« Sie wollte ihr die Begegnung nicht verschweigen, auch wenn sie damit für weitere Unruhe sorgte. Sie tauschte einen schnellen Blick mit Sonyanga. »Sie war hier, vor ungefähr einer halben Stunde. Sie ist um den

Jeep herumgeschlichen und wieder verschwunden. Ich hatte große Angst.«

»Du hast nicht geschrien«, sagte Sonyanga, »das hätte ich gehört.«

»Ich war wie versteinert. Ich dachte, sie springt in den Jeep.«

»Sie ist nur hier, um uns zu warnen.«

»Sie hat mich nicht einmal angesehen, Sonyanga. Schlich in aller Seelenruhe um den Jeep herum und machte sich davon. Als wäre ich gar nicht vorhanden.«

Der Massai griff nach dem Funkgerät und stellte Kontakt zur Lodge her. »Wir haben sie«, sagte er, nachdem sich der Manager gemeldet hatte. Er berichtete, was geschehen war, und gab die genauen Koordinaten des Unfallortes an. »Hat sich der Arzt schon gemeldet? Er wollte doch heute oder morgen nach ihrer Mutter sehen.«

»Nein«, kam die Antwort, »aber er hat mir versprochen, sich ihre Mutter sobald wie möglich anzusehen. Ich bin sicher, sie ist kerngesund. Malaika hat einen Albtraum gehabt, das geht mir auch manchmal so. Sie kann ganz beruhigt sein.«

»Am besten fahren wir noch in ihrem Dorf vorbei«, erwiderte Sonyanga, »dann haben wir endgültig Gewissheit. Ich bin sicher, Sie haben nichts dagegen, Sir. Wir übernachten dort und wären schon im Laufe des Vormittags wieder zu Hause. Noch vor dem Mittagessen wären wir alle wieder an der Arbeit. Auf die Weise bekäme Melissa auch einen Einblick in das Alltagsleben der Massai.«

Sonyanga verstand es, mit Menschen umzugehen, und überzeugte auch den Manager. »Also gut, meinetwegen«, ließ

Conroy sich breitschlagen, »damit endlich Ruhe ist. Aber dann will ich keine Klagen mehr hören, vor allem nächste Woche nicht, wenn Mister Brentwood kommt. Haben Sie mich verstanden?«

»Natürlich, Sir. Wir beeilen uns.«

Malaika bedankte sich flüsternd, nachdem Sonyanga das Funkgerät in die Halterung geschoben hatte und in den Jeep geklettert war. Die Nachricht, dass Melissa die weiße Löwin ebenfalls gesehen hatte, schien sie noch mehr verunsichert zu haben. Sie war tief getroffen, auch von ihrer eigenen Begegnung, und weinte leise, wohl ohne es zu bemerken. Minutenlang sagte sie kein einziges Wort mehr.

»Die weiße Löwin war dicht am Wagen?«, vergewisserte sich Sonyanga. Er sprach so leise, dass nur Melissa ihn hörte. Auch er wirkte nervöser als vorher.

Melissa hielt die Wasserflasche in beiden Händen und starrte auf die Straße, die beinahe schnurgerade durch das Steppengras führte. »Ich wusste, dass ihr euch noch größere Sorgen machen würdet als vorher, und hätte die Begegnung am liebsten für mich behalten, aber ich kann nicht. Auch wenn ich nicht glaube, dass uns die weiße Löwin eine schlechte Nachricht bringt.« Sie trank einen Schluck. »Wer weiß, vielleicht wollte sie uns nur vor dem Unfall warnen.« Sie drehte sich zu Malaika um. »Dann bräuchtest du keine Angst mehr zu haben.«

»Nein«, brach Malaika ihr Schweigen, »das wüsste ich. Dass sie so dicht an den Jeep herangekommen ist, beweist doch, dass ich jetzt erst recht Angst haben muss. Hätte ich sonst von meiner Mutter geträumt? Fahr schneller, Sonyanga!«

»Und warum ist sie zu Sonyanga und mir gekommen?«

»Mit den Weißen will sie nichts zu tun haben«, antwortete der Massai. »Sie spricht nur zu unserem Volk. Ich nehme an, sie wollte ihre Duftmarke hinterlassen. An dem Jeep, den ich fahre. Und sie will mir zeigen, dass sie keine Angst vor den Menschen hat. Kein Massai-Krieger könnte sie jemals töten.

»Und wenn du ein Gewehr hättest?«

»Wir töten Löwen nicht mit Gewehren oder Revolvern, auch in den alten Zeiten nicht. Wir bringen sie auch nicht wegen ihres Fleisches um. Einen Löwen zu töten, bedeutete noch vor einigen Jahrzehnten, ein Ritual auszuführen, sich auf einen fairen Kampf mit der Raubkatze einzulassen. Der Löwe hat seine Pranken, und wir haben unsere Speere. Die Chancen sind gleich verteilt. Eine Schusswaffe auf einen Löwen zu richten, hieße auch, das heiligste aller Tiere abzuschlachten.«

»Die Löwin verlässt sich auf dein Ehrgefühl?«

»Die Massai verehren Löwen. Sie sind heilig. Ohne sie wäre unsere Welt nicht vollkommen. Uns würde niemals in den Sinn kommen, einen Löwen nur wegen seiner Trophäen zu jagen, wie es erst vor wenigen Monaten im Süden geschehen ist. Sie wissen, dass wir fair kämpfen und sie seit einiger Zeit sogar beschützen.«

»Auch wenn eine weiße Löwin großes Unheil ankündigt?«

»Auch dann«, erwiderte er. »Eine weiße Löwin umzubringen, wäre ein großes Verbrechen. Nicht einmal ein Häuptling oder *laiban*, ein heiliger Mann, dürfte sich mit einem solchen Fell schmücken. Weiße Löwen kommen vom heiligen Berg. Sie sind Boten unserer Göttin, so wie die Engel im Christentum. Würdest du einen Engel töten, selbst wenn er dir sagen würde, dass du sterben musst?«

»Du hast recht«, antwortete sie.

Nachdem sie wieder lange geschwiegen hatte, erholte sich Malaika sichtlich und streifte ein wenig ihre Panik ab. Sie aß sogar eines der Sandwiches, die Melissa mitgenommen hatte. Leider spürte sie jetzt auch ihre Schmerzen. Beim Sturz aus dem Wagen hatte sie sich etliche Prellungen zugezogen, keine ernsthaften Verletzungen, aber schmerzhaft und empfindlich, wenn man die Stellen berührte.

Sonyanga beobachtete im Innenspiegel, wie sie litt. »Hinter dem Sitz steckt der Erste-Hilfe-Kasten. Die Salbe in der blauen Dose ist gut gegen Prellungen. Die Aspirin stecken in der weißen Plastikdose. Nimm am besten drei oder vier.«

Sie bedankte sich bei ihm und war gerade dabei, die Tabletten zu schlucken, als Sonyanga voll auf die Bremse trat, und sie alle nach vorn flogen. Malaika schrie vor Schmerzen. Melissa hielt sich am Armaturenbrett fest. Sonyanga fluchte.

»Elefanten!«, warnte er. Er stieß mit dem Jeep zurück, bis er weit genug von den mächtigen Tieren entfernt war, und deutete auf die dunklen Schatten, die sich aus der Dunkelheit lösten und gemächlich über den Trail bewegten. Eine Elefantenherde, ungefähr zwanzig Tiere, die ihnen aber keine Beachtung schenkten und schon bald darauf in der Dunkelheit verschwunden waren. »Das war knapp.«

Die Tiere waren so gut getarnt gewesen, dass Melissa sie gar nicht entdeckt hatte. Sie erholte sich nur langsam von ihrem Schrecken. »Du hast gute Augen.«

»Ich bin ein Massai«, erwiderte er lächelnd.

13

Wie eine Festung erhob sich das Massai-Dorf am Ufer des Duma River. Im Mondlicht war der hohe Schutzwall aus dornigem Akaziengestrüpp zu erkennen, der Löwen, Leoparden und andere wilde Tiere von den Hütten abhalten sollte. Der Gestank von Kuhdung und Urin wehte mit dem Nachtwind über die Steppe.

Melissa drehte sich zu Malaika um und sah, wie sich Angst und Freude in ihren Augen die Waage hielten. Sie war froh, ihre alte Heimat wiederzusehen, und fürchtete sich vor der Begegnung mit ihrer Mutter, die sie krank in ihren Träumen gesehen hatte. Melissa glaubte nicht an Weissagungen und übersinnlichen Hokuspokus, war nach dem Auftauchen der weißen Löwin aber unsicher geworden. Es sah nicht so aus, als wäre diese Begegnung zufällig gewesen. Die Raubkatze mit dem seidigen Fell hütete ein Geheimnis. Oder war sie schon nach wenigen Tagen in der afrikanischen Steppe bereit, den Aberglauben der Massai für bare Münze zu nehmen? Konnte man nicht genauso gut die Rituale der christlichen Kirche für Hokuspokus halten?

»Du wirst sehen, es geht ihr gut«, sagte sie zu Malaika.

Sonyanga parkte im Schatten des Dornenwalls neben dem Haupttor und stellte den Motor ab. Er rief etwas in der Massai-Sprache. Wenig später flammten Fackeln hinter dem Schutzwall auf, und einer der Bewohner öffnete das Tor. Als Sonyanga einen jungen Krieger erkannte, sagte er auf Englisch, wer sie waren, und fügte hinzu: »Malaika ist gekommen, um ihre Mutter zu besuchen. Wer hat das Sagen bei euch? Bring mich zu ihm, damit ich ihm alles erklären kann.«

Obwohl es bereits auf Mitternacht zuging, hatte der junge Massai noch nicht geschlafen. Er war wie Sonyanga in traditionelle *shukas* gekleidet und hielt eine lodernde Fackel in der Hand. Hinter ihm tauchten zwei weitere Männer mit Fackeln auf, ebenfalls traditionell gekleidet. Malaika begrüßte sie in der Sprache der Massai, bekam jedoch keine Antwort von ihnen. »Dürfen wir reinkommen?«

Der junge Massai, der das Tor geöffnet hatte, trat zur Seite, schien aber alles andere als erfreut zu sein, sie zu sehen. »Ich darf unseren *laibon* nicht wecken«, erwiderte er schließlich. »*Laibon*« war das Massai-Wort für »Heiliger Mann«, wie Melissa von Sonyanga erfahren hatte. »Er hört nur auf Engai und die Stimmen, die ihn von der anderen Seite erreichen. Ich bin sicher, die Stimmen sprechen zu ihm, wenn er das Licht unserer Fackeln sieht.« Er drehte sich nervös um.

In dem Dorf gab es acht kreisförmig angeordnete Hütten. Von Malaika hatte Melissa erfahren, dass allein die Frauen für den Bau dieser Behausungen zuständig waren. Sie bestanden aus Strauchwerk, Lehm und Kuhdung und waren mit Urin genässt, um unliebsames Ungeziefer abzuhalten. In der Mitte des Dorfes schützte eine weitere Umzäunung die Rinder, Schafe und Ziegen. Auch dafür hatte sie das Massai-Wort gelernt: »*Boo-o-nkishyu*« oder abgekürzt nur »*boo*«.

Im Schein der Fackeln sah Melissa immer mehr Männer und auch Frauen und Kinder aus ihren Hütten kommen, teilweise in farbigen *shukas*, aber auch in langen T-Shirts, wie Melissa sie selbst nachts trug. In ihren Mienen zeigten sich

Neugier, aber auch Abneigung und Ärger über die nächtliche Störung. Keiner sagte etwas, als der junge Massai, der ihnen geöffnet hatte, das Tor verschloss.

»Wir warten auf Olonona«, flüsterte Malaika ihr zu. In ihrer Stimme schwang Furcht mit. »Den Schamanen. Er kümmert sich um meine Mutter, seit mein Vater von einem Löwen getötet wurde. Er hat sie … geheiratet. Gegen ihren Willen.«

»Sie hat wieder einen Mann? Aber das hast du mir ja gar nicht erzählt. Dann braucht sie sich doch keine Sorgen zu machen. Sorgt er denn nicht für sie?«

»Du wirst ihn gleich kennenlernen, dann weißt du es.«

Aus einer der Lehmhütten trat ein Mann. Er hatte die Wartezeit wohl genutzt, um sich zurechtzumachen, und trug eine Vielzahl von perlenbestickten Reifen, Bändern und Ketten um seinen Hals und seine Arme. Von seinen durchstochenen Ohrläppchen und von seinen kurzen weißen Haaren baumelten kunstvolle Kettchen hinab. Über seinen roten *shukas* hing ein Löwenfell. Er ging gemessenen Schrittes an den anderen Dorfbewohnern vorbei, wollte die nächtliche Ruhestörung wohl dazu nutzen, seine Autorität zu untermauern, und musterte seine Besucher der Reihe nach.

»Ich bin Olonona«, sagte er in seiner Sprache, »der *laibon* dieses Dorfes. Was wollt ihr von uns?« Sonyanga übersetzte leise für Melissa.

Malaika ergriff das Wort. Man sah ihr an, wie schwer es ihr fiel, ihre Angst zu überwinden. »Ich bin gekommen, um meine Mutter zu besuchen.« Sie berichtete von ihrem Traum und erwähnte auch die weiße Löwin, allerdings erst, nachdem sie einen fragenden Blick auf Sonyanga geworfen und sein leichtes Kopfnicken gesehen hatte. »Es war nicht nur der Traum, der mich nach Hause geschickt hat. Ich habe die weiße Löwin gesehen. Wir alle haben sie gesehen. Sonyanga, sogar Melissa. Sie hat mir gesagt, dass ich meiner Mutter helfen soll, gesund zu werden.«

»Du hast die weiße Löwin gesehen?«, fuhr der Schamane sie an. »Und wagst es dennoch, dieses Dorf zu betreten? In diesem *enkang* ist kein Platz für böse Geister. Ich habe *Engai* mehrere Opfer gebracht. Erst vor ein paar Tagen haben wir ihr eine Ziege geopfert, um sie günstig zu stimmen. Ich spreche in meinen Gebeten und Träumen mit ihr. Sie würde uns niemals großes Unglück schicken.«

»Olonona ist ein eitler Mann«, erklärte Sonyanga so leise, dass ihn der Schamane nicht verstand. »Er will nicht, dass sein Dorf mit der Zeit geht, weil er sonst einen Teil seiner Macht verlieren würde. Er will, dass alles so bleibt wie vor hundert Jahren. Männer wie er wehren sich auch gegen das Christentum.«

»Was flüsterst du?«, fuhr Olonona ihn an.

»Ich übersetze für unsere weiße Freundin.«

»Sie kommt aus einer anderen Welt.«

»Und ich bin froh, auch in ihrer Welt leben zu können«, sagte Sonyanga. »Die Massai müssen mit der Zeit gehen, wenn sie nicht sterben wollen. Wir können vieles von den Weißen annehmen, ohne unsere eigene Kultur zu verleugnen.«

»Du redest wie ein Verräter.« Olonona verzog geringschätzig den Mund. »Sprichst wie jemand, der in der Welt der

Weißen lebt, und doch bringst du diese Frau hierher, weil du der weißen Löwin begegnet bist? Wie passt das zusammen? Lachen die Weißen nicht über unseren Glauben? Über eine Löwin, die schlechte Nachrichten bringt. Tun sie so etwas nicht als heidnischen Aberglauben ab?«

»Nicht alle Weißen«, sagte Melissa. »Ich habe die weiße Löwin gesehen und glaube, dass sie über besondere Kräfte verfügt. Obwohl ich hoffe, dass sich meine Freundin irrt und ihre Mutter gesund ist. Wo ist sie? Lass Malaika zu ihrer Mutter!«

Ein junger Mann, der in seiner Nähe stand, übersetzte ihre Worte.

»Du bist eine Frau und du bist weiß. Ich will nicht wissen, was du denkst.« Er wandte sich an Malaika. »Deine Mutter ist gesund. Ich wäre kein guter *laibon*, wenn eine meiner Frauen krank würde.« Anscheinend war er wie viele Krieger in den alten Zeiten mit mehreren Frauen verheiratet. »Ich halte das Böse von ihr fern.«

»Ich möchte sie sehen.«

Der *laibon* zögerte ein wenig zu lange, um ein reines Gewissen zu haben, schien aber auch zu wissen, dass er sich verdächtig machen würde, wenn er sich weigerte. Er trat zur Seite. »Kommt in unsere *manyatta* und seht sie euch an.«

Sie waren noch keinen Schritt auf die Hütte zugegangen, als eine Gestalt im Eingang auftauchte und ins Freie torkelte. »Malaika!«, rief sie. Nur an der Bewegung ihrer Lippen erkannten sie, was sie sagte. Sie ging ein paar Schritte und blieb wankend stehen, griff mit beiden Händen ins Leere und stürzte zu Boden.

»Mutter!«, rief Malaika verzweifelt. Sie rannte zu ihr und ging in die Knie. Behutsam schob sie eine Hand unter ihren Kopf. »Bist du verletzt, Mutter?«

Inzwischen waren auch Melissa und Sonyanga heran.

»Nein … ich bin nur … etwas … schwach«, erwiderte sie heiser. Ihre Augen waren ohne Glanz und lagen tief in den Höhlen ihres ausgemergelten Gesichts. Unter der einfachen Wolldecke, in die sie ihren Körper gewickelt hatte, ragten zerschundene Füße hervor, als wäre sie weite Wege ohne Schuhe gegangen. Außer einem einfachen Armband trug sie keinen Schmuck. »Ich bin froh, dass … du gekommen bist. Olonona … ich habe gebetet und … gehofft, dass du mich hörst.«

Melissa hatte Mitleid mit ihr. »Wir bringen sie am besten in die Hütte. Ich habe den Rucksack mit den Vorräten dabei. Sie braucht dringend was zu essen. Ich bin keine Ärztin, aber ich bin mir sicher, ihr macht der Kreislauf zu schaffen.«

»Unsere Vorräte sind knapp«, erwiderte die Frau. »Olonona sagt, die … Männer müssen essen, weil … sie stark sein müssen. Die Frauen und Kinder … sie bekommen, was … übrig bleibt. Für mich … bleibt wenig übrig. Sehr … wenig …«

Malaika bedachte Olonona mit einem vorwurfsvollen Blick.

Er hatte die Worte ihrer Mutter zwar nicht verstanden, ahnte aber, was sie ihm vorwarf. »Ich habe sie so behandelt, wie man es von einem Massai erwartet. Sie ist eine Frau. Sie wurde geboren, uns zu gehorchen und die Arbeiten zu verrichten, die *Engai* allen Frauen aufgetragen hat. Sie ist nicht krank … nur schwach.«

Sie trugen die entkräftete Frau in die *manyatta* und legten sie auf ihr Lager, das aus gebündelten Zweigen und einigen

Fellen in der hintersten Ecke des Raumes bestand. Es gab keine Fenster, nur ein Abzugsloch in der gewölbten Decke, durch das Rauch von dem Feuer abzog. Eine junge Frau und ein kleines Kind, die wesentlich besser genährt aussahen, ließen sich durch sie nicht stören.

Melissa öffnete den Rucksack und nahm einige Vorräte heraus. Aus einem Behälter, den Sonyanga ihr reichte, goss sie Wasser in einen einfachen Topf, der neben der Feuerstelle stand. Mit einem Brühwürfel, etwas Fleisch und reichlich Gemüse, das sie mit ihrem mitgebrachten Messer schnippelte, kochte sie eine reichhaltige Brühe. Die Toastscheiben beschmierte sie mit Butter.

Darauf hätte ich auch nicht gewettet, dass ich mal in einer Massai-Hütte koche, dachte sie.

Malaika hatte ihrer Mutter bereits etwas Milch aus einem ausgehöhlten Flaschenkürbis, einer so genannten Kalebasse, zu trinken gegeben. »Milch ist ein Grundnahrungsmittel bei den Massai«, erklärte Sonyanga leise, um die schlafende Frau und ihr Kind nicht zu stören. »Milch gibt es zu jedem Essen … und Blut.«

»Blut?«, erschrak Melissa. Sie hatte darüber gelesen. »Auch heute noch?«

»Blut stärkt die Abwehrkräfte des Körpers. Viele Massai vermischen es mit Milch, damit es besser schmeckt.« Er lächelte. »Aber mir wäre deine Kraftbrühe inzwischen auch lieber. Ich habe mich schon an das Essen der Weißen gewöhnt.«

Malaika flößte ihrer Mutter die heiße Brühe mit einem Löffel ein. Zuerst nur widerwillig, dann beinahe schon gierig, saugte sie die kräftige Suppe auf. Nach jedem Löffel ging es ihr besser, schienen sich ihre Wangen zu röten und neuer Glanz in ihre Augen zu treten. Das Weißbrot schmeckte ihr weniger, das aß sie erst, als Malaika es dick mit Honig beschmiert hatte.

»Melissa hat dir noch mehr Vorräte mitgebracht«, sagte Malaika. »Du darfst dich von Olonona nicht unterkriegen lassen. Auch wenn er seine Frauen wie Sklavinnen hält, darf er sie nicht verhungern lassen. Das ist eine Straftat. Dafür kann er ins Gefängnis kommen.«

»Ich arbeite gern, Malaika. Und ich habe auch nichts gegen seine zweite Frau und das Kind. Sie sind freundlich. Aber ich muss essen, wenn ich arbeiten soll. So schlimm wie jetzt war es noch nie. Unsere Vorräte sind knapp, und selbst die Männer haben nur wenig zu essen. Du weißt, dass wir unsere Rinder nicht selbst essen, aber selbst auf dem Markt bringen sie kaum noch was. Wir haben zu wenige Tiere. Nur noch ungefähr tausend. Früher hatten wir über fünfzehnhundert.«

Sie machte immer noch Pausen zwischen einzelnen Wörtern und Sätzen und war noch lange nicht so gestärkt, dass ein Arzt zufrieden gewesen wäre, lächelte aber schon wieder und schloss Malaika in die Arme. Beide weinten bitterlich.

Als der *laibon* die Hütte betrat und ihm der Suppenduft in die Nase stieg, verzog er das Gesicht. »Eine Frau wie sie braucht nicht viel«, sagte er. Für eine Verteidigung klang es lahm. »Und sie hätte mir vertrauen sollen. Ich spreche jede Nacht mit der Göttin, und wenn ich ihr ein weiteres Opfer bringe, wird sie uns auch wieder Nahrung schicken. Wir werden uns das Vieh bei den Weißen holen.«

»Dann landest du bald im Gefängnis«, widersprach ihm Sonyanga. »Auch wenn unsere Legenden sagen, dass alle Rinder dieser Erde den Massai gehören und es nicht strafbar ist, anderen das Vieh wegzunehmen, müssen wir uns doch an die Gesetze halten. Du willst nicht einsehen, dass sich die Zeiten ändern.«

»Von einem jungen Krieger lasse ich mir nichts sagen. Wahrscheinlich hast du nicht mal einen Löwen getötet. Ich habe meinen Löwen drei Tage verfolgt und in einem fairen Kampf besiegt.« Er berührte das Löwenfell über seinen Schultern.

»Ich beschütze die Löwen. Ich will nicht, dass sie aussterben.«

»Tu, was du willst, aber komm mir nicht in die Quere. Die Gastfreundschaft gebietet es, euch meine Hütte bis zum frühen Morgen anzubieten, aber dann verschwindet und lasst uns so leben, wie es *Engai* von uns verlangt.«

Er legte den größten Teil seines Schmucks ab, entledigte sich der *shukas* und des Löwenfells und rollte sich in seine Felle dicht bei der Tür. Der beste Platz in der Hütte und dem ältesten Krieger vorbehalten, weil man dort frische Luft bekam und am ehesten merkte, wenn Gefahr drohte. Schon wenige Minuten später war er eingeschlafen.

Auch Melissa, Malaika und Sonyanga waren müde und sanken angezogen auf die Felle neben der kranken Mutter und schlossen die Augen. Nach der langen Fahrt und der Aufregung um Malaika waren sie geschafft. Melissa wachte mehrmals auf, vor allem wegen der stickigen Luft und des Rauchs, der immer noch vom Feuer emporstieg, und fragte sich, wie die Massai das aushielten. Die Macht der Gewohnheit, nahm sie an. Mit einem missbilligenden Blick musterte sie den störrischen Schamanen, der laut schnarchte und im

Schlaf etwas murmelte, das sie nicht verstand. Auf gewisse Weise konnte man ihm nicht mal böse sein. Es war sicher schwer, einen wichtigen Teil seines Lebens aufzugeben und seinen ehemaligen Feinden nachzueifern. Manche Leute schafften es nicht mal, sich an ein fremdes Land zu gewöhnen, nachdem sie ausgewandert waren.

Durch die Öffnung fiel bereits schwaches Licht herein, als sie erneut aufwachte. Sie blickte auf ihre Armbanduhr und stellte fest, dass es kurz vor halb sechs war. Sie setzte sich auf und erschrak. Malaikas Mutter war verschwunden. Auch Olonona war bereits aufgestanden. Sie rüttelte Malaika und Sonyanga wach und deutete auf das leere Lager. »Sie ist aufgestanden! Sie ist doch noch viel zu schwach!«

Malaika war sofort hellwach. »Er lässt sie Holz und Wasser holen.«

»In ihrem Zustand?«

»Er ist unbelehrbar.«

Sie verließen die Hütte und sahen den *laibon* mit ausgestreckten Armen nach Norden blicken.

»Wo ist sie?«, störte Sonyanga sein Gebet. »Wo ist Malaikas Mutter?« Er blieb dicht vor ihm stehen und beherrschte mühsam seine Wut.

»Sie wollte arbeiten. Ich habe sie nicht gezwungen.«

Melissa folgte Sonyanga und Malaika aus dem Dorf und ließ sich diesmal nicht zurückhalten, auch wenn es gefährlich war, um diese Zeit zum Wasser zu gehen. Es konnte gut sein, dass einige Löwen oder Elefanten auf dieselbe Idee gekommen waren. Aber sie war zu besorgt, um an eine mögliche Gefahr zu denken. Sie wollte, dass aus der schlechten Nachricht der weißen Löwin eine gute Nachricht und Malaikas Mutter wieder gesund wurde. Auch wenn sie Olonona in gewisser Weise verstand, wollte sie nicht, dass Malaika und ihre Mutter litten.

Sie brauchten nicht weit zu laufen. Malaikas Mutter lag ungefähr hundert Meter vom Dorf entfernt im Steppengras, zwei leere Behälter in den Händen. Als Malaika sie als Erste erreichte, war sie gerade dabei, sich vom Boden hochzustemmen. Vergeblich, wie sie erkennen musste. Sie war viel zu schwach, um wieder aufzustehen. Leise stöhnend ließ sie die Behälter fallen und sank zu Boden.

Zum zweiten Mal innerhalb weniger Stunden beugte sich ihre Tochter über sie. »Warum tust du das, Mutter?«, fragte sie. »Warum ruhst du dich nicht aus?«

»Ich kennc mcinc Pflichten.«

»Wenn du so weitermachst, wirst du bald überhaupt keine Pflichten mehr haben«, erwiderte Malaika nicht ohne Vorwurf in ihrer Stimme. »Du kommst mit uns zurück und überlässt das Holz- und das Wasserholen den jüngeren Frauen.«

»Ich kann nicht.«

»Natürlich kannst du.«

Malaika blickte Hilfe suchend auf Sonyanga, der ihre kranke Mutter vorsichtig vom Boden aufhob und sich bereits auf den Rückweg machte, als das Brummen eines Flugzeugs über der Steppe erklang. Eine einmotorige Cessna. Sie kreiste einmal über das Dorf und landete auf dem Grasland, das eigentlich den Rindern und Ziegen vorbehalten war. Ein junger Mann mit Anglerhut stieg aus der Maschine.

»Der Arzt!«, freute sich Malaika. »Das ist Doc O'Reilly!«

14

»Ihre Mutter braucht dringend professionelle Pflege«, sagte Doc O'Reilly, nachdem er die entkräftete Frau eingehend untersucht hatte. Er blickte Malaika an. »Ihre Suppe hat ihr sehr geholfen, aber wenn sich ihr Kreislauf wirklich dauerhaft stabilisieren soll, muss ich sie in ein Krankenhaus bringen. In Arusha gibt es eine Klinik der katholischen Mission, deren Ärzte drücken bei der Rechnung meist beide Augen zu. Wahrscheinlich braucht sie nur ein paar Infusionen und vitaminreiche Kost, aber um jedes Risiko auszuschließen, wäre es so am besten.«

Alle außer Olonona waren einverstanden. »Sie ist meine Frau«, sagte der *laibon*. »Ich bestimme, was mit ihr geschehen soll, und ich sage, sie war gestern noch stark genug, ihre Arbeit zu verrichten und wird es auch morgen noch sein.«

»Das kann ich leider nicht verantworten«, widersprach Doc O'Reilly. »Wenn es um das Wohl eines Patienten geht, habe ich das Sagen. Wir würden ihr Leben riskieren, wenn wir sie hier im Dorf lassen würden.« Als er die wütende Miene des *laibon* bemerkte, bemühte er sich um einen versöhnlichen Tonfall. »Es ist besser so, Olonona, glauben Sie mir. In ein paar Tagen bringe ich sie zurück.«

»Und dann wirst du sie mit größerem Respekt behandeln und ihr genug zu essen geben«, sagte Sonyanga so leise, dass es die Dorfbewohner, die in der Nähe standen, nicht hören konnten. »Damit du zufrieden bist, werde ich jedem erzählen, dass es deine Gebete waren, die uns und den Doktor gerufen haben.

Wenn du sie schlecht behandelst, werde ich dafür sorgen, dass man dich aus diesem Dorf verbannt. Ich will keinen Streit, aber Malaika ist unsere Freundin. Sei gut zu ihrer Mutter, und die Massai werden deinen Namen wieder mit Stolz aussprechen.«

»Drei Tage! In drei Tagen will ich sie wiedersehen.«

»Ich werde sie bringen, sobald sie gesund ist«, erwiderte der Arzt. »Ich bin sicher, auch eurer Göttin wird es gefallen, wenn die Bewohner deines Dorfes gesund bleiben und in eine bessere Zukunft blicken. Du hast mir Kräuter gezeigt, die gegen vieles helfen. Aber gegen manche Krankheiten helfen nur unsere Mittel.« Er wandte sich an Sonyanga. »Hilf mir, sie in die Maschine zu tragen!«

»Danke«, sagte Malaika leise, als sich die Maschine mit ihrer kranken Mutter in die Luft erhob und über den Hügeln verschwand. Sie blickte Melissa und Sonyanga an. »Ohne euch wäre es meiner Mutter schlecht ergangen. Jetzt bin ich beruhigt. Ich werde eine Extraschicht einlegen, um den Manager zu versöhnen.«

Niemand winkte ihnen nach, als sie in den Jeep stiegen und auf den Trail zurückfuhren. Sie hatten den mitgebrachten Proviant der jungen Frau mit dem Kind gelassen, aber es waren noch Sandwiches übrig, die sie zum Frühstück verspeisten. Sonyanga teilte dem Manager über Funk mit, dass sich Malaikas Mutter auf dem Weg ins Krankenhaus befand und sie bereits auf der Rückfahrt waren.

»Das trifft sich gut«, meldete sich Conroy, »fast alle Gäste verbringen den heutigen Tag auf der Tierstation. Fahren Sie vorbei und helfen Sie den Kollegen. Aber spätestens um drei will ich Sie in der Lodge sehen. Otto wartet schon auf Sie,

Melissa. Er hat frischen Lachs bekommen. Sie sollen sich was ausdenken.«

»Dann können wir gleich mal nach unserem kleinen Löwen sehen«, sagte sie, als Sonyanga das Funkgerät verstaute. Über die Rangerstationen erreichte man auch weiter entfernte Ziele. »Ich hoffe, der Patient hat sich gut erholt. Wäre doch schön, wenn ich in einigen Jahren wiederkäme und ihn in freier Wildbahn treffen würde.« Sie lachte. »Wenn ich ihn dann noch erkenne … und er mich.«

»Ein Elefant würde sich bestimmt an dich erinnern,« sagte Malaika.

»Hatari … den wirst du nicht mehr los«, stimmte ihr Sonyanga zu.

»Ich möchte wissen, was er an mir findet.«

»Bei Tieren weiß man nie«, meinte Malaika. »Die gehen nicht nach Schönheit oder Charakter, die blicken dir tief in die Seele. Vor allem Elefanten und Löwen. Sie sind besondere Wesen. Ohne sie wäre die Serengeti nicht vollkommen.«

Sonyanga nickte. »Und mit ihnen würde unser Volk sterben.«

»Hab ich dir schon gesagt, dass du in die Politik gehen solltest?«, sagte Melissa zu Sonyanga. »Ich meine es ernst. Du könntest viel für diese Gegend tun. Jedenfalls mehr als die Hohlköpfe, die eine Asphaltstraße quer durch die Serengeti bauen wollen. Wissen die denn nicht, dass man damit den Kreislauf des Lebens zerstören würde?«

»Natürlich wissen sie es.« Sonyanga lenkte mit beiden Händen. »Aber es geht wahrscheinlich ums liebe Geld. Einige mächtige Leute würden noch mehr Geld mit einer solchen

Straße verdienen, und man darf es ja nicht laut sagen, aber es ist auch Bestechung im Spiel. Ich habe keine Beweise, aber ich bin mir ziemlich sicher. Zum Glück haben wir das seltsame Projekt bisher verhindern können.«

»Und du, Malaika? Willst du nach der Lehre in der Lodge bleiben?«

Ihre Mitbewohnerin war schon wieder guter Stimmung. »Wenn sie mich wollen auf jeden Fall. Dort verdiene ich gutes Geld und kann meine Mutter noch besser unterstützen als jetzt. Es macht Spaß, den Leuten unsere Kultur nahezubringen. Es sei denn, man hat es mit einem unangenehmen Typen wie Lowell zu tun. Manche Gäste glauben, wir schwarzen Frauen wären Freiwild. Aber es werden glücklicherweise immer weniger. Die Reiseveranstalter informieren ihre Kunden besser als früher. Es steht sogar in manchen Katalogen, dass man uns respektieren soll. In der Lodge greift Conroy sofort ein, wenn so was passiert.«

Melissa wusste aus dem Unterricht an der Touristikschule, wie es noch vor einigen Jahrzehnten auf Afrika-Reisen zugegangen war. Es gab sogar Dokus, in denen gezeigt wurde, wie sich angetrunkene Touristen über die »Neger« und »Sarotti-Mohren« lustig machten und wie Kolonialherren in afrikanische Dörfer einfielen. Inzwischen war »Neger« zum Schimpfwort erklärt und aus dem schwarzen Sarotti-Mohren, dem Logo einer Schokoladenfirma, ein goldfarbener Magier geworden. Und »Negerküsse« hatten sich in »Schokoküsse« verwandelt.

Sonyanga hielt den Jeep an und deutete zum Himmel empor. Eine einmotorige Cessna, das gleiche Modell, aber anders lackiert als die Maschine des fliegenden Doktors, flog in einiger Entfernung über die Steppe hinweg.

»Eine Chartermaschine aus Arusha«, erkannte er. »Seltsam, die fliegen aus dem Nationalpark raus. Wenn sie die Wanderung beobachten wollten, müssten sie in die entgegengesetzte Richtung fliegen. Sicher ein Großwildjäger, der im *Maswa Makau Game Reserve* auf Löwenjagd gehen will. Und er muss sich nicht mal dafür anstrengen. Seine Helfer treiben ihm den Löwen direkt vor die Mündung und betäuben den Löwen manchmal sogar, damit er nicht vorbeischießt. Und er lässt sich dann wie ein Held vor dem Löwen fotografieren. So was würde ein Massai niemals tun.«

Er griff nach seinem Fernglas und peilte die Maschine an. Auch Melissa hatte ihren Feldstecher umgehängt und wechselte sich mit Malaika ab. Sie beobachteten, wie die Maschine plötzlich eine steile Kurve flog, über der Steppe rasch nach unten sank und in einer Entfernung von ungefähr einem Kilometer landete.

»Seltsam«, sagte Sonyanga, »da gibt es doch gar nichts zu sehen.«

Der Pilot landete auf dem Trail, der am südöstlichen Rand des Nationalparks entlangführte, und half seinem einzigen Passagier aus der Maschine. Melissa traute kaum ihren Augen, als sie die Schärfe ihres Feldstechers nachstellte und ihn deutlich ins Bild bekam. »Das ist Lowell!«, staunte sie. »Der Millionär!«

»Ohne seine Freundin«, fügte Malaika hinzu.

»Was will der denn hier?«, wunderte sich auch Sonyanga. Er beobachtete ihn und den Piloten durch sein Fernglas.

»Sieht so aus, als würde er sich nur die Gegend ansehen. Ein Gewehr hat er nicht dabei. Aber eine kleine Kamera. Er fotografiert die Steppe. Was will er denn damit bezwecken? Das bringt doch nichts.« Er setzte das Fernglas ab und blickte Melissa und Malaika an. »Es sei denn …«

»Es sei denn, was …« Melissa konnte ihm nicht folgen.

»Es sei denn, er will dort eine Lodge oder ein Camp errichten. Oder sich mit einem dieser englischen Jagdunternehmen zusammentun und einen größeren Betrag investieren. Ein Mann wie er würde die Katze niemals im Sack kaufen, der sieht sich das Grundstück an, an dem er sich beteiligen will.« Er sah Melissas fragenden Blick und erklärte: »Zwei englische Firmen haben während der letzten Jahre einige Landstriche außerhalb des Parks erworben, um weißen Großwildjägern die Möglichkeit zu geben, dort zu jagen. Ein einträgliches Geschäft, wie wir alle wissen. Die Massai, die dort in ihren Dörfern wohnten, wurden enteignet.«

»Aber das … das würde bedeuten, dass man auch meine Mutter vertreibt.« Malaika war blass geworden. »Wenn dort drüben eine neue Jagdlodge entstehen soll, reicht ihr Land bestimmt so weit, dass man unser Dorf zerstören würde. Ich habe gesehen, wie sie im Norden einen *enkang* verbrannt haben. Die Bewohner konnten froh sein, dass sie ihr Vieh und ihren wenigen Besitz mitnehmen konnten.«

Melissa wollte nicht glauben, dass ein Konzern so herzlos sein konnte. »Ihr macht euch bestimmt unnötig Sorgen. Dass Lowell dort drüben gelandet ist, kann auch ganz andere Gründe haben. Vielleicht war an der Maschine was nicht in Ordnung. Oder er glaubte, einen Löwen entdeckt zu haben.

Oder er wollte nur mal sehen, wie sich das anfühlt, allein in der Savanne zu stehen. Lowell ist ein seltsamer Mann, der tut viele Dinge, die ein anderer niemals wagen würde.«

Doch ihre Argumente waren schwach, und an den Mienen von Sonyanga und Malaika konnte sie ablesen, wie wenig sie ihr glaubten. »Wenn ein Mann wie Lowell in der Gegend herumfliegt und mitten in der Savanne aussteigt«, sagte der Massai, »dann hat das einen bestimmten Grund, und es geht todsicher um Geld.«

Sie warteten, bis die Männer in die Cessna stiegen und nach Nordosten zurückkehrten. Erst dann kletterten sie in den Jeep und fuhren weiter. Ihre Stimmung war gesunken. Vor allem Melissa wurde langsam klar, dass es in der Serengeti nicht nur darum ging, wilde Tiere auf freier Wildbahn zu beobachten. Wie fast überall ging es um Geld. Mit den Lodges und Camps wurde mehr Umsatz gemacht als mit den meisten Luxushotels, und Safaris waren inzwischen ebenso populär wie Kreuzfahrten. Tansania war ein friedliches Land, eine Oase inmitten eines Kontinents der anderswo mit gefährlichen Krisengebieten aufwartete, und der Tourismus war zu einer riesigen Industrie geworden. Seit Melissa auf die Schule in Österreich ging, war sie ein Teil dieser Industrie und konnte sich auch bei Unternehmern und Investoren wie John Lowell bedanken, dass es viel Arbeit gab.

Die Sonne stand am östlichen Himmel, und sie kamen zügig voran. Sie sahen einige Löwen faulenzend unter einer Akazie liegen und beobachteten etliche Gnus und Zebras, die sich der großen Wanderung anschlossen. Eine Giraffe ließ sich auch dann nicht bei ihrer Mittagsmahlzeit stören, als sie dicht an ihr vorbeifuhren. Die Serengeti war voller Leben, eines der letzten Paradiese, das auf den ersten Blick nicht erkennen ließ, wie sehr auch die wilden Tiere bedroht waren.

Auf ungefähr halber Strecke begegneten sie einem Ranger, einem Schwarzen in grüner Uniform, die Kappe verwegen nach vorn geschoben. »Hey, Daniel«, begrüßte ihn Sonyanga. Er war ihm schon mehrmals begegnet. »Was läuft so?«

»Immer das Gleiche«, erwiderte er. »Wenn ich Glück habe, darf ich auf Safari gehen und den Leuten die Tiere erklären. Wenn ich Pech habe wie heute, sind wir einem Wilderer auf der Spur und rund um die Uhr im Einsatz. Zum Heulen.«

»Das wird sich nie ändern. Die Mistkerle schrecken auch vor strengeren Strafen nicht zurück, dazu ist Elfenbein zu wertvoll. Hast du eine Ahnung, ob eine dieser Jagdgesellschaften vorhat, das Land im Südosten zu kaufen? Oder ob da eine Lodge entstehen soll? Malaikas Mutter wohnt im Dorf von Olonona.« Sonyanga drehte sich zu Malaika um. »Sie hat Angst, dass die Massai dort vertrieben werden.«

»Keine Ahnung«, erwiderte Daniel. »Ich hab nichts gehört.«

»Na, dann wollen wir hoffen, dass es sich nur um ein Gerücht handelt.«

»Die Serengeti ist voller Gerüchte, nicht wahr?«

Als sie die Tierstation erreichten, glühte die Sonne am blauen Himmel, und sie kamen gerade rechtzeitig zum Mittagessen. Die meisten Gäste saßen im Freien und verspeisten ihre mitgebrachten Sandwiches, bis ein vorwitziger Affe erschien, sich eines der Lunchpakete schnappte und damit in den großen Wohnraum verschwand. Sie folgten ihm lachend.

Einige Gäste begrüßten sie fröhlich und winkten ihnen sogar zu. Paul Gerhardt saß allein und knabberte widerwillig an seinem Sandwich, seine Frau flirtete einige Meter weiter ungeniert mit Jimmy Hutton und fing sich dafür die strafenden Blicke zahlreicher anderer Gäste ein. Edith stand am offenen Fenster.

Mandisa begrüßte sie herzlich und bat sie in die Küche. »Ich hab schon gehört, dass Sie vorbeikommen. Ich habe noch Eintopf übrig. Sie haben sicher Hunger.«

Den hatten sie tatsächlich und griffen erfreut zu. Dazu gab es frische Limonade mit Eiswürfeln, eine Offenbarung, nach der langen und staubigen Fahrt. »Die anderen Gäste sind bei den Tieren draußen. Unsere Patienten sind immer sehr aufgeregt, wenn wir Besucher hier haben.« Sie lächelte auf ihre sanfte Art. »Bedienen Sie sich einfach!«

Nach dem Essen ging Melissa zu Edith. Sie stand am Fenster, ein leeres Glas in der Hand, und starrte ins Leere. »Hallo, Edith«, grüßte Melissa.

Edith schien sie erst jetzt zu bemerken. »Oh … Melissa.«

»Wo haben Sie denn Ihren Freund gelassen?« Eine gemeine Frage, wenn man bedachte, dass sie John Lowell erst vor drei Stunden gesehen hatten. »Er hat wohl nichts für diesen Streichelzoo übrig. Ich wette, er liegt am Swimmingpool.«

»Er ist auf Geschäftsreise.«

»Hier draußen? In der Serengeti?«

»So habe ich auch reagiert«, sagte Edith. »Nein, er hat ein Flugzeug gechartert und ist nach Arusha oder Mombasa geflogen. So genau weiß ich's auch nicht.«

»Will er in Tansania oder Kenia investieren?«

»John will überall investieren, wo etwas für ihn herausspringt. Er verdient einen Haufen Geld auf diese Weise, das muss man ihm lassen. Wenn ich meinen Liebsten immer bei mir haben wollte, hätte ich mir einen anderen suchen sollen.«

»Wo haben Sie ihn denn kennengelernt?«

Edith musste lachen. »Er hat mich kennengelernt. Hielt am Leicester Square mit einem Taxi neben mir, als ich gerade aus dem Kino kam. Über dem Eingang hing eine riesige Leuchtwand mit dem Titel des neuen James Bond. ›Mein Name ist Lowell ... John Lowell‹, sagte er, ›und ich habe mir in den Kopf gesetzt, Sie glücklich zu machen. Lassen Sie uns ordentlich Geld ausgeben.‹ Das imponierte mir so sehr, dass ich einstieg ... nun ja, und seitdem sind wir beide zusammen.«

Melissa hätte noch viel zu sagen gehabt. Wie man nur so dumm sein und auf einen solchen Spruch hereinfallen konnte. Welcher Teufel einen geritten haben musste, sich einen zwanzig Jahre älteren Mann zu schnappen. Wie man es bei einem solchen Säufer aushielt. Aber sie schwieg natürlich und wünschte ihr stattdessen noch einen schönen Urlaub. Seine Freundin hat er also auch belogen, dachte sie.

Die meisten Gäste hatten ihre Sandwiches bereits gegessen und waren wieder nach draußen gegangen, um die Tiere in ihren Gehegen zu bewundern. Melissa verließ ebenfalls das Haus und winkte Kimberly und Dave zu, die mit zwei kleinen Äffchen bei einigen Besuchern standen und sie die Tiere streicheln ließen.

Dass Biggi und Jimmy Hutton nicht mehr in der Nähe waren, schien niemandem aufzufallen. Auch Paul Gerhardt war nirgendwo zu sehen, und Melissa befürchtete schon, es könnte gleich zu einer großen Eifersuchtsszene kommen, als sie Biggi und den Guide hinter einem Schuppen hervorkommen sah.

»Hi, Biggi! Hi, Jimmy!«, grüßte sie die beiden mit einer solchen Unschuldsmiene, dass sie sich erst recht ertappt vorkamen und mit hochroten Gesichtern verschwanden. Nur seltsam, dass Paul Gerhardt nichts unternahm, dachte Melissa. Er musste doch wissen, was zwischen den beiden lief. Jeder andere Ehemann hätte sich den Guide und sie vorgeknöpft.

Tatsächlich ertönte wenig später ein so verzweifelter Schrei, dass Melissa schon Angst hatte, Paul Gerhardt würde mit einem Holzprügel oder einer anderen schweren Waffe auf seine Frau losgehen. Nicht nur sie, sondern alle, die gerade draußen waren, fuhren entsetzt herum und sahen, wie Gerhardt durch das Gehege mit den beiden Warzenschweinen rannte, kopfüber in eines der künstlichen Schlammlöcher stürzte und in panischer Angst darauf wartete, dass ihn die angriffslustigen Tiere mit ihren langen Stoßzähnen aufspießten und wütend zu Tode schleiften.

Stattdessen rannten Kimberly und Dave durch die offene Tür und vertrieben die Schweine mit lauten Zurufen. Gerhardt rappelte sich mühsam auf und humpelte an ihnen vorbei, nicht ohne sie wütend zu beschimpfen. »Ich dachte, die Tiere in den Gehegen sind zahm. Warum sagt mir keiner, dass diese seltsamen Schweine nicht alle Tassen im Schrank haben? Ich werde mich beschweren!«

»Nur gut, dass er nicht zu den Löwen gegangen ist!«, sagte jemand.

15

Als hätte Gerhardt sich mit seiner Einlage nicht schon genug zum Gespött der anderen Gäste gemacht, erteilten Kimberly und Dave ihm eine weitere Abreibung.

»So können Sie auf keinen Fall ins Haus gehen«, sagte Dave. Bevor Gerhardt sich versah, drehte Kimberly das Wasser auf und spritzte mit dem Schlauch ab.

Der arme Mann schrie wie am Spieß. Kimberly hatte das Wasser so heftig aufgedreht, dass der Schlamm zu allen Seiten flog und er schon nach kurzer Zeit klitschnass, aber sauber in der Sonne stand. Sie nahm den Schlauch herunter, geriet ins Stolpern und erwischte Biggi Gerhardt und Jimmy Hutton mit dem Wasserstrahl, lange genug, um sie ebenfalls bis auf die Haut zu durchnässen.

»Oh tut mir leid«, rief Kimberly. Sie grinste übers ganze Gesicht. »Das wollte ich nicht. Warten Sie, ich bringe Sie ins Haus, da können Sie sich umziehen.«

Unter dem verhaltenen Gelächter der Zuschauer verschwand Kimberly mit den drei durchnässten Gestalten im Haus. Sie machte nicht den Eindruck, als würde ihr irgendetwas leidtun, im Gegenteil, ihr verstecktes Grinsen wirkte eher schadenfroh. Einige Minuten später kam sie wieder heraus und flüsterte Melissa ins Ohr: »Dieses Weibsstück hat sich Jimmy regelrecht an den Hals geworfen. Kein Wunder, dass ihr Mann durchdreht und mit unseren Warzenschweinen um die Wette läuft. Sie und Jimmy hatten die Abreibung verdient. Was meinst du?«

»Ich meine, dass mir diese Biggi schon seit ein paar Tagen auf den Wecker geht, aber ich bin schließlich nicht hier, um den Gästen ins Gewissen zu reden. Der Kunde ist König, egal wie seltsam er sich benimmt.«

»Zum Glück haben wir genügend Shorts und T-Shirts hier. Nicht gerade die neueste Mode, aber für den Trip zur Lodge reicht's.« Kimberly wandte sich an ihren Kollegen. »Hey, Dave. Warum zeigst du unseren Gästen nicht die Löwen? An dem Kleinen haben sie bestimmt ihren Spaß.« Sie drehte sich wieder zu Melissa um. »Der putzige Bursche erholt sich schneller, als wir dachten, aber solange er noch zu jung zum Jagen ist, müssen wir ihn hierbehalten. Wird schwer, ihn an die Wildnis zu gewöhnen, wenn er größer ist, aber was bleibt uns anderes übrig?«

Paul Gerhardt, seine Frau Biggi und Jimmy Hutton kehrten blitzsauber aus dem Haus zurück und wussten wahrscheinlich ganz genau, was die anderen Gäste dachten. In ihren ausgebleichten Shorts und T-Shirts sahen sie wie Safari-Gäste aus den 1980er-Jahren aus.

»Tut mir leid, was Modischeres hatten wir leider nicht. Die Sachen haben uns Besucher dagelassen. Ist schon ziemlich lange her.«

Aus einem der entfernteren Gehege drang ein kräftiger Trompetenstoß nach vorn. Melissa wusste sofort, von wem er stammte.

»Hatari«, erschrak sie. »Der ist bestimmt böse, weil ich ihn nicht gleich besucht habe. Hoffentlich benimmt er sich diesmal. Noch so ein Auftritt und ich kann mir das Praktikum abschminken.«

»Keine Panik«, beruhigte Kimberly sie. »Der hat dich wahrscheinlich noch gar nicht gewittert, so wie der Wind heute steht. Er ist nur ungeduldig. Um diese Zeit führen wir ihn immer eine Stunde spazieren. Wie einen Hund, der Auslauf braucht.« Sie lachte. »Und damit er sich an die Steppe gewöhnt. Sobald er größer ist und seine Stoßzähne hat, lassen wir ihn frei. Dann muss er sich eine Herde suchen.«

»Eine Stunde?«, überlegte Melissa laut. »Meinst du, ich könnte mitkommen? Wenn wir gegen zwei Uhr zurück sind, bleibt uns noch genug Zeit für die Fahrt zur Lodge.« Sie drehte sich zu Sonyanga und Malaika um. »Was meint ihr?«

Kimberly zuckte mit den Schultern. »Ich hab nichts dagegen.«

»Ich komme auch mit«, sagte Sonyanga.

Kimberly zögerte einen Moment, überlegte wohl, ob sie Melissa und Sonyanga einen gemeinsamen Ausflug gönnen sollte. Doch sie verzog keine Miene, was wohl heißen sollte: meinetwegen, aber mach dich nicht an Melissa ran, sonst bist du der Nächste, dem ich eine Dusche verpasse. Vielleicht bildete Melissa sich das aber auch nur ein. Hieß es in der Lodge nicht, dass die meisten Frauen von dem Massai begeistert waren? Er benahm sich nicht wie Kimberlys Freund, eher wirkte er in seinem Verhalten wie ein Kollege, der sie und ihre grobe Art amüsant fand. Er hatte sie nicht vertraut umarmt, nicht einmal berührt und ihr auch nicht verstohlen ins Ohr geflüstert.

Malaika drehte sich zu den Gästen um. »Und ich passe auf, dass Paul Gerhardt nicht ins Löwengehege klettert.« Sie sprach so leise, dass sie die Gäste nicht hörten. »Wäre doch schade, wenn wir ihn noch mal zum Duschen schicken müssten.«

»Na, dann wollen wir den Guten mal holen«, sagte Kimberly.

Melissa war auf einiges gefasst, aber nicht darauf, dass Hatari seine Freude über das Wiedersehen so offen zeigen würde. Sie hatte sogar den Eindruck, er würde lachen, als Kimberly das Gatter öffnete. Er drängte sich sofort an ihre Seite und legte seinen Kopf an ihre Schulter, ein Willkommensgruß, den er nur für sie reserviert zu haben schien. Kimberly bedachte er mit einem Trompetenstoß.

»Zeit für deinen Spaziergang«, sagte Kimberly. Sie tätschelte dem jungen Elefanten den Hals und lächelte. »Keine Angst, deine neue Freundin kommt mit.«

Was für die Mitarbeiter der Lodge zu den täglichen Pflichten und zum Alltag gehörte, war für Melissa ein besonderes Ereignis. Allein dabei zuzusehen, wie Hatari sein Gehege verließ und Kimberly folgte, versetzte sie in Begeisterung. Wo kam man einem Elefanten schon so nahe? Selbst im Zoo waren immer eine Mauer und ein Graben dazwischen. Nicht so bedächtig wie seine erwachsenen Artgenossen, denen sie auf freier Wildbahn begegnet war, eher ein wenig ungelenk und auch vorsichtig, weil er nicht an die Wildnis gewöhnt war, stolzierte er vom Gelände der Tierstation über einen schmalen Trail ins Steppengras.

Nach einer Weile verlor sich der Trail in einem Gestrüpp, und vor ihnen breitete sich die offene Steppe aus. Das gelbe Gras leuchtete im Sonnenlicht. Zahlreiche Akazien, mehr als sonst, erhoben sich mit ihren dunklen Schirmen aus dem ebenen Land. Der inzwischen schon vertraute Duft stieg Melissa in die Nase.

Sonyanga lief neben ihr und behielt ständig die Gegend im Auge. Seinen Augen entging nichts, nicht einmal eine kleine Gruppe von Meerkatzen, die sich in einer Baumkrone in Flussnähe vergnügte. In seinen roten *shukas* wirkte er wie ein Krieger aus längst vergangener Zeit, ein stolzer Massai, der zwei Frauen in die Wildnis begleitete, um sie vor gefährlichen Raubtieren zu beschützen. Er hatte sogar seinen Speer dabei und hielt sich gerade und stolz wie ein Häuptling.

Melissa schloss zu Kimberly auf und lief eine Weile neben ihr her, schon allein um ihr zu zeigen, dass sie in keiner besonderen Verbindung zu Sonyanga stand. Vor allem aber, um die offene Savanne vor sich zu haben und den Blick über die weiten Ebenen genießen zu können. Hinter ihr gab Hatari seltsame Laute von sich.

»Er mag dich. Er mag dich wirklich«, meinte Kimberly.

»Wie lange ist er schon bei euch?«, fragte Melissa.

Sie brauchte nicht zu überlegen. »Seit einem Jahr. Er war damals ungefähr dreieinhalb und noch von seiner Mutter abhängig. Zum Glück gibt es inzwischen eine Spezialmilch, mit der man die Muttermilch ersetzen kann, aber man braucht auch viel Geduld und Liebe, um so einen jungen Kerl wieder hochzupäppeln.«

»War er denn verletzt?«

»Er lag neben seiner toten Mutter, als wir ihn fanden. Wilderer hatten sie wegen ihres Elfenbeins getötet. Die Jungen lassen sie manchmal am Leben, wenn sie noch keine Stoßzähne haben. Hatari war fast verhungert und vollkommen ausgetrocknet. Einen Tag später, und er wäre gestorben. Es dauerte fast ein halbes Jahr, bis er wieder einigermaßen auf dem Damm war und seinen Schock überwunden hatte. ›*Posttraumatic Stress Disorder*‹ gibt's nicht nur bei Soldaten, die aus dem Krieg heimkehren. Auch Elefanten haben so was wie PTSD, wenn sie jung sind und zusehen müssen, wie ihre Mutter auf bestialische Weise ermordet wird.«

»Über die Wilderer habe ich gelesen. Kann man denn nichts tun?«

»Es wird bereits viel getan«, erwiderte Kimberly, »aber die Serengeti ist riesengroß, und es fehlt an fähigen Leuten. Stell dir vor, neunzig Prozent aller in Afrika lebenden Elefanten sind bereits Wilderern zum Opfer gefallen. Auch deswegen bin ich hier. Ich kann nicht zusehen, wie diese wundervollen Tiere von der Bildfläche verschwinden. Ich muss dabei helfen, diese Katastrophe aufzuhalten.«

Sonyanga blieb stehen und blickte durch sein Fernglas. »Ich glaube, wir müssen umkehren«, sagte er, »da hinten treiben sich Löwen rum. Hatari wird auch schon nervös. Ich hab gesehen, wie sich ein ganzes Rudel auf einen Elefanten stürzt. Das tun sie nur, wenn sie sonst nichts zu fressen finden. Wir dürfen kein unnötiges Risiko eingehen. Außerdem müssen wir langsam weiter.«

»Viel weiter wäre ich sowieso nicht gegangen«, stimmte Kimberly ihm zu. Sie brauchte nicht allzu sehr mit ihrem Stock nachzuhelfen, um Hatari umkehren zu lassen. Auf dem Rückweg sprach sie fast nur mit Sonyanga. »Warum wechselst du nicht die Fronten?«, fragte sie. »Du könntest doch bei uns in der Tierstation anfangen.«

»Als Guide tauge ich mehr«, erwiderte er.

»Aber hier wärst du mein Kollege.«

Ein harmloser Flirt unter zwei Menschen, die schon lange miteinander befreundet sind und sich gut kennen, sagte sich Melissa. Kein Grund, sich einzumischen. Du willst doch sowieso nichts von ihm. Er ist ein Massai, und du bist weiß, allein das gäbe schon Probleme, selbst wenn du hier leben würdest. Aber in ein paar Wochen bist du wieder in Österreich und auch, wenn du nächstes Jahr wiederkämst, würde er sich kaum noch an dich erinnern. Schon vergessen, du hast erst mal die Nase voll von Männern und konzentrierst dich ganz auf deinen Job.

Auf der Station luden Melissa und Sonyanga Malaika ein und kehrten zur Lodge zurück. Es war kurz vor drei und wurde höchste Zeit, dass Melissa in die Küche kam. Über mangelnde Arbeit brauchte sie sich in der Serengeti nicht zu beklagen. Doch nachdem sie sich von Sonyanga verabschiedet hatte und die Eingangshalle betrat, hielt man sie erneut auf.

»Ah, da sind Sie ja, Melissa!«, empfing sie der Manager fröhlich.

Sie sah zwei Männer bei ihm stehen und wusste sofort, wen sie vor sich hatte. Der leicht übergewichtige Mann mit den wässrigen Augen und den buschigen Augenbrauen war Gordon Brentwood, der Besitzer der *Seronera African Lodge*. Aus einem Bericht über die Lodge wusste sie, dass er gerade fünfzig geworden war. Obwohl er den gleichen Maßanzug wie Conroy und sein Begleiter trug, strahlte er eine Autorität aus, die ihn schon aus der Ferne als Respektsperson erkennen ließ. Seine Krawatte war im dezenten Grün des Lodge-Logos gehalten. Brentwoods Begleiter war um die dreißig und glich Conroy wie ein Zwilling, nur dass er wesentlich arroganter wirkte und einen Siegelring am linken Ringfinger trug.

»Gordon Brentwood, der Besitzer unserer Lodge, und Mike Walcott, einer seiner Finanzberater.« Conroy wandte sich an Brentwood. »Melissa absolviert ein sechswöchiges Praktikum bei uns und macht sich ganz ausgezeichnet, Sir.«

»Inwiefern?«, fragte er streng.

»Oh, sie hat bereits bewiesen, wie umsichtig es von uns war, die Schülerin einer österreichischen Tourismusfachschule zu verpflichten. Ihr Kaiserschmarren gestern, eine österreichische Nachspeise, kam bei den Gästen hervorragend an, und beim Service hat sie auch schon ihr großes Können bewiesen. Es wäre wirklich ein Glücksfall, wenn sie sich nach der Schule bei uns bewerben würde.«

»Mir macht es großen Spaß, in dieser Lodge zu arbeiten«, bestätigte Melissa, wohl wissend, dass Conroy sie auch lobte, um sich selbst ins Rampenlicht zu rücken.

Brentwood war nicht so leicht zu beeindrucken, wahrscheinlich musste er sich jeden Tag solche Lobeshymnen anhören. »Nun, das werden wir ja sehen. *Die Seronera African Lodge* besitzt einen erstklassigen Ruf, wir haben fünf Sterne, aber die Konkurrenz nimmt rapide zu, und wir müssen hart arbeiten, um unsere Stellung zu behaupten. Und jetzt entschuldigen Sie uns bitte, Miss … wie war doch Ihr Name?« Der typische Trick eines Machtmenschen, einem Untergebenen zu zeigen, dass er oder sie nur ein winziges Rädchen im großen Getriebe war.

»Melissa Baxter, Sir. Sie sollten sich den Namen merken.«

Brentwood stutzte ein wenig. Er war eine solche Widerrede nicht gewöhnt und wollte aufbrausen, überlegte es sich aber anders und lächelte sogar. »Sie gefallen mir, junge Dame ... Melissa. Sie haben keine Angst vor großen Tieren.«

»Nur vor Otto, unserem Koch. Er wartet auf mich.«

»Dann will ich Sie nicht länger aufhalten, Melissa.«

Melissa lief in ihren Anbau, sprang unter die Dusche, zog sich in Windeseile um und erschien mit zehn Minuten Verspätung in der Küche.

»Ich hab schon gehört«, empfing sie der Koch, »Brentwood ist hier. Was wollte er denn von dir?«

»Er wollte mich wohl auf Normalgröße zurechtstutzen. Ich hab ihm gesagt, dass er sich meinen Namen merken soll, das hat ihm anscheinend gefallen.«

Otto grinste. »Und was hat unsere Sterneköchin mit dem Lachs vor?«

Sie erinnerte sich an ein Rezept, das sie im Unterricht entwickelt hatten. »Wie wär's mit Lachsfilets mit Erdnusskruste, Wasabipüree und Zuckerschoten?«

»Klingt abenteuerlich, aber lecker.«

»Der Lachs wird mit einer Masse aus Erdnüssen, Toastbrot, Butter, Salz und Dill bestrichen, kurz angebraten und im Backofen gegart. Ich nehme an, den japanischen Meerrettich haben wir. Vier Lachse sollten reichen, was meinst du?«

»Kommt darauf an, wie stark ich mich beim Probieren zurückhalte«, erwiderte er. »Okay, dann kümmerst du dich um die Lachse. Filetieren, entgräten, salzen, pfeffern, na, du weißt schon, und legst schon mal die Zutaten bereit. Dazu sollten wir einen leichten Riesling servieren. Ich werde mich inzwischen um den Nachtisch kümmern. Ich dachte an Bratäpfel mit kandierten Pekannüssen aus Texas.«

»Aus Texas?«, wiederholte Melissa verwundert.

»Hat mir ein zufriedener Gast geschickt. Ein reicher Rancher, der eine ganze Allee von Pekannüssbäumen auf seinem Grundstück stehen hat. Die beiden Säcke, die er mir geschickt hat, reichen für zehn Jahre. Schmecken aber sehr lecker.«

»Da bin ich aber gespannt.«

Melissa arbeitete angestrengt. Besonders das Entgräten war ihr ein Gräuel, weil man dafür viel Geduld und Sorgfalt benötigte. Eine versteckte Gräte konnte einem das ganze Dinner verderben, und wenn man Pech hatte, verschluckte sich ein Gast daran und landete im Krankenhaus. Zum Glück verfügte die Lodge über moderne Küchengeräte. Mit der breiten Grätenzange erwischte Melissa die Gräten meist beim ersten Mal und beschädigte den empfindlichen Lachs kaum.

Während Malaika und eine Kollegin die Tische deckten, gönnte Melissa sich eine kurze Pause auf der Terrasse. Der Blick über die Savanne beruhigte sie, besonders am späten Nachmittag, wenn die Sonne weit im Westen stand und die Ebenen mit sanftem Licht verzauberte. Sie erspähte einige Antilopen, die in riesigen Sätzen nach Norden hetzten, als hätten sie den Anschluss an die wandernden Herden verloren, und entdeckte zwei Warzenschweine im hohen Ufergras.

Sie stützte sich am Geländer ab und wollte schon umkehren, als sie John Lowell und Gordon Brentwood über einen der Trails zwischen den Bungalows schlendern sah. Lowell hatte sein proletenhaftes Getue abgelegt und benahm sich überraschend normal, unterhielt sich angeregt mit dem Lodge-Besitzer und lächelte nach jeder Antwort zufrieden. Es sah beinahe so aus, als würde er Brentwood mit seiner lockeren Art zu irgendetwas überreden wollen. Weil er in die Lodge oder irgendein neues Projekt investieren und einen möglichst großen Reibach machen wollte? Oder wollte er Brentwood aushorchen, um an anderer Stelle besser verhandeln zu können.

Melissa kehrte kopfschüttelnd in die Küche zurück. Was ging es sie an, was die beiden Millionäre zu besprechen hatten? Und warum machte sie sich ständig Gedanken über andere Leute? In ihrer Familie gab es genug Probleme. Oder es würde sie noch geben, wenn ihr Vater seine ersten grauen Haare entdeckte und bei den jungen Flugbegleiterinnen nicht mehr ankam. Würde er dann reumütig zu ihrer Mutter zurückkehren? Und würde sie ihn überhaupt noch nehmen? Und was war, wenn ihre Mutter doch einen anderen Mann fand und wieder heiratete?

Melissa schüttelte die störenden Gedanken ab und begann mit der Zubereitung des Abendessens. Da sie das Gericht in der Schule ausführlich behandelt und geübt hatten, ging ihr jeder Handgriff locker von der Hand. Am wichtigsten war es, sich voll auf die Arbeit zu konzentrieren und bei den Gewürzen nicht zu übertreiben. Vor allem nicht beim Wasabi. Der japanische Meerrettich war höllisch scharf, wie sie vom Sushiessen wusste, und konnte einem den ganzen Spaß am Essen nehmen. Sie hatte schon Gäste in einer Sushibar erlebt, die schreiend aus dem Lokal gerannt waren, nachdem sie zu viel Wasabi erwischt hatten. Man musste vorsichtig sein.

Otto war mehr als zufrieden, als er den Fisch probierte, und auch sie gönnte sich eine schnelle Mahlzeit vor dem Servieren. Der Nachtisch war ihr etwas zu süß, aber das sagte sie Otto natürlich nicht, und ihr Lehrer an der Tourismusschule hätte wohl auch nichts dagegen gehabt. Wie alle Österreicher liebte er Süßes.

Gordon Brentwood war begeistert vom abendlichen Menü und ließ sich sogar zu einem überschwänglichen Lob hinreißen, als Melissa nach dem Essen in der Bar vorbeischaute und ihn und John Lowell am Tresen stehen sah.

»Da fällt mir ein«, fügte Brentwood hinzu, »wir gehen morgen früh auf eine dreitägige Safari und haben Sie als Köchin angeheuert. Sie haben doch Lust? Drei Tage und zwei Nächte abseits der befahrenen Safarirouten. Dort lernen Sie Afrika am besten kennen. Außerdem wollen wir ausprobieren, ob wir die Tour auch unseren Gästen anbieten können.«

»Sehr gerne«, antwortete sie vorsichtig. »Mister Conroy weiß Bescheid?«

»Natürlich. Um sechs Uhr in der Lobby morgen. Mit allem, was Sie für unterwegs brauchen. Wir sind zu neunt. Mein Finanzberater und ich, John Lowell und seine Begleiterin, das Ehepaar Gerhardt, Sonyanga und Jimmy Hutton und Sie. Drei Tage und zwei Nächte. Wir nehmen den großen Landrover. Seien Sie pünktlich.«

»Selbstverständlich, Sir.« Sie zögerte. »Das Ehepaar Gerhardt?«

Brentwood lächelte. »Ich hab schon gehört, die beiden sollen etwas nervig sein. Ich möchte aber unbedingt reguläre Gäste dabeihaben, um ein ausgewogenes Urteil zu bekommen, und die beiden waren gewillt, den hohen Preis dafür zu bezahlen.«

»Sie dürfen nicht umsonst mit?«

»So denkt keine Unternehmerin, Melissa.«

Sie lief in die Küche zurück und traf Otto beim Aufräumen an. »Kommando zurück, Otto. Leg den Lappen weg! Wir müssen noch mal ran.« Sie berichtete ihm von der Safari. »Sieht ganz so aus, als müsstest du die nächsten drei Tage ohne mich auskommen.«

16

Spätnachts kam die weiße Löwin. Auf leisen Pfoten schlich sie zu dem Anbau, in dem Melissa und Malaika schliefen, unbemerkt von den Gästen, die auf dem Balkon ihres Bungalows saßen und sich bei Bier und Chips unterhielten. Die weiße Löwin blieb im Schatten der Akazien, zögerte einen Augenblick, bevor sie die Treppen zum Anbau nahm und durch eines der geschlossenen Fenster ins Innere sprang.

Das Klirren riss Melissa aus dem Schlaf. Abwehrend hob sie die Hände, doch mit ihrem Albtraum war auch die weiße Löwin verschwunden und es hatte niemals Scherben gegeben. Sie atmete erleichtert auf. Auf ihrem Wecker war es bereits kurz vor fünf und damit ohnehin Zeit, aufzustehen und sich für die Safari fertig zu machen. Eine dreitägige Fahrt abseits der befahrenen Trails. Was für ein Abenteuer! Vor ihrer Ankunft hätte sie sich so etwas niemals träumen lassen.

Nachdem sie sich ausgiebig geduscht und von Malaika verabschiedet hatte, die nur gähnend den Kopf hob und etwas Unverständliches murmelte, ging sie in die Küche und bereitete ein schnelles Frühstück für alle Teilnehmer vor. Auf einem Tisch in der Eingangshalle stellte sie zwei Kannen mit Kaffee und Tee sowie einen Korb mit Donuts und Scones bereit. Durch die geöffnete Eingangstür konnte sie sehen, wie ein Schwarzer in einem Jeep vorfuhr und ausstieg.

Sie stutzte. Der Mann kam ihr irgendwie bekannt vor. War das nicht der Afrikaner, der sie auf der Hinreise im Flugzeug ständig angestarrt hatte?

Wie hieß er noch? Jomo?

Im gleichen Augenblick erschienen John Lowell und seine Freundin Edith in der Eingangshalle, gefolgt von einem Angestellten, der ihr Gepäck auf einem Karren vor sich herschob.

»Wollen Sie das alles auf die Safari mitnehmen?«, fragte sie.

»Nein, natürlich nicht. Wir können leider nicht mitkommen, Melissa. Ich habe gestern Abend einen Anruf aus London bekommen und muss leider schon zurückfliegen. Dringende Geschäfte, wissen Sie? Es geht um mehrere Millionen.«

»Tut mir leid, dann wünsche ich Ihnen einen guten Flug.«

Inzwischen eilte auch Martin Conroy herbei. Man sah ihm an, dass er sich noch nicht rasiert hatte. »Zu schade, dass Sie uns verlassen müssen, Sir! Ma'am!« Er nickte Edith freundlich zu. »Und Sie brauchen wirklich keinen Wagen?«

»Nein«, erwiderte der Millionär und deutete mit einer Kopfbewegung durch die geöffnete Eingangstür auf den Jeep. »Jomo fährt uns. Er bestand darauf, uns abzuholen, auch wenn er dafür mitten in der Nacht aufstehen musste. Mein Trinkgeld mag auch eine Rolle gespielt haben. Apropos …« Er griff lächelnd in seine Brieftasche und reichte dem Manager mehrere Hunderter. »Verteilen Sie das bitte unter dem Personal. Über den Zwischenfall mit dem Elefanten sehe ich gern hinweg.« Er schüttelte Conroy die Hand und winkte Jomo zu, der gerade die Eingangshalle betrat. »Da sind Sie ja, Jomo. Ich hoffe, mein Privatjet steht bereit.«

Jomo begrüßte den Millionär respektvoll, hatte weder Augen für Edith noch irgendeinen anderen in der Eingangshalle. Nur einmal blickte er kurz zu Melissa herüber, für einen winzigen Moment, der ihr aber nicht entging. Seine Miene blieb ausdruckslos. Wie ein unterwürfiger Sklave geleitete er Lowell nach draußen.

Kaum waren sie verschwunden, erschien Jimmy Hutton mit dem großen Landrover, den er auch auf seinen Safaris fuhr. Er hatte bereits die Zelte und die Ausrüstung auf den Gepäckträger auf dem Dach gepackt. Die Kisten mit dem Proviant und den Küchengeräten holte Melissa zusammen mit Sonyanga, der ebenfalls schon erschienen war und auf dem Weg in die Küche einen Donut verspeiste.

»Ich wusste gar nicht, dass man als Praktikantin so viel arbeiten muss«, sagte er, während sie eine Kiste anhoben. »Wenn du weiter so viel rumkommst, kennst du dich bald besser in der Serengeti aus als die meisten Massai.« Er wirkte ungewöhnlich schüchtern, als er fortfuhr: »Ich arbeite gern mit dir zusammen.«

Sie errötete ungewollt. »Wir sind ein gutes Team, nicht wahr?«

Eine halbe Stunde später waren sie startklar. Das Gepäck lag fest verschnürt auf dem Dachgestell, die Fahrgäste hatten sich gestärkt, und da jeder außer Melissa einen Fensterplatz bekam, gab es auch kein Gerangel um die Plätze. Jimmy Hutton saß am Steuer, Sonyanga als zweiter Guide neben ihm, dahinter in der Dreierreihe die Gerhardts mit Melissa in der Mitte und Gordon Brentwood und Mike Walcott auf den hinteren Sitzen. Als Angestellte und weil sie sowieso nicht fotografieren wollte, hatte Melissa freiwillig auf einen Fensterplatz verzichtet.

Erstaunlich an Jimmy Hutton fand sie, wie rasch er seine grimmige Miene gegen ein freundliches Lächeln austauschen konnte, wenn er im Dienst war. Und weil der Besitzer der Lodge zu seinen Fahrgästen zählte, strengte er sich heute besonders an. »Ladies and Gentlemen, ich darf Sie ganz herzlich auf unserer neuen Safari begrüßen. Sie hat noch keinen Namen, aber ich habe sie mal ›*Off the Beaten Track*‹ getauft, ›Abseits der befahrenen Wege‹, denn wir werden Routen erkunden, die noch kein Weißer genommen hat, und Afrika und die Serengeti so hautnah wie auf keiner anderen Safari erleben. Wir fahren nach Südwesten in den Western Corridor, eine Gegend, die von den Safaris bisher noch zu oft vernachlässigt wird.«

»Das klingt schon ganz hübsch, aber Sie können das ruhig noch lässiger vortragen«, sagte Brentwood. »Die Leute sollen das Gefühl bekommen, von einem Insider geführt zu werden. Sie kriegen das schon noch hin.« Er beugte sich nach vorn. »Was meinen Sie?«, fragte er die Gerhardts. »Oder wie sehen Sie das?«

»Wir wollen vor allem wilde Tiere sehen«, antwortete der Deutsche.

»Also, ich weiß nicht, was die Leute an diesen Safaris finden«, meldete sich Mike Walcott von der letzten Bank. Er hielt ein iPad in der Hand und ärgerte sich schon jetzt über das immer schwächer werdende Netz. »Den ganzen Tag in einem engen Wagen sitzen und über kaputte Pisten holpern, also, ich weiß nicht. Das letzte Mal, dass ich jedes Schlagloch gespürt habe, saß ich in einem Doppeldeckerbus in London, weil weit und breit kein Taxi aufzutreiben war.«

Brentwood zeigte sich wenig amüsiert. »Ein Taxi werden Sie hier auch nicht finden, Walcott. Sie sollten sich mehr für das Produkt begeistern, das Sie vertreten.«

»Die Lodge ist in Ordnung, Sir«, erwiderte Walcott. »Ein anspruchsvolles Unternehmen, wenn man berücksichtigt, dass wir uns mitten in der Wildnis befinden. Und das Essen war ganz ausgezeichnet, Miss Melissa. Aber um wilde Tiere zu beobachten, reicht mir der Blick von der Terrasse oder diesem Bush Camp. Wenn ich einen Löwen aus der Nähe beobachten will, gehe ich in den Zoo.«

»Aber es ist doch viel aufregender, ein solches Tier in freier Wildbahn zu erleben«, mischte sich Melissa ein. »Finden Sie es denn nicht aufregend, einem Löwenrudel oder einer Elefantenherde zu begegnen? Oder einen Leoparden auf der Jagd zu erleben? Oder einfach diese wundervolle Landschaft zu bewundern?«

»In meinem Beruf kümmere ich mich hauptsächlich um Geld.« Walcott machte seinem Ruf als nüchterner Finanzmensch alle Ehre. Er ließ sich nicht mal die Spur eines Lächelns entlocken. »Die Bilanzen müssen stimmen, und wenn ich an diesem seltsamen Ausflug teilnehme, dann nur um die Rentabilität und den Nutzwert dieser Safari zu testen.« Er nahm seine Baseballkappe vom Kopf und hätte sich wohl am liebsten auch die restliche Safarikleidung vom Körper gerissen. »Im Endeffekt geht es doch immer um Profit. Oder nicht, Mister Hutton?«

»Wir wollen alle gut verdienen, Mister Walcott«, erwiderte Hutton vorsichtig. Er blickte in den Innenspiegel und überprüfte wohl, wie Brentwood auf seine Antwort reagierte. »Ich komme aus einem armen Viertel in London und kann froh sein, dass ich's überhaupt zu was gebracht habe. Viele meiner Freunde sind abgetaucht, einige haben sogar Drogen genommen. Ich brauche keine Drogen. Ich hab immer gewusst, dass ich was bewegen kann. Ich war Tierpfleger in London, hab mich um Raubkatzen gekümmert und bin auf gut Glück nach Afrika gegangen. Ich hatte in einem Fernsehfilm gesehen, was hier abgeht, hab ein paar Monate in der Tierklinik gearbeitet und mich bei der Lodge beworben, als eine Stelle als Guide frei wurde. Und wenn ich genug Geld zusammen habe, gründe ich eine eigene Firma und veranstalte Safaris, dann verdiene ich genug Geld.«

Brentwood lächelte herablassend. »Das wird noch einige Zeit dauern, nehme ich an, und so lange bleiben Sie schön bei uns. Wenn Sie diese Tour gut hinkriegen, gibt's einen Extrabonus für Ihr Sparschwein. Notieren Sie das, Walcott.«

»Was sagen Sie zu unseren Preisen, Mister Gerhardt?«, fragte Brentwood.

Die Gerhardts hatten bisher nur wenig gesagt und verhielten sich ausgesprochen friedlich, vielleicht auch, weil Melissa zwischen ihnen saß und jeden direkten Kontakt zwangsweise verhinderte. Paul wirkte ruhiger und ausgeruhter, hatte während der letzten Tage auch einiges abbekommen, und seine Frau flirtete zwar immer noch mit Jimmy Hutton, saß direkt hinter ihm und berührte ihn öfter mal an den Schultern, tat es aber nicht mehr so auffällig wie in der Tierstation.

»Wir sind beide Lehrer«, antwortete er, »und verdienen einigermaßen. Das Geld für diese Tour haben wir von Biggis Tante geerbt. Damit konnten wir endlich mal einen Urlaub nach unseren Wünschen gestalten. Nächstes Jahr werden wir wohl wieder nach Teneriffa fliegen. Auch schön, aber nicht so aufregend.«

»Lange nicht so aufregend«, bestätigte Biggi und himmelte Jimmy Hutton von der Rückbank aus an.

Melissa waren nüchterne Finanzmenschen wie Mike Walcott, die Tag und Nacht nur an Umsatz und Profit dachten, zuwider und äußerst verdächtig. Wer in seinem Beruf ständig nur daran dachte, einen großen Reibach zu machen, konnte nicht von dieser Welt sein. »Also, ich finde nicht, dass Geld das Wichtigste im Leben ist«, sagte sie, hauptsächlich an Walcott gerichtet. »Sonst wäre ich wohl Immobilienmaklerin oder Finanzberaterin geworden.« Sie freute sich über ihren kleinen Seitenhieb. »Mir kommt es vor allem darauf an, dass ich Spaß und Freude an meiner Arbeit habe und etwas Sinnvolles tue. Deshalb gehe ich auf die Tourismusfachschule. Beim Kochen kann ich meine Fantasie spielen lassen und die Gäste mit leckeren Speisen erfreuen. In einem Unternehmen wie der Lodge oder der Tierstation komme ich mit fremden Kulturen in Berührung und kann etwas für die Erhaltung bedrohter Tierarten tun. Natürlich muss auch das Gehalt stimmen, aber noch wichtiger ist der Job. Man verbringt sein halbes Leben am Arbeitsplatz, da sollte man sich doch freuen, eine Arbeit zu machen, die einem wirklich Spaß macht und bei der man nicht nur das nächste Wochenende herbeisehnt.«

Sonyanga hatte gar nichts zu der Diskussion beizutragen und spähte die ganze Zeit aus dem Fenster, aber Melissa wusste auch so, was er antworten würde. Er tat das, was er fast sein ganzes Leben lang getan hatte, in der Serengeti umherziehen, und er war auf die Schule der Weißen gegangen, um für ein großes Unternehmen wie die Lodge arbeiten und seine Verwandten unterstützen zu können.

»Hier ist ja überhaupt nichts los«, beschwerte sich Paul Gerhardt, nachdem sie ungefähr zwei Stunden gefahren waren. Nicht mal eine Antilope gibt's hier.«

»Das wird sich gleich ändern«, erwiderte Jimmy Hutton. »Geben Sie mir noch eine halbe Stunde, dann erreichen wir den Mbalageti River, und Sie kommen voll auf Ihre Kosten. Ich kenne eine abgelegene Furt, da ist immer eine Menge los.«

Melissa bemerkte, wie Sonyanga erstaunt die Augenbrauen hochzog, eine winzige Geste nur, aber sie kannte ihn inzwischen gut genug, um zu wissen, dass er sehr verwundert über die Antwort seines Kollegen war. Er hielt sich mit einer Antwort zurück, nahm stattdessen einen Schluck aus seiner Wasserflasche und blickte weiter geradeaus. Er deutete auf einige Zebras, die ihren Trail kreuzten.

Als sie am Ufer des Mbalageti hielten, waren auch die anderen Passagiere so erledigt, dass sie leise schimpfend aus dem Landrover stiegen. Besonders Paul Gerhardt machte aus seiner Verärgerung kein Geheimnis.

»Und dafür, dass wir den ganzen Morgen durch die Wildnis zuckeln und lediglich ein paar Zebras zu Gesicht bekommen, verlangen Sie so viel Geld?« Er warf Brentwood einen vorwurfsvollen Blick zu. »Das können Sie mit den Lodgegästen nicht machen.«

»Keine Angst«, beruhigte ihn der Lodgebesitzer. »Sie bekommen einen großzügigen Rabatt. Mir war es auch ein bisschen zu viel.« Er wandte sich an den englischen Guide. »Wenn wir die Tour ins Programm nehmen, erwarte ich, dass Sie den Vormittag etwas abwechslungsreicher gestalten, Jimmy. Verstanden?«

»Natürlich, Sir. Aber der Blick auf den Fluss wird Sie entschädigen.«

Der Mbalageti wimmelte nur so von Krokodilen. Die meisten lagen am Ufer, scheinbar zu faul, um sich auch nur geringfügig zu bewegen, dennoch hatten sie während der großen Wanderung am Grumeti River bewiesen, dass mit ihnen immer zu rechnen war. Selbst wenn sie mit geschlossenen Augen dösten, waren sie hellwach. Mehrere Gnus und Zebras hatten es leidvoll erfahren.

Brentwood war nicht zum ersten Mal in Afrika und hatte schon viel gesehen, aber so viele Krokodile beeindruckten selbst ihn. Sein Finanzberater ließ vor Schreck beinahe sein iPad fallen, wich unwillkürlich einige Schritte zurück und blieb gegen den Wagen gelehnt stehen. »Und da ... da sollen wir durch?«

»Im Landrover ... nicht zu Fuß«, sagte Hutton schnell.

Melissa hielt sich, ohne dass es ihr auffiel, an Sonyanga fest. Sie standen nur wenige Meter vom Ufer entfernt, und einige der Krokodile waren so nahe, dass man den wachsamen Ausdruck in ihren Augen erkennen konnte. Plötzlich merkte sie, wie eng sie sich an den Massai drängte, ließ erschrocken von ihm ab und errötete so stark, dass sie am liebsten in den Wagen zurückgeeilt und sich verkrochen hätte.

»Bleiben Sie dicht beim Wagen!«, forderte Hutton alle Teilnehmer auf.

Wie der breitkrempige Kakihut, den Biggi Gerhardt für gewöhnlich trug, in den Fluss fiel, wusste auch Melissa später nicht zu sagen. Sie sah nur, wie er vom Wind erfasst und auf das Wasser zugetrieben wurde.

Biggi handelte aus einem Reflex heraus, rannte ungestüm hinter ihrem Hut her und achtete nicht auf das mächtige Krokodil, das sich vom Ufer löste und langsam ins Wasser glitt.

»Zurück! Zurück!«, rief Sonyanga. Er rannte ihr nach, war aber nicht schnell genug und musste hilflos mit ansehen, wie sie in ihr Verderben lief. Das Krokodil öffnete gerade sein riesiges Maul und ging zum Angriff über.

Der Hut lag bereits im Wasser, als sie ihn endlich zu fassen bekam, doch im gleichen Augenblick war auch das Krokodil heran und schnappte gierig nach ihr.

Zwei Schüsse peitschten dicht hintereinander auf. Beide Kugeln trafen das Hirn des Krokodils und töteten es auf der Stelle. Es versank im blutigen Wasser.

Sonyanga war mit wenigen Schritten bei der Frau und zerrte sie vom Ufer weg. Biggi schrie vor Entsetzen und schlug in ihrer Panik wild um sich und beruhigte sich erst, als der Massai sie in den Landrover geschoben hatte und ihr Mann und Melissa minutenlang auf sie eingeredet hatten. Weinend blickte sie aus dem Fenster.

»Jimmy!«, schluchzte sie. »Jimmy! Er hat mir das Leben gerettet!«

Das hatte der englische Guide tatsächlich. Er hielt ein schweres Gewehr, das er anscheinend lange vor Abfahrt in den Wagen geschmuggelt hatte, und legte es gesichert zurück, ohne sich um die jammernde Biggi Gerhardt zu kümmern. Melissa hinderte sie daran, zu ihm zu laufen und ihren Mann erneut bloßzustellen.

»Und ich dachte, nur Ranger dürften Gewehre benutzen«, sagte Brentwood.

»Stimmt«, erwiderte Hutton. »Das hier habe ich nur zur Sicherheit mit.«

Was Melissa viel mehr beunruhigte, war das Bild, das sich allmählich in ihren Gedanken formte. Hatte sie nicht wahrgenommen, wie Gerhardt seiner Frau mit einer scheinbar ungeschickten Bewegung den Hut vom Kopf stieß? Hatte er es vielleicht ganz bewusst darauf angelegt, sie zu den Krokodilen im Fluss zu treiben?

Wollte er seine Frau umbringen?

17

Jenseits des Mbalageti River veränderte sich die Serengeti. Das Land wurde hügeliger, das Gras grüner und weicher. Vereinzelte Felsen ragten aus der Ebene empor und brachen das Licht der Sonne, die bereits auf ihrem Weg nach Westen war. Nachdem sie den Fluss an einer Furt durchquert hatten, fuhren sie abseits der befahrenen Straßen und Trails durch das teilweise kniehohe Gras nach Süden.

Biggi Gerhardt hatte ihren Fensterplatz Melissa überlassen. Nicht weil sie neben ihrem Mann sitzen wollte, sondern aus Angst, den Krokodilen während der Fahrt durch die Furt zu nahe zu sein. Sie bedeckte ihr Gesicht mit beiden Händen und schüttelte wütend den Arm ihres Mannes ab, als er sie beruhigen wollte. Offensichtlich hatte sich auch in ihr der Verdacht festgesetzt, er könnte etwas mit dem Zwischenfall am Fluss zu tun haben.

Dabei brachte die Fahrt einige der Begegnungen, die sich jeder Safariurlauber wünschte. Keine halbe Stunde, nachdem sie den Mbalageti durchquert hatten, sahen sie ein größeres Löwenrudel im Schatten einer Akazie liegen. Melissa zählte zwölf Raubkatzen, scheinbar gelangweilte und furchtbar müde Tiere, die bei ihrem Erscheinen aber wachsam die Köpfe hoben. Als Paul Gerhardt sein Fenster herunterließ, um besser fotografieren zu können, sprang eines der Weibchen sogar auf und blickte vorwurfsvoll in seine Richtung. Wäre er ausgestiegen, wäre die Löwin vermutlich blitzschnell heran und an seiner Kehle, bevor er den Mund zu einem Schrei öffnen könnte. Löwen waren wunderschöne Tiere, aber auch brandgefährlich. Sie mussten täglich töten, wenn sie in der Wildnis überleben wollten.

Einige Kilometer weiter südöstlich beobachteten sie eine riesige Ansammlung von Gnus, die anscheinend nicht auf die große Wanderung mitwollten. Etliche Tiere verzichteten auf die anstrengende und gefährliche Wanderung, auch wenn das Gras während der trockenen Jahreszeit wesentlich spärlicher war. Melissa hatte sich nie für Gnus interessiert, erinnerte sich vage daran, die Tiere im Frankfurter Zoo gesehen zu haben, war aber seit der großen Wanderung begeistert von der Stärke und der Wucht, die Gnus vor allem in einer großen Herde ausstrahlten. Selbst starke Löwen wagten sich nur an die kranken und schwachen Tiere heran.

Mike Walcott interessierte das alles nur am Rande. Bei den Löwen hob er mal kurz den Kopf und die Gnus beachtete er kaum. Ihn ärgerte, dass er in »dieser Einöde«, wie er die Serengeti nannte, kein Netz für sein iPad bekam und die Börsenkurse aus den Augen verlor.

Brentwood lächelte nur mitleidig, wenn sein Finanzberater jammerte, und nickte anerkennend, als er die vielen Tiere sah. »Das ist schon was anderes, Jimmy. Nur mit solchen Begegnungen können wir den hohen Preis für eine solche Safari rechtfertigen.«

Paul Gerhardt fotografierte fleißig und schien etwas versöhnt, bedachte seine Frau aber mit bösen Blicken, als wäre ihm ihr Techtelmechtel mit Jimmy Hutton erst jetzt aufgefallen. Noch beim Dinner am vergangenen Abend schien es ihm vollkommen egal gewesen zu sein, was sie mit dem Guide trieb, und jetzt benahm er sich wie ein betrogener Ehemann, der nur noch darauf aus war, seiner Frau zu schaden und sofort nach seiner Rückkehr die Scheidung einzureichen. Oder hatte sie ihn tatsächlich so verletzt, dass er bereit war, sie dafür einem hungrigen Krokodil in den Rachen zu treiben? Melissa wollte nicht glauben, dass er zu so einer Schandtat fähig war.

Melissa genoss die Safari und war dem Manager sehr dankbar, dass er ihr diese Fahrt ermöglichte. Nicht immer hatte man als Praktikantin solches Glück wie sie. Ein Mitschüler hatte im vergangenen Jahr auf einem Truckstop an der Autobahn gejobbt und so schlimme Dinge erlebt, dass er am liebsten vorzeitig abgebrochen hätte. Einmal beobachtete er, wie ein Mitarbeiter eine Wanne mit frischen Koteletts aus dem Kühlraum holte und damit stolperte. Das Fleisch fiel auf den sandigen Boden, aber der Truckstop-Betreiber zwang ihn, die dreckigen Koteletts mit Wasser abzuwaschen und weiterzuverwenden. Der Mitschüler hatte sich dieses Jahr bei dem Luxushotel in Belgien beworben, in dem sie auch schon gewesen war.

Sie lehnte ihren Kopf ans Fenster und blickte am Beifahrersitz vorbei nach vorn. Sonyangas Gesicht erschien in der Lücke. Er war selbst erstaunt, wie nahe sie sich plötzlich waren, und errötete genauso wie sie. Melissa konnte seinen Atem auf ihrem Gesicht spüren, so dicht war er vor ihr. »Hey«, flüsterte sie verlegen, und er antwortete:

»Hey. Alles klar? Ist eine ziemlich lange Fahrt heute.«

»Alles klar«, antwortete sie leise und zog ihren Kopf zurück.

Brentwood hatte es dem englischen Guide überlassen, eine Route abseits der befahrenen Wege zu wählen. Interessant und abenteuerlich würde sie sein, hatte Hutton zwischendurch verkündet. Er machte ein großes Geheimnis daraus und behauptete frech, die weißen Entdecker wie Livingston hätten auch nicht gewusst, was sie in Afrika erwartete, und dass die Safari auf diese Weise doch viel spannender und abenteuerlicher sei. »Vielleicht sollten wir sie ›Safari ins Unbekannte‹ nennen.«

Was Sonyanga davon hielt, zeigte er durch seinen ungläubigen Blick, als Hutton den Landrover in die Ausläufer einiger schroffer Hügel lenkte. »Was willst du denn hier?«, fragte er ihn. Melissa verstand ihn kaum. »So einsam campen wir sonst nie. Mit dem Funkgerät kommen wir nicht raus, und wenn irgendwas passieren würde, müssten wir eine Stunde fahren, um wieder Empfang zu haben.«

»Was soll denn schon groß passieren?«, erwiderte Hutton ebenso leise. »Sollen die Löwen und Leoparden nur kommen. Solange ich mein Gewehr habe, kann uns nichts passieren. Spätestens morgen Mittag haben wir wieder ein Netz.«

Jimmy Hutton war die Strecke anscheinend schon mal gefahren. Er steuerte den Landrover sicher durchs Steppengras und wusste auch, wo der beste Platz für ihr Camp lag. Inmitten eines Akaziendickichts hielt er den Wagen an. »Okay, Sie bleiben im Wagen«, bestimmte er. »Sonyanga und ich stellen die Zelte auf. Dauert höchstens eine halbe Stunde. Sie haben ja gesehen, was alles passieren kann.«

»Ich helfe euch«, sagte Melissa. Sie stieg aus, bevor einer der beiden Guides etwas dagegen einwenden konnte. »Ich gehöre schließlich auch zum Personal.«

Hutton hatte nicht übertrieben. Innerhalb einer Stunde hatten sie die Zelte auf der schattigen Lichtung errichtet. Ein

Gemeinschaftszelt, das in abgetrennte Schlafbereiche unterteilt war, jeweils ein Zweierabteil für die Gerhardts und die beiden Guides, und jeweils ein Einzelabteil für Walcott und Melissa. Brentwood bekam sein eigenes Zelt mit einem bequemen Matratzenlager und eigenem Bad. Für die anderen gab es ein Plumpsklo, das Hutton mit einigen Planen abdeckte.

Melissa baute den gasbetriebenen Campingofen, den sie schon im Bush Camp benutzt hatte, und die Kisten mit den Vorräten und dem Geschirr und den Geräten auf. Sonyanga sammelte Holz und entzündete ein Feuer. Kühle Limonade stand für die Gäste bereit, als sie aus dem Landrover stiegen. In der Ferne heulten Hyänen, und über ihnen turnten einige übermütige Affen in den Baumkronen.

Nachdem jeder seinen Rucksack oder seine Tasche ins Schlafabteil gebracht hatte, wartete Melissa nur darauf, dass sich Paul Gerhardt beschwerte, und der ließ die Gelegenheit natürlich nicht ungenutzt vorübergehen. »Und für ein so bescheidenes Lager sollen wir bezahlen?«, warf er Brentwood vor. »Die ersten paar Stunden bekommen wir überhaupt keine Tiere zu sehen, hocken wie die Sardinen in dieser Blechkiste, und die Nacht sollen wir in einem abgelegenen Dickicht auf ein paar Decken verbringen, während Sie auf einer teuren Matratze schlafen? Sie haben uns reingelegt, Mister Brentwood! Wir wollen unser Geld zurück!«

»Übertreiben Sie da nicht ein bisschen, Mister Gerhardt?«

Der Deutsche ließ sich nicht beruhigen. »Im Gegenteil, oder glauben Sie vielleicht, dass irgendjemand diese Unsummen bezahlt, um so einen Service geboten zu bekommen?

Dafür müssen Sie schon etwas mehr bieten. Es geht Ihnen doch nur darum, eine neue Route zu finden, und wir sind die Versuchskaninchen. Ohne uns, Mister Brentwood! Wir wollen unser Geld zurück, sonst verklagen wir Sie.«

»Sie haben ein riesiges Löwenrudel und eine Gnuherde gesehen«, konterte Brentwood, »das ist doch was. Außerdem geht es auf dieser Tour nicht ausschließlich um wilde Tiere. Wir wollen die Leute an einem Abenteuer teilnehmen lassen. Eine Fahrt abseits der befahrenen Wege, das hat man sonst nirgendwo.«

»Ohne jeglichen Komfort? Ich werde mich an die Presse wenden!«

»Schon gut«, wiegelte Brentwood ab. Er erkannte wohl, dass ein Sturkopf wie Gerhardt nicht so leicht abzukassieren war. Schon gar nicht, wenn er wütend auf seine Frau war und irgendwie seine Wut abreagieren musste. »Sie bekommen Ihr Geld zurück. Ich wusste vorher auch nicht, was uns erwartet. Einverstanden?«

»Auf Heller und Pfennig, wenn ich bitten darf.«

Brentwood schien der Verlust nichts auszumachen. Melissa nahm an, dass er ohnehin damit gerechnet hatte, das Geld an Gerhardt zurückzahlen zu müssen. Auf ein paar Tausender mehr oder weniger kam es ihm wohl nicht an, zumindest nicht auf dieser Tour. Ein Mann wie er rechnete in Millionen, und sie fragte sich schon die ganze Zeit, warum der Besitzer einer Lodge auf eine solche Tour mitkam. Um sich mit aufsässigen Gästen wie Gerhardt herumzuärgern, bestimmt nicht. Und eine Safari wäre für ihn doch viel bequemer, wenn er mit einem Flugzeug oder allein mit den Guides unterwegs wäre. Ging es ihm wirklich darum, eine neue Tour auszuprobieren? Warum überließ er das nicht seinem Manager?

Während Melissa das Abendessen vorbereitete und die Rindersteaks aus der Kühlkiste nahm, beobachtete sie den Lodgebesitzer. Er schien ganz andere Sorgen zu haben, nahm sich Jimmy Hutton zur Seite und redete längere Zeit auf ihn ein. Dabei deutete er mehrere Male nach Südosten. Auch John Lowell war an der südöstlichen Grenze des Nationalparks gewesen und hatte sich dort umgesehen.

Melissa erhitzte Öl in einer Pfanne und legte die ersten Steaks hinein. Der Reis, den es dazu gab, war bereits fertig. Sonyanga stellte inzwischen den Klapptisch und die Klappstühle auf und deckte den Tisch. Ungewöhnlich für einen Massai-Krieger, der eine solche Arbeit normalerweise den Frauen überließ, auch heute noch. Aber Sonyanga war alles andere als ein gewöhnlicher Massai-Krieger.

»Brentwood heckt doch irgendwas aus«, sagte sie mit gedämpfter Stimme. Der Lodgebesitzer stand inzwischen mit Walcott zusammen und diskutierte leise mit ihm. »Wenn ich das richtig sehe, will er weiter nach Südosten. Da steckt doch was dahinter.«

»Ich kann mir schon denken, was er will.«

»Die neue Tour soll nach Südosten gehen? Aber da war doch nichts.«

»Massai-Land«, sagte Sonyanga nach einigem Überlegen. »Das Dorf, in dem wir waren. Wo Malaika aufgewachsen ist. Diese Safari ist nur ein Vorwand. Kann schon sein, dass es auch eine Tour geben wird, aber er ist nur dabei, um sich das Land näher anzusehen, ohne großen Verdacht zu erregen. Er will eine neue Lodge außerhalb des Nationalparks errichten, und dazu braucht er das Land.«

»Woher willst du das wissen?«

»Ich habe ihn gerade belauscht. Er hat Jimmy angewiesen, über die Grenze nach Südosten zu fahren. Ich weiß, das beweist noch gar nichts, aber warum sollte er sonst zum Duma River fahren? Die meisten Tiere gibt es weiter nördlich.«

»Und da es sein kann, dass wir morgen überhaupt kein wildes Tier zu Gesicht bekommen, gibt er den Gerhardts lieber sein Geld zurück. Meinst du wirklich, dass das der Grund ist?«

»John Lowell war auch dort unten.«

»Du meinst, die beiden wollen gemeinsam investieren?«

»Würde mich nicht wundern. Schlimm ist nur, dass Malaikas Dorf dabei auf der Strecke bleibt. Man wird die Bewohner umsiedeln, und wohin das führt, haben wir gesehen. Sie hätten kaum noch Weiden für ihre Rinder und Ziegen. Natürlich wird alles legal ablaufen, das tut es immer, und natürlich werden einige Regierungsmitglieder danach reicher sein, weil man sie bestochen hat. Aber wenn ich so was laut sage, ohne Beweise zu haben, lande ich im Gefängnis.«

»Ich sage ja, es wird höchste Zeit, dass du in die Politik gehst. Du würdest dich niemals bestechen lassen, das weiß ich. Du würdest das niemals zulassen.«

Von den Zelten kam ein ängstlicher Schrei. Sie blickten hinüber und sahen, wie Walcott aus seiner Unterkunft gerannt kam, dem verdutzten Jimmy Hutton das Gewehr entriss, umständlich damit hantierte und zweimal in das dunkle Zelt feuerte. Erst dann wurde der Guide aktiv und entriss Walcott die Waffe.

»Eine Raubkatze!«, rief der Finanzberater. »In unserem Zelt! Ein Löwe oder Leopard! Tun Sie doch was, Hutton!«

Der Guide betrat das Zelt und kehrte wenig später kopfschüttelnd zurück. »Da ist nichts. Sie haben sich bestimmt geirrt. Wenn man die Steppe nicht gewohnt ist, sieht man hier draußen manchmal Gespenster.« Er sicherte sein Gewehr und wandte sich an den Rest. »Wir sind hier draußen, um die Steppe hautnah zu erleben und wilde Tiere zu beobachten. Sie brauchen keine Angst zu haben. Sonyanga und ich passen auf und wechseln uns nachts mit der Wache ab. Natürlich sollten Sie in einer solchen Gegend vorsichtig sein, aber ich kann Ihnen versichern, dass Ihr Leben nicht in Gefahr ist.« Er begleitete seine Antwort mit einem Lächeln. »Und jetzt, glaube ich, wartet Melissa mit dem Abendessen auf uns.«

Die Steaks waren zart und saftig, wie sie sein sollten, und selbst der Reis, den sie mit einer würzigen Soße verfeinert hatte, kam gut bei den anderen an. Die Kartoffeln hob sie für den nächsten Abend auf, wenn es Straußensteaks geben würde. »Nimm Steaks mit«, hatte Otto ihr geraten, »alles andere ist zu umständlich.« Zu trinken gab es Limonade und Bier, für Brentwood sogar Chardonnay.

Nach dem Essen gönnte sich Brentwood eine Zigarre und klopfte Walcott aufmunternd auf den Rücken. Sein Berater hatte sich noch immer nicht von seinem Schrecken erholt und sehnte sich wahrscheinlich nach der Zivilisation. Wohl nur, um sich zu beruhigen, trank er ein Bier nach dem anderen, bis er sich todmüde und leicht schwankend in sein Zeltabteil zurückzog und leise schnarchte.

Melissa räumte auf und verstaute das Essen im Landrover, wo es sicher vor wilden Tieren war. Sonyanga begleitete sie, seinen Speer in einer Hand. Er trug ihn nicht nur, weil er gut zu seinen traditionellen *shukas* passte, er behauptete auch, sich besser damit als mit einem Gewehr verteidigen zu können.

»Du gehörst hierher«, sagte Sonyanga zu ihr. Es klang wie ein Kompliment.

»In die Serengeti?«

»Nach Afrika, ins Land der Massai. Ich spüre, dass dein Herz für unser Land und unser Volk schlägt. Obwohl deine Haut weiß ist, bist du eine von uns. In der Schule habe ich gelernt, dass die Vorfahren aller Menschen aus Afrika kommen. Wenn das stimmt, bist du hier immer noch verwurzelt. Ist es nicht so, Melissa?«

Sie blieb stehen und blickte ihn an. »Ich habe mich schon als kleines Mädchen in euer Land verliebt«, erwiderte sie, »und es ist wahr, ich fühle mich hier ebenso zu Hause wie in Deutschland und Österreich. Aber ich werde niemals eine Afrikanerin sein können, auch wenn ich mich noch so anstrenge.« Ein sanftes Lächeln ließ ihre Augen glänzen. »Warum auch? Ich freue mich riesig, hier arbeiten zu dürfen, und weiß jetzt schon, dass ich wiederkommen werde. Ganz bestimmt.«

»Dann werden wir uns wiedersehen?«

»Wenn ich mich im Massai-Land bewerbe, und mich einer nimmt.« Sie ging langsam weiter. »Oder wenn du mich in Österreich besuchen kommst. Unsere Schule liegt in einer kleinen Stadt in den Bergen, da veranstaltete der Kaiser festliche Bälle. Ich könnte dir die Berge und Seen zeigen, und dann fahren wir nach Frankfurt und gehen zur Eintracht ins Stadion.« Sie griff an ihre Schirmmütze. »Das ist unser Basketballklub, die habe ich nur wegen des schönen Logos auf.«

»Und die Eintracht ist ein Fußballklub? Du magst Fußball?«

»Viele Frauen mögen Fußball.«

»Du steckst voller Überraschungen, weißt du das?«

An diesem Abend gingen sie früh schlafen. Jimmy Hutton hängte zwei Lampen vor die Zelteingänge und schärfte noch einmal allen Teilnehmern ein, nach der jeweiligen Wache zu rufen, wenn jemand austreten musste. Der trübe Schein der Lampen vermischte sich mit dem Mondlicht, das sich wie feiner Nebel in den Akazien verfing. Das Feuer brannte knisternd hinunter. Jimmy Hutton übernahm die erste Wache und setzte sich auf einen der Klappstühle an der Feuerstelle.

Melissa schlief ein, wachte aber gleich wieder auf. Ihre Sinne waren in der Wildnis bereits so geschärft, dass sie schon das Knacken eines Astes oder leise Schritte aus der Ruhe brachten. Sie spähte durch einen Spalt zwischen den Zeltplanen und sah Biggi Gerhardt zum Feuer schleichen. Sie setzte sich neben Hutton und sagte: »Jimmy, Darling, ich habe mich noch gar nicht bei dir bedankt.«

»Biggi! Was tust du denn hier?«, erwiderte der Guide viel zu laut. Erst dann schien ihm einzufallen, dass die anderen ihn hören konnten. Er flüsterte ihr etwas zu, bedeutete ihr wohl, in ihr Zelt zurückzukehren, weil es sonst zu einem Skandal kommen könnte. Er wehrte sie unsanft ab, als sie ihn zu umarmen versuchte.

»Was soll das, Jimmy?« Sie klang beleidigt. »Du liebst mich doch!«

Wieder flüsterte er etwas, das Melissa nicht verstand. Sie konnte sich aber denken, dass er es für keine gute Idee hielt, mit ihr im Feuerschein zu schmusen. Unter den Augen des Lodgebesitzers konnte er sich so etwas auch kaum erlauben. »Und jetzt geh endlich! Oder willst du, dass es zum großen Krach kommt?«

»Schon gut, Jimmy. Darling. Ich geh ja schon. Nur keine Aufregung.« Sie ließ ihn sitzen wie eine beleidigte Diva und kehrte zu ihrem Mann ins Zelt zurück.

18

»Überfall! Überfall!« Die Worte des englischen Guides hallten so laut durch das Camp, dass Melissa erschrocken hochfuhr. Nur mit einer Wolldecke über den Schultern rannte sie aus dem Zelt. Es war noch dunkel, lediglich über den Hügeln im Osten zeigte sich ein heller Streifen. »Sonyanga ist bewusstlos! Zu mir, Leute!«

»Sonyanga!«, rief Melissa entsetzt.

Der Massai lag reglos im Gras, seinen Speer in einer Hand. Im schwachen Licht der Lampen sah man, dass seine Augen geschlossen waren. Aus einer Wunde am Hinterkopf sickerte Blut. Es hatte sich mit der Ockerfarbe auf seinen Haaren vermischt und war schwer zu erkennen. Der trübe Lichtschein ließ seine braune Haut beinahe blass und krank aussehen, die *shukas* waren verrutscht und gaben den Blick auf seine muskulösen und kaum behaarten Oberschenkel frei.

»Sonyanga! Um Himmels willen! Wie konnte das passieren?« Melissa kniete neben dem Massai und drehte ihn vorsichtig auf die Seite, wie sie es im Erste-Hilfe-Kurs gelernt hatte. Er atmete regelmäßig und schien keine ernsthaften Verletzungen abbekommen zu haben. Die Wunde am Hinterkopf brachte ihm höchstens einen Brummschädel und eine Beule ein. Sie blickte Hutton an. »Wer hat ihm das angetan?«

Inzwischen waren auch die anderen aus ihren Zelten geeilt und standen teilweise spärlich bekleidet um das Feuer herum. Biggi Gerhardt hielt sich eine Hand vor den Mund, ihr Mann wich ängstlich einen Schritt zurück. Walcott wagte sich erst gar nicht näher heran. Nur Brentwood ließ sich nicht abschrecken.

»Ich hatte die letzte Wache und wollte ihn gerade ablösen«, erklärte Hutton. Sein Hut hing an einem Lederband auf dem Rücken, und man sah deutlich, wie blass er war. Er stützte sich auf sein Gewehr. »Wer immer ihn bewusstlos geschlagen hat, muss sich von hinten rangeschlichen und ihn überrascht haben.«

»Und wer soll das gewesen sein?«, fragte Brentwood.

Der Guide blickte ihn ratlos an. »Keine Ahnung. Ich habe keine Spuren gefunden. Der Täter muss sich gut in dieser Gegend auskennen und versteht es, seine Spuren zu verwischen. Wahrscheinlich ein oder mehrere Wilderer, die aus Zufall auf unser Camp gestoßen sind. Ein abtrünniger Massai-Guide, nehme ich an. Ein anderer hätte sich nicht unbemerkt an Sonyanga ranschleichen können.«

»Und warum?«

»Er will nicht, dass wir die Wilderer verfolgen«, sagte Hutton. »Wenn wir sie erwischen würden, wäre er seinen Job los. Er bekommt sicher guten Lohn.«

»Dann nützt ihm der bewusstlose Massai aber nicht viel«, gab Brentwood zu bedenken. »Dann müsste er auch den Wagen unschädlich gemacht haben.«

Seiner Antwort folgte ein Augenblick der Stille, dann liefen Brentwood und Hutton beinahe gleichzeitig zu dem abseits geparkten Landrover. Der Guide öffnete geräuschvoll die Motorhaube. Seine Taschenlampe flammte auf und beschrieb nervöse Kreise.

»Oh verdammt!«, fluchte Hutton schon nach wenigen Sekunden. »Der Drecksack hat die Zündkabel rausgerissen. Wir sitzen fest, Leute!«

Melissa hörte die Nachricht wie aus weiter Ferne. Sie war zu sehr damit beschäftigt, Sonyangas Wunde zu reinigen und mit einem Pflaster aus ihrem Rucksack zu bedecken. Sie hatte ihm eine gefaltete Wolldecke unter den Kopf geschoben und seinen Körper mit einer weiteren Decke zugedeckt. Er stöhnte bereits leise.

»Was soll das heißen?«, reagierte Paul Gerhardt nervös.

»Dass wir den Landrover ohne neue Zündkabel nicht in Gang kriegen«, erwiderte Hutton. Er blickte in den Innenraum des Wagens, öffnete das Handschuhfach und checkte die anderen Staufächer. Mit seiner Taschenlampe suchte er den ganzen Wagen ab. Als er seinen Kopf herauszog, wirkte er noch blasser als zuvor.

»Was ist?«, drängte Brentwood. »Nun sagen Sie schon!«

»Unser Funkgerät hat er auch mitgenommen!«, sagte Hutton kreidebleich.

Biggi Gerhardt weinte wieder. Seit ihrer Begegnung mit dem Krokodil war sie entweder ängstlich oder aggressiv, eine gefährliche Mischung in der Wildnis.

»Und was tun wir jetzt?«, rief ihr Mann.

Hutton überlegte eine Weile und wirkte plötzlich sehr entschlossen. »Niemand weiß, wo wir sind, also nützt es wenig, wenn wir hier auf Rettung warten. Hier gibt es keine Safaris. Es wäre selbst ein Wunder, wenn uns in dieser Einöde ein Massai über den Weg laufen würde. Wir haben kein Funkgerät, und Handys funktionieren erst wieder in einer Lodge, und die nächste liegt einige Stunden entfernt.« Er warf einen Blick auf den benommenen Sonyanga. »Unsere Schuld. Wir hätten besser aufpassen müssen. Aber noch lange kein Grund, die Flinte ins Korn zu werfen.« Er versuchte ein zuversichtliches Lächeln. »Ich werde Hilfe holen. Die *Western River Lodge* liegt am nächsten. Mit etwas Glück bin ich in vier, fünf Stunden dort. Bis spätestens heute Nachmittag dürfte ich wieder hier sein.«

»Sie wollen zu Fuß über die Steppe?«, hakte Brentwood nach.

»Mit dem Gewehr kann mir nichts passieren. Ich breche sofort auf.«

Inzwischen war Sonyanga aus seiner Bewusstlosigkeit erwacht und griff dankbar nach dem Becher Wasser, den Melissa ihm reichte. Er hatte die letzten Worte des englischen Guides mitbekommen und sagte: »Ich komme mit, Jimmy.«

»Der Schlag war nicht von schlechten Eltern, Sonyanga. Selbst ein tapferer Massai-Krieger wie du steckt den nicht einfach so weg. Außerdem muss einer auf die Leute aufpassen.« Er hängte sich das Gewehr um die Schultern. »Keine Angst! Ich bin zwar kein Massai, aber ich komme auch allein zurecht, okay?«

»Du willst zur *Western River Lodge*? Bring einen Arzt mit, für alle Fälle.«

»Für deine Beule? Die ist doch harmlos.«

»Nicht für mich, Jimmy. Für die anderen ... das geht an die Nerven.«

Sein Blick sagte Melissa, dass er nicht jedem Teilnehmer traute. Der Zwischenfall mit Biggi Gerhardt und dem Krokodil hatte gezeigt, dass die Gefahr oftmals innerhalb der Gruppe lauerte und das seltsame Verhalten einiger Leute zu gefährlichen Situationen führen konnte. Man brauchte sich nur das verheulte Gesicht von Biggi Gerhardt und die vor Angst versteinerte Miene von Walcott anzusehen.

»Haben Sie gesehen, wer Sie überfallen hat?«, fragte Brentwood.

»Leider nein«, erwiderte Sonyanga. »Es ging viel zu schnell. Sie haben wohl rechtzeitig den Motor ausgeschaltet und sich zu Fuß rangeschlichen. Vielleicht war ein Massai bei ihnen. Einen Weißen hätte ich doch gehört.« Er griff sich an den Kopf. »Ich habe den Schlag auf den Kopf gespürt, dann wurde es schwarz um mich. Tut mir leid.«

Brentwood behielt die Ruhe. »Wenn es Wilderer waren, werden wir sie zur Verantwortung ziehen. Die Ranger werden die Burschen schon finden.« Er blickte Hutton an. »Worauf warten Sie noch, Jimmy? Lassen Sie sich etwas Proviant von Melissa einpacken und machen Sie sich auf den Weg! Ich hab keine Lust, ewig in dieser Einöde herumzusitzen. Alarmieren Sie die Ranger, verstanden?«

Melissa war bereits dabei, ihm einige Sandwiches zu belegen, und reichte sie Hutton. Er bedankte sich, packte den Proviant in seinen Rucksack und wollte gerade gehen, als Biggi Gerhardt einen verzweifelten Schrei ausstieß. Sie lief auf ihn zu und klammerte sich schluchzend an ihn.

»Nimm mich mit, Jimmy!«, flehte sie ihn an. »Ich will bei dir sein! Ich liebe dich, Jimmy! Das weißt du doch, oder?«

Sie hatte vollkommen die Nerven verloren, schluchzte so verzweifelt, als könnte sie es nicht mehr ertragen, ohne ihn zu sein. Der Guide hatte alle Hände voll zu tun, ihre Arme von seinem Hals zu drängen. Er stieß sie unsanft von sich. »Seien Sie doch vernünftig, Biggi!«, sagte er. »Sie haben Angst, das kann ich ja verstehen, aber Sie sind nicht allein. Sonyanga kennt sich mit wilden Tieren aus.«

»Und wenn die Wilderer zurückkommen?«, fragte Walcott

»Die werden sich hüten«, sagte Hutton. »Die sind froh, wenn sie uns nicht mehr über den Weg laufen. Deswegen haben sie uns doch hier festgenagelt. Niemand soll sehen, was für Schweinereien sie begehen. Die kommen nicht zurück.«

Biggi Gerhardt ließ nicht locker. »Du darfst nicht ohne mich gehen, Jimmy! Du hast mir versprochen, dass wir zusammenbleiben. Wir lieben uns doch! Oder hast du das schon vergessen? Wir wollten uns eine neue Zukunft aufbauen …«

»Gar nichts habe ich Ihnen versprochen!«, fuhr der Guide sie an. »Was kann ich dafür, wenn Sie mir schöne Augen machen. Paul, ich will nichts von Ihrer Frau, verstanden?« Biggi Gerhardt war schon wieder an seinem Hals, und er stieß sie so heftig zurück, dass sie ins Gras fiel. »Tut mir leid, Leute. Ich muss gehen.«

Bevor Biggi ihm nachlaufen konnte, hatte ihr Mann sie gepackt und hielt sie fest. Sie trat und biss und kratzte, aber er ließ nicht locker.

»Du widerlicher Kerl! Lass mich los!«, fuhr sie ihn an. »Ich will nichts mehr von dir wissen! Ich dachte, du wolltest mir mehr Freiheiten lassen, und was tust du? Ich hätte mich schon viel früher von dir trennen sollen!« Sie riss sich von ihm los und wollte Hutton nachlaufen, stolperte aber nach wenigen Metern und blieb schluchzend liegen.

»Die Nerven«, erklärte Paul Gerhardt nüchtern. Er zog seine Frau vom Boden hoch und führte sie mit eisernem Griff ins Zelt zurück. »Mit ›mehr Freiheiten‹ meinte ich nicht, du solltest dich jedem x-beliebigen Mann an den Hals werfen. Komm endlich zur Vernunft! Der Guide könnte dir auch nicht mehr bieten als ich. Oder willst du den Rest deines Lebens in Afrika bleiben? Sei vernünftig, verdammt!«

Der Fehltritt seiner Frau schien ihn wieder auf den Boden geholt zu haben. So wie er jetzt durchgriff, wirkte er wesentlich männlicher als vor ein paar Tagen, als er sich von seiner Biggi zum Narren halten ließ und sich wie ein Tollpatsch benahm und zum Gespött der Leute machte. Ein seltsamer Mann, dieser Paul, dachte Melissa.

Sonyanga stemmte sich auf die Ellbogen hoch und stöhnte leise. »Es geht schon wieder«, sagte er, als Melissa ihn sanft zurückdrücken wollte. »Halb so schlimm. Ich frage mich nur, warum der Kerl nicht fester zugeschlagen hat. Wilderer sind sonst weniger zimperlich, auch wenn Massai bei ihnen sind.« Er stand langsam auf und hielt sich eine Weile an Melissa fest. Ihr war die Berührung nicht unangenehm. »Aber wer sollte es sonst gewesen sein? So leise schleicht sich nur einer an, der das Leben in der Steppe gewöhnt ist. Wenn ich bloß besser aufgepasst hätte. Ich bin schuld.«

»Unsinn!«, widersprach ihm Melissa. »Jetzt gibt's erst mal Frühstück, dann sieht die Welt schon wieder ganz anders aus. Bis heute Nachmittag halten wir locker durch, und solange du bei uns bist, habe ich sowieso keine Angst. Kaffee?«

Zum Frühstück, einem kräftigen Omelett mit Schinken und Käse, kam auch Biggi Gerhardt wieder zum Feuer. Sie hatte sich etwas beruhigt, ihre Miene wirkte aber wie versteinert, und sie setzte sich so weit entfernt von ihrem Mann wie möglich. Zum Omelett gab es frischen Toast mit Honig und Kaffee und Tee.

Sonyanga hatte schon gegessen und machte sich inzwischen am Landrover zu schaffen. Auch er fand das Funkgerät nicht. Er trug seinen Speer und hatte sich wieder einigermaßen unter Kontrolle. Nur manchmal blieb er stehen und schien von leichtem Schwindel heimgesucht zu werden. »Ich glaube nicht, dass sich tagsüber Löwen oder Leoparden blicken lassen«, sagte er, »aber wer Angst hat, kann sich gerne in den Wagen zurückziehen. Dort ist er auf jeden Fall sicher.«

»Gut zu wissen«, sagte Walcott. »Wenn wir jetzt noch emailen könnten …«

»Wir sind hier nicht auf dem Picadilly Circus«, wies ihn Brentwood zurecht.

»Und wenn Hutton nicht zurückkommt?«

»Jimmy ist kein Anfänger«, beruhigte ihn Sonyanga. »Er lebt schon einige Jahre in Afrika und kennt die Serengeti fast genauso gut wie ein Massai. Er kommt auf jeden Fall zurück. Er hat ein Gewehr dabei, damit könnte er sogar einen Elefanten erschießen. Ihm passiert nichts. Heute Nachmittag ist er hier.«

»Ihr Wort in Gottes Ohr.«

Nach dem Essen säuberte Melissa das Geschirr und entsorgte alle Abfälle in einen Beutel, den sie ebenfalls in einer Kiste verstaute. Den Kaffee und den Tee in den Thermoskannen und einen Teller mit Keksen ließ sie auf dem Tisch stehen. Zum Mittagessen würde es Sandwiches geben, und falls Jimmy bis zum Abendessen nicht zurück war, würde sie Straußensteaks mit Gemüse servieren.

Mit einem Becher Limonade ging sie durch das Camp, ständig darauf gefasst, eine unliebsame Überraschung zu erleben. Das konnten schon die kleinen Affen sein, die in den Akazien herumkletterten und sich direkt vor ihrer Nase zu Boden fallen ließen. Oder der Flügelschlag einiger Vögel, die sich flatternd aus einem Gebüsch erhoben, weil sie durch irgendetwas gestört worden waren. Oder ein Windstoß, der in den Baumkronen raschelte und Sand über die Lichtung trieb.

Im Schatten eines Baumes sah sie Brentwood und Sonyanga stehen. Ohne es zu wollen, bekam sie den Wortwechsel der beiden mit. »Sie kennen Malaika? Die Massai, deren Mutter sie in ein Krankenhaus nach Arusha gebracht haben?«

»Das Mädchen, das eine Ausbildung bei uns macht?«

Sonyanga nickte. »Das Dorf, in dem sie aufgewachsen ist, liegt ein paar Stunden von hier entfernt am Duma River. Ihre kranke Mutter lebt immer noch dort.«

»Es gibt viele Massai-Dörfer. Warum erzählen Sie mir das?«

»Weil es eines der letzten freien Massai-Dörfer ist«, erwiderte Sonyanga. »Die Dörfer bei den Lodges haben wir doch hauptsächlich für die Touristen gebaut. Dort führen wir unsere Tänze auf und verkaufen selbst gemachten Schmuck. Manche Bewohner wohnen sogar in der Stadt und bleiben nur tagsüber dort. Ich finde das okay, auch so kann man den Besuchern unsere Kultur nahebringen.«

»Ich weiß, und Sie sind das beste Beispiel dafür, wie erfolgreich wir mit diesen Dörfern sind. Soweit ich weiß, laufen Sie in Ihrer Freizeit auch nicht in diesen *shukas* rum, und auf die Löwenjagd gehen Sie auch nicht mehr, oder doch?«

»Nein«, stellte Sonyanga richtig, »aber ich habe den Kontakt zu meinem Land nie verloren. Ich kenne das Land und seine Tiere und habe es zu meinem Beruf gemacht, mein Wissen den Gästen zu vermitteln. Doch ich sorge mich um die Massai an den Grenzen des Nationalparks, denn dort ist unsere Kultur in Gefahr.«

»Weil viele junge Leute wegziehen?«

»Nein, das lässt sich nicht ändern. Ich habe Angst um die vielen Massai, die nach der Tradition leben wollen und ihrer Heimat beraubt werden, wenn die Regierung beschließt, sie von dort zu vertreiben. Und leider geschieht das fast immer, wenn zum Beispiel ein Unternehmer beschließt, außerhalb der Parkgrenzen eine neue Lodge zu errichten. Mit seinem Geld schafft ein Investor es leicht, die Regierung zu überreden, die Massai zu enteignen und aus ihrer Heimat zu vertreiben.«

Melissa beobachtete nervös, wie sich die Brauen des Lodgebesitzers zusammenzogen. »Haben Sie einen bestimmten Grund für diese Frage, Sonyanga?«

»Nein«, log er. »Ich weiß nur, dass die Bewohner große Angst haben.«

»Und wenn man sie woanders unterbringen würde?«

»Dieses Dorf ist ihre Heimat, Sir. Sie hängen daran.«

»Von der Seite habe ich das Problem noch gar nicht betrachtet«, erwiderte Brentwood. »Sie sollten Politiker werden, junger Mann. So wie Sie reden, könnten Sie auch im britischen Unterhaus bestehen.« Er zündete sich lachend eine Zigarre an und ging zu den Zelten. Sonyanga blickte ihm nachdenklich hinterher.

»Das war sehr mutig«, lobte Melissa den Massai.

Sonyanga hob zweifelnd die Schultern. »Ich weiß nicht. Ein Unternehmer wie er lässt sich bestimmt nichts von einem kleinen Guide sagen, auch wenn der nur durch die Blume spricht. Hast du nicht gesehen, wie spöttisch er ständig gelächelt hat? Der dachte sich wohl, lass ihn doch reden, den schwarzen Guide.«

»Das bildest du dir ein. Ich glaube, du hast ihn zum Nachdenken gebracht. Wenn er tatsächlich eine neue Lodge plant, überlegt er es sich vielleicht noch mal. Sein Finanzberater würde mir viel größere Sorgen machen. Hier draußen hat er Angst, aber sobald er wieder festen Boden unter den Füßen hat, ist das sicher ein eiskalter Bursche. Der rechnet Brentwood auf den Cent vor, was eine neue Lodge bringen würde, und wenn der Profit hoch genug ist … ich weiß nicht.«

Melissa begleitete den Massai auf seinem Rundgang, der ihn einmal um das Camp führte. Seinen Speer hatte er in die rechte Hand gewechselt. Auch wenn sie sich unterhielten, behielt er die umliegende Steppe im Auge und achtete auf jede Bewegung und jeden Laut. Als das laute Brüllen eines Löwen über die Hügel schallte, fuhr er blitzschnell herum, sofort bereit, seinen Speer gegen ihn einzusetzen, aber der Löwe war weit genug vom Camp entfernt und keine Gefahr.

Die Gerhardts waren im Zelt und wagten sich den ganzen Morgen nicht heraus. Nur einmal wurden ihre Stimmen lauter, ein typischer Ehestreit, der aber sofort verstummte, als der Löwe brüllte. Brentwood war zu seinem Finanzberater in den

Landrover gestiegen und unterhielt sich angestrengt mit ihm. Die beiden Männer blickten nicht mal auf, als Melissa und Sonyanga am Wagen vorbeigingen.

Unter einer Akazie blieben sie stehen. Sie erröteten, als sich ihre Blicke trafen, blickten betreten zu Boden und suchten nach Worten, die weder dumm noch beiläufig klangen. Melissa spürte, wie ein warmer Schauer über ihren Rücken lief.

»Ich bin gern mit dir zusammen«, brachte sie heiser hervor. Sie wagte es, ihn anzublicken, und hatte das Gefühl, ihr Spiegelbild in seinen Augen zu sehen. »Du bist so …« Sie überlegte. »Ich weiß nicht, wie ich mich ausdrücken soll.«

»Ich mag dich auch«, sagte er ebenso schüchtern.

Sie lachte plötzlich. »Wir haben nicht viel Erfahrung, was?«

»Nicht mit einer Prinzessin aus Europa.«

»Oder einem Krieger der Massai.«

Er beugte sich zu ihr herunter, und sie öffnete bereits den Mund zu einem gefühlvollen Kuss, als ein wütender Schrei die Stille zerriss und Paul Gerhardt rief: »Meine Frau ist verschwunden, verdammt! Biggi ist weg!«

19

Sonyanga reagierte augenblicklich. Zusammen mit Melissa rannte er zu den Zelten zurück und rief: »Bleiben Sie beim Feuer! Ich hole sie zurück.« Er blickte Paul Gerhardt an, der vollkommen aufgelöst vor dem Zelteingang stand. »Haben Sie eine Ahnung, in welche Richtung sie gelaufen ist? Wohin, Mister Gerhardt?«

»Ich … ich weiß nicht«, stammelte er. »Sie fing plötzlich zu weinen an. Als ich sie fragen wollte, was sie hat, war … war sie schon weg. Ich lief zum Eingang …«

»In welche Richtung?«, drängte Sonyanga.

»Auf die Hügel zu, glaube ich.«

Der Massai rannte los. Mit seinem Speer wirkte er wie ein Krieger aus längst vergangenen Zeiten, der allein über die Steppe lief und nach Löwenspuren suchte. Seine roten *shukas* leuchteten in der hellen Mittagssonne. Weil Melissa ihm nachblickte und geblendet wurde, erkannte sie viel zu spät, dass Paul Gerhardt nicht zum Feuer gekommen war und in seiner Panik dem Guide hinterherrannte.

»Mister Gerhardt! Kommen Sie zurück!«, rief sie.

Als Gerhardt nicht reagierte, hielt es sie nicht länger. Weder Brentwood noch Walcott, der sich im Landrover verkrochen hatte, machten Anstalten, ihn zurückzuhalten. Sie rannte los und holte Gerhardt schon am Rand des Dickichts ein, packte ihn am Arm und warf ihn beinahe zu Boden. »Bleiben Sie hier, Mister Gerhardt! Das ist viel zu gefährlich! Sonyanga findet ihre Frau, ganz bestimmt!«

Gerhardt sank zu Boden und begann zu weinen. Alles, was er während der letzten Tage an Demütigungen ertragen hatte, schien noch einmal auf ihn einzustürzen. »Ich will nicht, dass ihr was passiert! Sie ist doch immer noch meine Frau!« Er brachte die Worte so undeutlich hervor, dass sie ihn kaum verstand.

»Sonyanga findet sie.« Sie wusste nicht, was sie sonst sagen sollte, hatte keine Ahnung, wie man einen erwachsenen Mann tröstete, ohne sich lächerlich zu machen. »Kommen Sie, wir gehen zum Feuer zurück! Beruhigen Sie sich doch!«

Sie reichte ihm ein Papiertaschentuch, und er putzte sich geräuschvoll die Nase. Reuevoll wie ein Junge, den man bei etwas Verbotenem ertappt hatte, ließ er sich von ihr zum Camp zurückführen. Brentwood war so klug, sich jeden Kommentars zu enthalten, saß allein auf einem der Klappstühle und rauchte nervös.

Das laute Gebrüll eines Löwen drang ins Camp. Brentwood ließ vor Schreck seine Zigarre fallen und klammerte sich mit beiden Händen an die Stuhllehnen. Gerhardt verlor erneut die Nerven und sank weinend und jammernd zu Boden.

Melissa trat unwillkürlich einen Schritt zurück. Nervös blickte sie sich um. Jeden Augenblick konnte die Raubkatze in ihrem Camp auftauchen und über sie herfallen. Um sich im Wagen zu verkriechen, war es zu spät, und wenn der brüllende Löwe wirklich in der Nähe war, würden sie es niemals bis dorthin schaffen.

Wieder erfüllte sein Gebrüll die Luft, diesmal leiser und weiter entfernt. Melissa, Brentwood und Gerhardt blickten einander erleichtert an. Der Löwe war auf dem Rückmarsch, hatte wohl keine Lust, sich mit Zweibeinern herumzuschlagen und verabscheute vielleicht auch das Feuer. Als wollte Melissa auf Nummer sicher gehen, warf sie einen besonders starken Ast in die Flammen.

Obwohl es Melissa wie eine halbe Ewigkeit vorkam, dauerte es wahrscheinlich keine Viertelstunde, bis Sonyanga mit Biggi Gerhardt zurückkehrte. Er trug sie wie einen Sack über den Schultern.

»Keine Angst, Mister Gerhardt, sie hat nur ein paar Schürfwunden abbekommen. Nichts Ernstes. Sie muss gestürzt sein, ungefähr dreihundert Meter vom Camp entfernt. Ein Kilometer weiter und sie wäre wahrscheinlich einem Löwen in die Arme gelaufen. Sie hat Glück gehabt.«

Er legte sie auf die Wolldecken, die Melissa im Gras ausgebreitet hatte, und wurde von Paul Gerhardt zur Seite gedrängt, der sich besorgt über sie beugte und ständig ihren Namen rief. »Biggi! Biggi! Sag doch was, Biggi! Bist du okay?«

Nicht nur Paul Gerhardt, auch seine Frau war nicht mehr zum Streiten aufgelegt und lächelte sogar, als sie die Augen aufschlug. »Tut mir leid«, sagte sie so leise, dass es nur er und Melissa verstanden. »Ich wollte … ich glaube, die Leute lachen schon über uns, weil … weil wir nur noch Mist bauen. Ich … verdammt, ich dachte, die Löwen holen mich und hatte plötzlich so große Angst, dass …«

»Beruhige dich, Biggi! Ruh dich erst mal aus!«

Er rückte zur Seite und machte Platz für Melissa, die seine Frau notdürftig versorgte und die blutigsten Schrammen mit Pflastern schützte. Ein Glas mit frischer Limonade leerte sie in einem Zug.

»Ist ja nichts passiert«, versuchte Melissa, sie aufzumuntern, »in ein paar Tagen haben Sie alles vergessen.« Sie wandte sich an Paul Gerhardt. »Bringen Sie Ihre Frau ins Zelt. Ich denke, Sie brauchen beide etwas Ruhe.« Sie kam sich lächerlich bei diesem Ratschlag vor, musste an ihre Mutter denken, die ähnlich besorgt war, wenn sie ein wenig hustete oder schniefte, wusste aber nicht, was sie sonst sagen sollte. »Ich bringe Ihnen die Sandwiches frei Haus.«

Während der nächsten Stunden gab es keine weiteren Zwischenfälle. Melissa verteilte Sandwiches mit Käse und Schinken und frische Limonade, verstaute die Reste in der Kühlkiste und verbrachte den Rest des Tages damit, Sonyanga auf seinen Runden zu begleiten und die Savanne zu beobachten, immer in der Hoffnung, der englische Guide könnte schon jetzt mit ihren Rettern auftauchen. Die Gerhardts blieben im Zelt, Walcott dachte gar nicht daran, den Landrover zu verlassen, und wurde schon nervös, als Melissa die Tür öffnete, um ihm ein Sandwich zu reichen, und Brentwood blieb nachdenklich am Feuer sitzen und rauchte eine Zigarre.

Als die Sonne unterging und die Steppe für wenige Minuten in glutrotes Licht tauchte, war Hutton noch immer nicht zurück. »Kein Grund, sich Sorgen zu machen«, sagte Sonyanga. »Er musste vielleicht einen Umweg nehmen, um einer Elefantenherde aus dem Weg zu gehen. Dafür braucht man oft mehrere Stunden.«

»Und wenn er gar nicht kommt?«, fragte Melissa.

»Jimmy Hutton ist einer der besten Guides. Er kommt bestimmt.« Aber so ganz überzeugt klang das nicht. Auch Sonyanga machte sich inzwischen Sorgen.

Zum Abendessen briet Melissa die Straußensteaks, doch kaum einer hatte Hunger und beließ es bei ein paar Bissen. Walcott aß überhaupt nichts und beschimpfte sie, weil Hutton noch nicht zurückgekehrt war.

»Keine Angst«, tröstete sie den Finanzberater, »im Wagen sind Sie sicher. Hier kommt kein Löwe rein!«

»Wenn ich hier wenigstens ein Netz bekäme«, jammerte er.

»Mitten in der Wildnis?«, reagierte sie verwundert.

Als Melissa vom Landrover zurückkehrte, sah sie Brentwood mit ernster Miene auf Sonyanga einreden. Sie verstand kein Wort, wollte die beiden auch nicht stören und gab vor, etwas im Zelt zu suchen, bevor sie die Küchenkisten packte und zum Transport bereitstellte. Ihre Hoffnung, noch vor dem Frühstück aus dem Camp wegzukommen, war immer noch groß. Hutton wusste, welche Sorgen sie sich machten, und würde alles daransetzen, so schnell wie möglich zu kommen.

Nachdem Brentwood ihnen eine gute Nacht gewünscht und sich in sein Privatzelt zurückgezogen hatte, blieben Melissa und Sonyanga allein am Feuer sitzen. Sie hätte gern gewusst, was Brentwood und der Massai besprochen hatten, wagte aber nicht zu fragen. So nachdenklich hatte sie Sonyanga noch nie gesehen.

»Brentwood ist kein so großer Profitjäger, wie wir dachten«, sagte er nach einer Weile. »Er hat mir gesagt, dass er tatsächlich eine neue Lodge am Duma River bauen wollte und er in Wahrheit nur deshalb auf diese Safari mitgekommen ist. Aber inzwischen würde er auch über eine andere Lösung nachdenken. Ich hätte ihn zum Nachdenken gebracht. Natürlich müsste er sich noch mit seinem Berater besprechen, aber von der Seite der Massai hätte er das Problem noch nie betrachtet, und es wäre vielleicht sinnvoller, sein Geld in andere Geschäfte zu investieren. Er denkt sogar daran, einen Hilfsfond für die Massai zu gründen.«

»Und er meint es wirklich ehrlich?«

»Ganz bestimmt«, versicherte ihr Sonyanga, »die Aktionen würden ihm ja auch für sein Image nützen. Er würde die Nachricht sicher an die Medien weitergeben. In den USA und Europa kommen solche Hilfsfonds besonders gut an, das haben wir während der Hungersnot in Äthiopien erfahren, und wenn er auf die Lodge verzichtet, würde ihn das von seiner menschlichen Seite zeigen. Sicherlich hat ein Mann wie er auch bei solchen Entscheidungen den Profit im Kopf. Aber den Massai kann das vollkommen egal sein.«

»Das hört sich gut an, besonders für Malaika und ihre Mutter.«

»Dann hoffen wir mal, dass er sich nicht noch anders entscheidet«, sagte Sonyanga. »Aber ich mache mir Sorgen um Jimmy. Vor den anderen wollte ich nichts sagen, aber er müsste längst zurück sein, selbst wenn er zu einem Umweg gezwungen war. Ich habe langsam den Verdacht, dass er es war, der mich bewusstlos geschlagen und die Zündkabel herausgerissen hat. Er legt es darauf an, dass wir hier vor Angst ins Schwitzen geraten. Ich habe keine Spuren gefunden, weder von Wilderern noch von einem Wagen. Ohne Jeep sind auch Wilderer nicht unterwegs.«

»Aber was sollte Jimmy für ein Interesse daran haben, uns hier verhungern oder verdursten zu lassen?«, überlegte sie laut.

»Das wäre doch glatter Mord. Damit würde er nicht durchkommen.«

»Nicht, wenn er sich ein paar Tage in der Steppe herumtreibt, bevor er zur Lodge geht. Er könnte irgendwas erfinden, das ihn aufgehalten hat. Aber für so gemein halte ich ihn nicht. Ich glaube, er will uns nur ein paar Tage hinhalten.«

»Aber warum? Warum nur?«

»Weil ihn jemand gut dafür bezahlt, dass er uns hinhält. Hutton will so schnell wie möglich sein Konto für die eigene Safarifirma füllen. Und der Mann, der ihm mit diesem Auftrag zu dem Geld verhelfen könnte, war neulich ebenfalls in der Nähe des Duma River. John Lowell.«

»John Lowell? Der Millionär?«

»Er will vielleicht selbst eine Lodge in diesem Gebiet errichten und Brentwood so lange aus dem Verkehr ziehen, bis er sich die Rechte gesichert hat. Vermutlich war das der Grund, warum er überhaupt unsere Lodge gebucht hat. Er wollte sich dort ungestört umsehen. Und als Brentwood erschien, wurde er misstrauisch und brachte ihn mit ein paar Martinis dazu, sein Geheimnis auszuplaudern. Sogar die Safari könnte er eingefädelt haben. Warum, meinst du, ist er vorher verschwunden?«

»Aber das sind alles Vermutungen.«

»Ich weiß. Vielleicht bilde ich mir das alles nur ein.«

Melissa erinnerte sich daran, wie ausführlich Jimmy und John Lowell miteinander gesprochen hatten, und vermutete, dass Sonyanga gar nicht so daneben mit seinem Verdacht lag.

»Wir müssen was unternehmen«, sagte sie, »bevor wir halb verhungert und verdurstet sind und vor Angst durchdrehen.

Du kannst nicht ewig auf uns aufpassen, du musst auch mal schlafen. Was sollen wir nur tun?«

»Wir warten bis morgen früh«, erwiderte er. »Wenn er eine Stunde nach Sonnenaufgang nicht hier ist, hole ich Hilfe. Ich komme bestimmt wieder zurück.«

Melissa blieb die halbe Nacht bei Sonyanga. Die Minuten vergingen quälend langsam, und beiden fielen alle paar Minuten die Augen zu. »Schlaf du zuerst«, entschied er. »In zwei Stunden wecke ich dich, dann schlafe ich, und du passt auf. Beim geringsten Geräusch, oder wenn dir was auffällt, weckst du mich.«

Sie hatte noch nie Wache gehalten und hatte furchtbare Angst, als Sonyanga sie zwei Stunden später weckte. Ihr war aber auch klar, dass der Massai nicht die ganze Nacht aufbleiben konnte. Sie gab ihr Bestes, ließ ihren Blick aufmerksam über die Lichtung schweifen und suchte die Steppe mit ihrem Fernglas ab, das sie sich inzwischen um den Hals gehängt hatte. Das trübe Licht war trügerisch, gaukelte ihr verräterische Schatten vor, wo gar keine waren, und ließ sie auf den schlafenden Sonyanga blicken, obwohl nirgendwo Gefahr drohte. Die Zikaden übertönten jedes andere Geräusch mit ihrem lauten Gesang und machten sie immer nervöser.

Bei Sonnenaufgang fühlte sie sich wie gerädert, doch Sonyanga hatte genug geschlafen und war bereit, allein loszuziehen und nach Hutton zu suchen. Aus den Zelten traten die Gerhardts, beide schweigsam und sichtlich erschöpft, und Brentwood, sogar Walcott hatte sein unbequemes Versteck verlassen und war ans Feuer zurückgekehrt. Die Angst, einen weiteren Tag auf Hilfe hoffen zu müssen und vielleicht in der Steppe umzukommen, stand allen ins Gesicht geschrieben.

»Ich weiß nicht, was mit Jimmy ist«, gestand Sonyanga, »aber ich fürchte, wir können nicht länger warten. Ich werde selbst gehen und Hilfe holen. Ich bin auf jeden Fall zurück, bevor es dunkel wird. Lassen Sie das Feuer den ganzen Tag brennen, das hält die wilden Tiere ab. Oder noch besser, setzten Sie sich in den Wagen.«

Melissa begleitete ihn bis zum Rand der Lichtung. »Ich würde gern mit dir gehen«, sagte sie, »aber das würdest du nicht zulassen, oder?« Sie stellte sich auf die Zehenspitzen und küsste ihn zärtlich auf die Wange. »Lass dich nicht vom Löwen fressen, großer Krieger, sonst holt uns nie einer hier raus. Viel Glück!«

Sie wartete, bis er verschwunden war, und kehrte zum Feuer zurück. Außer Brentwood, der die meiste Zeit auf einem Klappstuhl saß und Zigarre rauchte, ließ sich keiner der anderen sehen. Die Angst griff um sich, drang bis in die Zelte und den Landrover und berührte Walcott und die Gerhardts mit ihren kalten Händen. Brentwood hielt sich besser oder gab sich jedenfalls Mühe, seine Nerven im Zaum zu behalten, und Melissa schwankte zwischen Hoffnung und Angst, sehnte den Augenblick herbei, in dem Sonyanga sie aus diesem seltsamen Albtraum befreite. Sie vertraute ihm und seinen Fähigkeiten. Und sie sehnte sich nach der Umarmung, mit der sie sich nach seiner Rückkehr begrüßen würden.

Ohne ihn verging die Zeit noch langsamer. Das Zirpen der Zikaden war verstummt, und eine eigenartige Stille lag über der Serengeti, als würde die Natur in diesen kritischen

Stunden den Atem anhalten. Als Wind aufkam und verräterisch im Gestrüpp raschelte, fuhr sie erschrocken herum und glaubte schon, einen Löwen über die Lichtung springen zu sehen, doch es waren nur die Schatten der Baumkronen, die dunkel über das Gras huschten. Zur Sicherheit warf sie einen weiteren Ast ins Feuer, der die Flammen noch höher lodern ließ. »Nichts«, antwortete sie auf Brentwoods fragenden Blick, »nur der Wind in den Bäumen.«

Eine plötzliche Bewegung im Steppengras, als sie wieder einmal ihre Runde drehte und zum Horizont blickte, entdeckte sie beinahe zu spät. Erst als sie durch ihren Feldstecher blickte und das Buschwerk am Ufer eines schmalen Baches in ihrem Objektiv heranzog, wurde sie auf das Blitzen eines weißen Fells aufmerksam. Sie folgte den kaum sichtbaren Bewegungen nach Westen und bekam das blutverschmierte Maul der weißen Löwin zu Gesicht. Nur für den Bruchteil einer Sekunde, dann war die Löwin verschwunden, und es hätte genauso gut Einbildung sein können. Sie setzte das Fernglas ab und starrte über die Ebene.

Ohne den anderen etwas von ihrer seltsamen Begegnung zu verraten, harrte sie weiter aus. Ungefähr vier Stunden bis zur Lodge, maximal eine Stunde, um die Leute zu alarmieren und ein oder zwei Wagen klarzumachen und vielleicht zwei Stunden zurück, überlegte sie. Wenn alles nach Wunsch lief, konnte Sonyanga gegen ein Uhr nachmittags wieder hier sein.

»Sie werden sehen, er hält sein Wort«, sagte sie zu Brentwood, nachdem sie wieder zum Feuer zurückgekehrt war. »Bevor die Nacht hereinbricht, ist er wieder hier.«

Ihre Zuversicht war jedoch nur noch gespielt. Der Anblick der weißen Löwin hatte sie so verstört, dass sie kaum noch zu einem klaren Gedanken fähig war. Hatte die weiße Löwin Sonyanga angefallen? Oder Jimmy Hutton getötet? Oder nur ein Zebra oder eine Antilope gerissen? Hatte sie nicht genug schlechte Nachrichten gebracht?

Umso überraschter war sie, als noch vor zwölf Uhr mittags ein Jeep auf der Lichtung erschien. Am Steuer saß Kimberly von der Tierstation. Sonyanga stieg aus, und Melissa und er umarmten sich für einen Augenblick. Lange genug, um sie seinen muskulösen Körper und seinen warmen Atem spüren zu lassen.

»Sonyanga!«, flüsterte sie. »Ich habe die weiße Löwin gesehen. Ihr Maul war blutig, als hätte sie etwas gerissen. Ich hatte schon Angst, sie hätte dich …«

»Ich hatte Glück«, erwiderte er, bevor ihr die Tränen kamen. »Kimberly und Dave von der Tierstation waren in der Gegend unterwegs. Wir haben Jimmy gefunden. Ein Löwe hatte ihn angefallen. Eine blutige Schramme auf dem Rücken und ein paar Kratzer an den Beinen, weiter nichts. Er hatte großes Glück. Irgendwas muss den Löwen gestört haben. Jimmy hat mir gestanden, dass John Lowell ihn angestiftet hat. Es ist alles so, wie wir vermutet haben. Die beiden haben gemeinsame Sache gemacht. So was passiert, wenn man zu gierig wird. Dave bringt Jimmy gerade zum nächsten Arzt und alarmiert die Polizei. Sie werden John Lowell in Tansania vor Gericht stellen. Sie werden ihm wohl eine saftige Geldstrafe aufbrummen. Und Jomo, ein Laufbursche der Regierung, der für ihn spioniert hat, kommt auch nicht ungeschoren davon.«

Er legte Melissa eine Hand auf die Schulter. »Malaika und ihre Mutter haben nichts mehr zu befürchten.«

Brentwood hatte zugehört und gesellte sich zu ihnen, sehr zum Missfallen von Walcott, der bereits mit Kimberly gesprochen und sie wohl gebeten hatte, ihn und seinen Chef so schnell wie möglich in einen Bereich mit Handyempfang zu fahren.

»Sie haben gute Arbeit geleistet, Sonyanga«, sagte Brentwood zu dem Massai, »und Sie haben mich überzeugt. Mein Berater ist anderer Meinung und hat vermutlich recht, wahrscheinlich werde ich durch meine Entscheidung sehr viel Geld verlieren. Aber niemand zwingt mich, auf diese Buchhalterseele zu hören, nicht wahr?« Er warf Walcott einen spöttischen Blick zu. »Und den Verlust kriegen wir durch die gute PR dreimal wieder rein, mein Lieber.«

Auch die Gerhardts konnten wieder lächeln. Sie hatten beschlossen, ihre kaputte Ehe zu retten, und wollten in der Heimat zu einem Eheberater gehen. Ob es was nützen würde, wagte Melissa zu bezweifeln. Dazu waren die beiden doch zu verschieden. Falls sie doch zusammenblieben, wurde es sicher nicht langweilig.

»Und du?«, fragte Sonyanga lächelnd.

Melissa erwiderte sein Lächeln und bewegte sich langsam auf ihn zu. »Ich komme nach meinem Praktikum bestimmt wieder hierher. Sobald wie möglich, das verspreche ich dir.«

Nachwort

Ihr seid vielleicht überrascht, einen Afrikaroman von mir gelesen zu haben. Wie die meisten von euch wissen, bin ich vor allem für meine Alaskaromane bekannt. Aber ich war in der halben Welt unterwegs und fand es überall dort spannend, wo es noch wirkliche Abenteuer gibt. Keine aufgepeppten Technik-, Superhero- und Fantasy-Adventures, sondern echte Abenteuer mit echten Menschen. So auch während eines längeren Aufenthalts in Tansania, Kenia, Botswana, Namibia und Südafrika, wo ich lange für das Schulfernsehen sowie für Reisebücher und Reisezeitschriften unterwegs war. Die Massai Mara und die Serengeti an der Grenze zwischen Tansania und Kenia haben mich am meisten begeistert. Vor allem die Begegnungen mit den Massai. In einem ihrer Dörfer durfte ich ihren Alltag (und ihre gewöhnungsbedürftigen Essgewohnheiten) und ihre Kultur kennenlernen. Beeindruckend waren auch die Begegnungen mit wilden Tieren auf teilweise einsamen Fahrten durch die Steppe. Der Respekt vor den Löwen, die sofort den Kopf hoben, wenn man das Fenster öffnete, und den Elefanten, die teilweise dicht vor unserem Jeep über den Trail stampften, war riesengroß. Ich habe versucht, allen Lebewesen dieser Gegend gerecht zu werden, und würde mich freuen, wenn euch dieser Roman genauso gefällt wie meine Alaska-Abenteuer. Eins noch: Ich habe die Schreibweise »Massai« benutzt, weil sie in unseren Breiten am geläufigsten ist. Richtiger wäre wohl »Maasai«. Bei der Recherche haben mir vor allem persönliche Berichte, auch von Massai, sowie alte Reisebeschreibungen geholfen. Das Leben in einer Lodge und die Arbeit in einer Tierstation durfte ich während mehrerer Besuche kennenlernen. Die Tourismusschule, auf die Melissa geht, gibt es tatsächlich in Österreich. Mein Sohn Daniel hat dort seine Ausbildung gemacht und auch ein mehrwöchiges Praktikum in Afrika absolviert. Die beiden Rezepte für den Lachs und den Kaiserschmarren sind von ihm. Für alle Feinschmecker haben wir sie auf den folgenden Seiten abgedruckt. Mein aufrichtiger Dank gilt allen Lesern und Fans, die mir schon so lange die Treue halten. Besucht mich auf meiner Homepage www.christopherross.de und auf Facebook.

Euer Christopher Ross

Kaiserschmarren

Zutaten für 6 Personen:
8 Eiweiß, 8 Eigelb, 5 EL Kristallzucker, 240 g Mehl, ½ l Milch, 60 g Rosinen, 1 EL Vanillezucker, 30 g Mandelblättchen, 2 EL brauner Zucker, etwas Salz, 100 g Butter zum Backen, Puderzucker zum Bestreuen. Als Beilage: Birnenkompott, Himbeeren und Heidelbeeren zum Garnieren.

Zubereitung:
Milch, Mehl, Vanillezucker und den Eidotter vermischen, das Eiweiß mit dem Kristallzucker, einer Prise Salz zu einem festen Schnee schlagen und gefühlvoll unter die Mischung heben. Die Butter in einer Pfanne erhitzen, die Masse darauf verteilen, mit den Rosinen bestreuen, anbacken, wenden und im Ofen fertig backen. In einer Pfanne braunen Zucker karamellisieren lassen und die Mandelblättchen mitrösten. Den fertigen Schmarren mit zwei Gabeln in kleine Stücke zerreißen und im Mandelkrokant wenden. Mit Puderzucker bestreuen und anrichten. Als Beilage Birnenkompott. Mit Heidelbeeren und Himbeeren garnieren.

© Daniel Jeier

Lachsfilets mit Erdnusskruste, Zuckerschoten und Wasabipüree

Zutaten für 2 Personen:
2 Lachsfilets, 1 EL Erdnüsse, 2 Scheiben Toastbrot, 4 große mehlige Kartoffeln, Butter, Salz, Pfeffer, Muskatnuss, Dill, Wasabi.

Zubereitung:
Lachs: Den Backofen auf Grillen schalten. Die Toastscheiben und die Erdnüsse in einem Mixer zerkleinern, einen Esslöffel Butter unterrühren und mit Salz und Dill abschmecken. Die Lachsfilets salzen, pfeffern und in einer Pfanne in Öl und Butter kurz anbraten. Mit der Masse bestreichen und für ca. 3 Minuten unter den Grill stellen. Püree und Gemüse: Kartoffeln schälen, in Würfel schneiden und in Salzwasser garen. Ausdampfen lassen und mit der Kartoffelpresse in eine Schüssel pressen. Heiße Milch zugeben, bis die Konsistenz passt. Ein Stück Butter unterrühren und mit Salz und Muskatnuss würzen. Zum Abschluss mit 2 Teelöffeln Wasabi verfeinern. Die Zuckerschoten ca. 6 Minuten kochen, dann in Butter schwenken und salzen.

Sehnsucht, Liebe, große Abenteuer

Die »Alaska Wilderness«-Reihe des Erfolgsautors Christopher Ross

Die Wölfe vom Rock Creek (Bd. 1)
256 Seiten, Hardcover
ISBN 978-3-7641-7003-5

Julie nimmt an einem wissenschaftlichen Programm Teil, in dem das Verhalten der Wolfsrudel in und um den Denali Nationalpark untersucht werden soll. Ein Wolfsrudel am Rock Creek hat es Julie besonders angetan, da dieses Rudel sich unter schwierigen natürlichen Bedingungen behauptet. Doch die ansässigen Trapper beäugen dieses Rudel mit Argwohn, da es ihre Geschäfte bedroht. Schon findet sich Julie in einer Fehde zwischen Fallenstellern und Tierschützern wieder ...

Verschollen am Mount McKinley (Bd.2)
256 Seiten, Hardcover
ISBN 978-3-7641-7004-2

Julie Wilson arbeitet als junge Rangerin im Denali Nationalpark mit ihren treuen Huskys. Während eines geführten Trips zum Mount McKinley verschwindet einer der Teilnehmer der Bergwandergruppe. Julie muss sich im eisigen Schneesturm auf die Suche machen und kommt einem spannenden Familiengeheimnis auf die Spur.

Allein am Stony Creek (Bd. 3)
240 Seiten, Hardcover
ISBN 978-3-7641-7019-6

Im Nationalpark wird ein kleiner Husky geboren, der Julie Wilson sofort verzaubert. Doch das Glück währt nicht lange: Als Julie mit ihrem Hundeschlitten im Hinterland ist, kollabiert einer ihrer Hunde und ist dem Tode nahe. Der Husky wurde vergiftet. Wer hat das Tier auf dem Gewissen?
Bei einem Ausflug nach Fairbanks nimmt der Fall eine Wendung: Julie merkt, dass sie von einem jungen Mann verfolgt wird, einem Stalker, der ihr zu Beginn freundlich begegnet, ihr dann aber immer unangenehmer wird. Als dieser den jungen Husky in die Bergwildnis am Mount McKinley entführt, wird die Situation immer dramatischer ...

www.ueberreuter.de
www.facebook.com/UeberreuterBerlin